**NILUFAR
KARKHIRAN KHOZANI**

TERAFIK

NILUFAR
KARKHIRAN KHOZANI

TERAFIK

ROMAN

Blessing

Die vorangestellten Mottos sind entnommen aus:
Zadie Smith: *The I Who Is Not Me*. In: *Feel Free. Essays*.
London: Hamish Hamilton 2018, S. 340.
Tucké Royale: *Wir sind schon da*. Interview mit sechs Unterzeichnenden
des #actout-Manifests. In: Süddeutsche Zeitung Magazin vom 04.02.2021.

MIX
Papier | Fördert
gute Waldnutzung
FSC
www.fsc.org FSC® C014496

Penguin Random House Verlagsgruppe FSC® N001967

1. Auflage, 2023
Copyright © 2023 by Nilufar Karkhiran Khozani
und Karl Blessing Verlag, München,
in der Penguin Random House Verlagsgruppe GmbH,
Neumarkter Str. 28, 81673 München
Printed in Germany
Umschlaggestaltung: FAVORITBUERO, München
Umschlagmotiv: © Shara Nikelait / EyeEm / Getty Images
Satz: Leingärtner, Nabburg
Druck und Bindung: GGP Media GmbH, Pößneck
ISBN: 978-3-89667-751-8
www.blessing-verlag.de

I am Philip, I am Colson, I am Jonathan, I am Rivka,
I am Virginia, I am Sylvia, I am Zora, I am Chinua, I am Saul,
I am Toni, I am Nathan, I am Vladimir, I am Leo, I am Albert,
I am Chimamanda – but how easily I might have been
somebody else, with *their* feelings and preoccupations,
with their obsessions and flaws and virtues.

(Zadie Smith, *The I Who Is Not Me*)

Ich komme aus einer Welt, die mir nicht von mir erzählt hat.

(Tucké Royale, *Act Out Manifest*)

Gießen 1989

Der Waschbetonbau stand als Wahrzeichen des Wiederaufbaus, der Eigenheimgeneration, der bleiernen Zufriedenheit in der Kohl-Ära im schmutzigen Airbrush-Sonnenuntergang eines Kalten-Krieg-Friedens. In der Dämmerung zogen schwarze Wolken auf, vereinzelte Tropfen schlugen auf dem Asphalt ein wie Granaten, ein Vogel schoss auf das Fenster zu, ein dumpfer Klang wie ein Fingertipp auf ein Mikrofon. Auf dem Gang des Fachbereichs Elektrotechnik an der Fachhochschule Gießen-Friedberg starrte Khosrow seit Stunden auf die Holztür am Ende des Flurs. Er hatte sich mehrmals vergewissert, dass dies der Tag seiner Nachprüfung war. Dies war sein letzter Versuch.

Professor Fenner kam nicht. Khosrow presste die Lippen aufeinander, seine Nasenflügel vibrierten. Er zog die Schultern zurück, reckte das Kinn und erhob sich. Jeder Schritt, den er den Flur hinab tat, erschütterte die alten Dielen unter dem Linoleum, mit jedem Schritt hinterließ er kaum sichtbare Kerben im Boden der Fachhochschule.

Ein Wasserfall strömte auf die angestaubte Stadt. Khosrow ging mit festen Schritten die Straße entlang. Seine Hände waren immer schon Fäuste gewesen. Ein ganzer Fluss rann seinen Körper hinab, er watete durch einen Ozean. Die Dämmerung hatte fast alle Farben verschluckt. Der Himmel war Zement. Am Ende der Straße stand eine schwarz-gelbe Telefonzelle. Wie eine Wespe in einem Orkanauge. Khosrow riss die Tür auf. Eine Maschinengewehrsalve

7

aus Wassertropfen hämmerte gegen die Fenster. Er fuhr mit dem Finger über die Seiten des Telefonbuchs, F. – Fenner. Khosrow spürte das Adrenalin. Er spürte auf einmal seine Beine, und dass sie ihm wegsackten. Er konzentrierte sich mit aller Kraft auf die silbernen Ziffern des Apparats, schob eine Münze hinein und wählte. Und am anderen Ende nahm jemand ab. In seinem Kopf spulte sich der Text ab: Ich heiße Khosrow Karkhiran Khozani. Ich wurde 1956 als drittes von sechs Kindern in Abadan/Iran geboren. Mein Vater starb, als ich sieben Jahre alt war. Ich absolvierte zwei Jahre Militärdienst in der Wüste. 1979 floh ich aus politischen Gründen nach Deutschland. Ich engagiere mich im Komitee der Exiliraner. Ich studiere Elektrotechnik. Ich habe Tage, vielleicht Wochen auf der Ausländerbehörde gewartet. Ich verkaufe jeden Abend Würstchen im Imbiss. Ich habe mich beim Dekan beschwert, dass mein Diplomarbeitsthema abgelehnt und einem deutschen Kommilitonen gegeben wurde. Ich bin schlau. Ich habe gekämpft. Ich habe eine große Familie in Iran, und jetzt bin ich in Gießen. Und ich bin allein.

Und er stammelte: »Wo waren Sie?«

Berlin 2016

Lichtpunkte

Die Lichtpunkte der Hochhausfassade vor meinem Balkon lesen sich wie ein Sternbild. Balkone formieren sich zu endlosen Wiederholungen, pixelige Reflexionen gegen den Himmel wie in einem gigantischen Mosaik aus Leerstellen. Ich stehe dort manchmal abends und höre den Geräuschen zu, die aus den Blöcken kommen. Ich frage mich, wie mein Leben hätte verlaufen müssen, um mich wie die Menschen dort in einer der gegenüberliegenden Wohnungen wiederzufinden, in einem Zuhause mit mir vertrauten Menschen und Familienfotos an der Wand. Ich kann mir so schlecht vorstellen, dass ich hier auf dem Balkon eines Berliner Plattenbaus stehe und gleichzeitig ein Teil von mir zu einem ganz anderen Land gehört. Als wären die Orte auf seltsame Weise verhakt, ein Zeitgitter, das mich komplett überfordert. Aber ich stehe ja hier, denke ich. Das ist ja real.

In meiner Wohnung gibt es keine Fotos an der Wand. Sie sieht nach über zehn Jahren immer noch aus, als wäre ich nur übergangsweise hier. Statt Familienfotos habe ich lediglich ein großes Flipchart-Papier an der Wand, das ich kurz vor meiner Reise wieder hervorgeholt hatte, um mich ein wenig zu orientieren. Manchmal schaue ich mir abends die gezackten und gekreuzten Linien darauf an. Sie sehen aus wie die Umrisse der Hochhausfassade, die sich in meinem Kopf festgesetzt haben. Ein Familienentwurf. Ich betrachte die Verbindungen zwischen den Angehörigen auf dem Genogramm, das ich vor ein paar Jahren während meiner Ausbildung hatte zeichnen müssen. Eine einfache Linie für eine Partnerschaft, eine doppelte für eine Ehe, eine durchgestrichene für eine Trennung oder Kontaktabbrüche, eine gezackte für eine »konfliktreiche Beziehung«, eine gestrichelte für unsteten Kontakt. Mein Koffer ist vollgestopft mit Haribo ohne Gelatine und Merci-Schokolade und kurz vor dem Platzen. Ich hoffe, es wird reichen.

»Wann kommst du endlich nach Iran?«, hatte mein Vater immer am Telefon gefragt. »Ich weiß nicht, wenn ich mit den Prüfungen fertig bin, irgendwann.« Ich hatte immer gerade Prüfungen. Eigentlich hatte ich es nie wirklich vor. Mein Leben lang hatte mich meine Mutter davor gewarnt, in »so ein Land« zu reisen. Ich konnte ja bis auf ein paar Floskeln nicht mal Persisch. Ich konnte mir auch lange Zeit nicht vorstellen, was es dort zu entdecken gäbe, außer einer Menge Vorschriften und »Schwierigkeiten«, über die mein Vater sich immer am Telefon beklagte. Mein Vater und ich hatten uns ohnehin nicht wirklich viel zu sagen. Alles an ihm erschien mir weit weg, schon immer. Andererseits ließ mich der Gedanke, einmal die Grenzen niederzureißen und »dieses Land« mit eigenen Augen zu sehen, nicht mehr los. Bei meinen Freunden in Berlin besaß Iran sogar einen gewissen Coolnessfaktor. Außerdem machte mein Vater keinerlei Anstalten, erneut nach Deutschland zu kommen. Ich vermisste ihn eigentlich nicht, wie man eben einen Unbekannten nicht vermissen kann. Er verschwand nie richtig, sondern blieb eine nicht ausgesprochene Frage. Seit seinem letzten Besuch in Berlin, der inzwischen fünf Jahre her ist, haben wir uns nicht mehr gesehen.

Vor vier Monaten dann rief er mich wieder an, wie immer Freitagvormittag, der freie Tag in Iran und kurz vor meiner Mittagspause in der Klinik. Auf meinem Handy, das auf meinem Mensatablett lag, leuchtete die ganze Zeit »Papa Iran« auf. Ein Kollege fragte: »Willst du nicht drangehen? Scheint wichtig zu sein.« Was sollte schon Wichtiges sein? Ich schob das Handy diskret zur Seite. Mein Vater erreichte mich später, um mir beiläufig zu erzählen: »Nilufar, ich werde immer älter, außerdem, wie soll ich sagen, ich lebe jetzt nicht mehr alleine, ich kann nicht einfach so nach Deutschland kommen.« Ich nahm mein Handy und suchte mir eine Ecke auf dem Stationsflur. »Also, Fatemeh und ich, wir haben beschlossen, dass du dieses Jahr zu uns kommst. Fatemeh ist sehr nett, du wirst sie mögen, sie freut sich schon, und ihre Kinder auch, die werden wir alle besuchen! Ich sage dir noch, was du alles mitbringen sollst.« – »Ich kann hier nicht einfach weg, wie stellst du dir das vor, was soll das überhaupt?« Mein Kollege von vorhin lief wieder im weißen Kittel an mir vorbei und zwinkerte mir zu. Ich lief rot an. »Ich will wirklich, dass du wenigstens ein Mal nach Iran kommst. Du bist schließlich auch Iranerin! Ich möchte, dass du hier alle kennenlernst!« Ich hatte viele meiner Verwandten tatsächlich noch nie gesehen. Ich wusste nur, dass es sie gab, als wären sie Gefangene in einem Paralleluniversum. Da war mein Onkel Hassan, der älteste Bruder meines Vaters. Er hatte sieben Kinder. Konservativ und sehr religiös sei er, das war für den Rest der Familie untragbar. Ein anderer Bruder war einfach verschollen, nach Kanada ausgewandert. Mein dritter Onkel Mehdi war in meiner Erinnerung riesengroß. Er war sogar mal Vizebürgermeister von Teheran gewesen, aber das war alles, was ich wusste. Er hatte einen Sohn und eine Tochter, die aber deutlich älter waren als ich. Meine Tante Rudabeh und ihr Mann, den alle bei seinem Nachnamen Hashemian nannten, hatten eine Tochter ungefähr in meinem Alter, Narges, sie habe ich nie kennengelernt. Als Mehdi, Hashemian und Rudabeh uns mal in Deutschland besucht hatten – ich ging Rudabeh ungefähr bis zur Hüfte –, kam Narges nicht mit. Ich weiß noch, dass alle wahnsinnig große Koffer hatten und dass in unserer kleinen Plattenbauwohnung, die plötzlich viel größer schien, auf einmal viel mehr los war. Sie brachten viele Geschenke mit, staunten über alles, was ich machte, und die ganze Zeit spielte irgendjemand mit mir. Das Wichtigste war aber, dass sie Nanejun mitbrachten, meine Großmutter. Wo immer ich hinging, hielt sie meine Hand, als wäre das schon immer so gewesen. Ich war traurig, als sie schließlich nach drei Monaten Visumsdauer meine Hand wieder loslassen musste und abreiste. Seit ich ein Kind war, habe ich sie nicht mehr gesehen. Iran bleibt in meinem Kopf wie ein ständig tropfender Wasserhahn. Ich konnte nicht mehr nicht an dieses Land denken. Dann buchte ich einfach ein Ticket.

Ich stehe vor einem Muster aus vielen durchgestrichenen Linien, ein Ornament, das bei längerem Hinsehen verschwimmt, wie die Kachelmuster in den alten persischen Bauwerken. Die Linien und Symbole formieren sich immer wieder neu. Ein Gitter, in dem sich die Lebenswege der Generationen kreuzen. Das Quadrat meines Vaters verbindet eine Gerade mit meinem Quadrat, da war ich klein, da lebten wir zusammen. Dann die Scheidung, er ging wieder nach Iran zurück, also eine durchgestrichene Linie. Ob nicht doch eine gezackte Linie besser gewesen wäre oder vielleicht eine unterbrochene? Ich kann mich schwer entscheiden. Nanejun thront über allen wie eine Sonne. Das Quadrat neben ihr ist ebenso durchkreuzt. Mein Großvater ist sehr früh verstorben, ebenfalls das Herz, er sei eines Tages einfach umgefallen. Eine große Katastrophe für meine Großmutter, mein Vater war gerade erst sieben und Pouya, ihr Ziehsohn, noch ein Baby. Die Linie zwischen Pouya und seiner Frau Shirin ist die einzige, die ich nicht durchgestrichen gemalt habe.

»Du kannst doch bei uns bleiben. Gefällt es dir etwa nicht, bei deinem Vater zu bleiben? Und meinst du etwa nicht, Fatemeh würde gut für dich kochen?« Ich konnte mir kaum vorstellen, mich fast vier Wochen der Obhut meines Vaters auszuliefern. Ich würde keine einzige Entscheidung mehr treffen können. Tatsächlich war er komplett für mich verantwortlich, sobald ich einen Fuß auf iranischen Boden setzte, so wollte es das Gesetz, aber generell war jeglicher Widerstand bei meinem Vater zwecklos. Er schaffte es am Ende einfach immer, so lange zu diskutieren, bis er seinen Willen durchgesetzt hatte. Sicherlich würde er Fatemeh vorschieben, sie würde wahnsinnig enttäuscht sein, wenn ich nicht so lange bei ihnen blieb wie vorgesehen. Mein Plan, in Teheran an der Uni einen Kurs für Ausländer zu belegen und erst mal im Hotel zu wohnen, ließ sich nicht umsetzen. Ich konnte bisher kaum mehr als das Alphabet, obwohl ich einiges mehr verstand, als ich selbst sagen konnte. »Warum willst du unbedingt Geld ausgeben für ein Hotelzimmer? Das ist nicht wie in Deutschland. Du musst hier viele Regeln befolgen und abends zu Hause sein. Wo ist dieses Institut überhaupt? Und deine Tante Rudabeh besteht darauf, dass du auch eine Weile bei ihr wohnst. Wir regeln das alles. Deine Cousine Narges ist da und kann mit dir überall hingehen. Damit du nicht mit der U-Bahn fahren musst. Die U-Bahn ist viel zu voll, da bekommst du gar keine Luft und wirst eingequetscht. Warum willst du überhaupt so einen Kurs an der Uni machen? Die lernen doch nur von morgens bis abends. Bei uns in der Familie kannst du auch Persisch lernen. Du kannst dich mit Fatemeh unterhalten. Von den vier Wochen kannst du zwei in Teheran bei Tante Rudabeh wohnen und zwei bei Fatemeh und mir in den Bergen, dort habe ich ein kleines Ferienhaus gebaut. Das wird dir gefallen! Oder ist es dir peinlich, dass wir nicht so ein großes Haus haben wie die anderen? Wir werden außerdem viel unterwegs sein und Verwandte besuchen. Da bleibt keine Zeit für einen Sprachkurs.« Schließlich willigte ich ein, einige Zeit bei ihm und einige Zeit bei Tante Rudabeh und Narges zu verbringen.

»Kümmere dich um deinen Pass. Du gehst zur Botschaft in Berlin und lässt dir einen Reisepass ausstellen, du machst das schon. Du brauchst kein Visum.« Mir war bis dahin gar nicht bewusst gewesen, dass ich tatsächlich als iranische Staatsbürgerin zählte. Ich hatte nie ein Ausweisdokument bekommen. »Doch, doch«, sagte mein Vater. »Ich schicke denen eine Ausweiskopie von mir, du stehst da als meine Tochter drin. Das reicht. Du bist dann automatisch Iranerin.«

Ich machte mich also in der darauffolgenden Woche auf den Weg zur iranischen Botschaft, um mir meinen Pass ausstellen zu lassen. Ich stieg an der Station Podbielskiallee aus der U3 und blieb erst mal auf dem Bahnsteig vor einer Werbetafel stehen. Ich hoffte, niemanden zu sehen, der mich kannte, denn meine ehemalige Fakultät lag in einer Seitenstraße. Ich wollte aber auch keinen schlechten Eindruck in der Botschaft machen und erst im Angesicht der Überwachungskamera mein Kopftuch überziehen. Ich holte also einen dünnen Schal aus dem Rucksack und zog ihn unbeholfen über den Kopf. Es war mir irgendwie unangenehm. Ich zupfte ihn in der Spiegelung der Plastiktafel zurecht und nahm den entgegengesetzten Ausgang als früher zu Studienzeiten. Dann ging ich die Treppen hoch, die Allee entlang, vorbei an Wahlplakaten, die Menschen auf einem fliegenden Teppich zeigten, vorbei an einem Polizeihäuschen, das aussah wie eine Eisdiele. Ich spürte die Blicke eines Beamten, während ich vorbeiging. Ich ging extra nicht schneller. Ich schaute extra nur geradeaus. Was machte er hier überhaupt den ganzen Tag? Dachte er, ich plante einen Anschlag? Ich blieb so unauffällig wie irgendwie möglich mit Kopftuch. Ich kontrollierte meine Augen und meine Mundwinkel, denn ich wusste, dass sie Menschen als Erstes verraten, und ich wusste, dass die Beamten das wissen. Ich ging weiter bis zur Kreuzung und fühlte mich ertappt. Ich schaute zurück, in die Augen des Beamten, und nahm mein iPhone langsam aus der Tasche. Ich sah, wie er mich mit seinem Blick fixierte. Als sei er mein Spiegel, führte er seine Hand gleichzeitig mit meiner Bewegung zum Holster. Die Pistole sah aus wie ein Spielzeug. Ich hob das Handy zum Mund. Parallel zu meiner Armbewegung erstarrte sein Gesicht, seine Muskeln spannten sich an, seine Augen fixierten mich. Er machte langsam einen Schritt auf mich zu. Ich ließ den Arm sinken, seine Hand fuhr zurück, ich hob ihn wieder an, seine Finger griffen ans Holster. Ich fixierte ihn weiter mit meinem iPhone in der Hand und bewegte ihn wie eine Marionette, zum Holster und zurück, steckte das Handy schließlich wieder in die Tasche und sah sein Gesicht zusammenfallen. Beim Ausatmen rutschten seine Schultern nach unten und seine Hand baumelte über den Asphalt. Er machte kehrt. Ich lächelte innerlich und ging weiter.

Am Tor der Botschaft zog ich meinen Schal tiefer ins Gesicht und sah extra nicht in die Kamera. In der mit riesigen Teppichen ausgelegten Empfangshalle stellte ich mich in eine der Schlangen, über denen Schilder in arabischer Schrift klebten. Ich sah in der Schlange für »Visa« – das einzige Wort in lateinischer Schrift im Saal – eine Frau ohne Kopftuch, die dem Beamten hinter der Glaswand direkt in die Augen schaute, während er peinlich berührt zu Boden starrte. Ich sah, wie sie mit dem Beamten sprach, ein Formular mitnahm und wieder hinausging, und ich dachte: Ich will, dass sie mich ansieht, dass sie mir in die Augen sieht und mir erklärt, warum sie ohne Kopftuch gekommen ist. Ich wollte ihr sagen, ich bin nicht anders als du, ich könnte im Café oder in der U-Bahn neben dir sitzen, erklär mir, warum du also die

Regeln missachtest, als seist du besser, freier und mutiger als ich, und ich wusste, sie würde mich ansehen und wahrscheinlich ihren Freunden sagen, ich bin besser, freier und mutiger, und ich interessiere mich einfach für fremde Länder und Musik und Katzen, und wenn ich etwas will, dann bekomme ich es auch.

In der Nacht fuhr ich wie so oft ziellos mit der U-Bahn umher. Ich liebte es, die Stadt von ihren Gedärmen her zu erkunden. So fühlte ich mich am wohlsten, vom Untergrund verschluckt und von einem Neonlicht beleuchtet, das allem einen zweidimensionalen Schein gab, als wäre die Welt nur gezeichnet. An der Endstation Alexanderplatz erklang kurz vor Morgengrauen ein Gebet aus dem Lautsprecher, *This train terminates here. All change please*, das von den glänzenden Kacheln abperlte und zerrann. Ich stieg über schlafende Körper aus der U-Bahn-Station hinaus in die Stadt, die mit einer zentimeterdicken Eisschicht bedeckt war, auf der ich lief wie auf Glasscherben. Ich ging durch eine Sinfonie aus Balkonen und Fenstern. Mir schien, die Hochhäuser beherbergten Tausende stumme Familien, die nebeneinander, übereinander lebten. Die eckigen Silhouetten bildeten ein endloses Ornamentmuster wie auf Kacheln im Inneren von Moscheen. Schaute ich länger auf eine Hochhausfront, verschoben sich die Balken vor meinen Augen wie in einem Kaleidoskop. Absolute Stille. Ich schaute mir die Häuser an, wie flache Gemälde, als wären sie nicht echt, hochgezogen, um die Namenlosen einzusortieren. Wie viele hier abends ihre Gedanken in einer abendlichen Zigarette ausdrückten. Es lag noch eine Beklommenheit in der Luft. Ich stellte mir ein Leben in einer dieser Boxen im Berlin der frühen Achtziger vor, durchleuchtet von den Straßenlampen über den breiten Flächen zwischen den Blöcken und den Augen der Nachbarn, mit endlosem Horizont, aber ohne die Möglichkeit, jemals ein Leben jenseits davon zu führen.

Ich schaute in den von zwei Hochhäusern eingerahmten Himmel. Zwischen den Wänden stieg mein Atem auf wie der Rauch eines Schwelbrands.

»Kauf bitte auch ein Geschenk für Onkel Mehdi und Onkel Hassan«, schrieb mein Vater ein paar Wochen vor meinem Flug. Dass wir auch Mehdi und Hassan besuchen würden, überraschte mich. Offenbar war mit der Ankündigung meines Besuchs politisches Tauwetter eingetreten. Bisher hatte ein großer Riss zwischen dem als fanatisch-religiös verschrienen Hassan und dem Rest der Familie geklafft. Seit Jahren sprachen die Brüder nicht mehr miteinander, selbst mit den Kindern gab es kaum Kontakt, es hätte sich nicht geschickt. Mehdi war als ehemaliger Beamter zumindest bei Pouya unten durch. Wie sehr er mit dem Verwaltungsapparat verstrickt gewesen war, wusste niemand so genau, nur dass alles, was er einmal besessen hatte, mittlerweile zwischen seinen Fingern zerronnen war. Sowohl Hassan als auch Mehdi wurden in der Familie nie erwähnt. Pouya hatte sogar alle Bilder, auf denen er mit einem der beiden zu sehen war, vernichtet. Selbst zwischen Rudabeh und meinem Vater gab es kaum noch Kontakt, was allerdings daran lag, dass mein Vater es nicht lassen konnte, früher oder später mit allen Streit anzufangen. Irgendwann fühlte er sich von jedem hintergangen. Ich konnte mir kaum vorstellen, dass mein Vater einen derartig diplomatischen Stunt durchziehen und die Kontakte wieder aufnehmen würde, aber er meinte es offenbar ernst. »Wir werden Hassans Familie in Isfahan besuchen. Seine Kinder mit ihren Familien werden auch alle da sein. Halt dich an Shirin, sie ist eine Frau, sie kann dir genauer sagen, was du alles mitnehmen sollst.«

»Am besten, du kaufst für alle Merci-Schokolade, das mögen die«, sagte mir Shirin, als ich sie anrief. »Und für Narges Make-up.«

Shirin und ihr Mann Pouya sind meine Vertrauten auf dieser Reise. Sie sind außer mir die Einzigen unserer Familie in Deutschland. Pouya, der jüngste Sohn von Nanejuns früh verstorbenem Bruder, wurde von ihr sozusagen mit aufgezogen und ist ungefähr zehn Jahre jünger als mein fast sechzigjähriger Vater. Er versucht, seit er Anfang der Achtziger nach Deutschland kam, Iran hinter sich zu lassen. Noch vor ein paar Jahren, als er Shirin noch nicht kannte, schwor er sich, nie wieder einen Fuß auf iranischen Boden zu setzen. Wegen der Kinder jedoch ließ auch er sich schließlich wieder dazu überreden, wenigstens die Großeltern alle paar Jahre zu besuchen. Ich war erleichtert, dass sie zur gleichen Zeit fliegen wollten wie ich, mit ein paar Tagen Vorsprung, um Shirins Eltern im Norden zu besuchen.

Er fühle sich nun mehr oder weniger heimisch im Allgäu, sagt Pouya immer wieder. Während seines endlosen Medizinstudiums wartete er noch mit Anfang dreißig in Wohnheimen mit Blick über Bielefeld oder Bamberg darauf, dass sich sein Traum von einer eigenen Arztpraxis endlich materialisierte. Ich erinnere mich an Hoppe, hoppe, Reiter auf seinem Schoß, ich mochte ihn von allen Verwandten am liebsten. Er war wie ein Onkel für mich, oft bei uns zu Besuch, immer fröhlich.

Weil ich ahnte, dass mein Besuch ziemliche Kreise ziehen würde, hielt ich mich an Shirins Rat und kaufte gleich kiloweise Merci für die Familien von Hassan, Mehdi und Rudabeh und noch ein paar weitere Kilo in Reserve, weil ich völlig den Überblick darüber verloren hatte, wie viele Kinder sie jeweils hatten und welche Leute ich treffen würde.

Während ich meine Reise vorbereitete, schickte mein Vater aus seiner kleinen Wohnung in Karadsch, einer Zwei-Millionen-Stadt nördlich von Teheran, Telegram-Nachrichten an das halbe Land und kündigte meinen Besuch an.

»Hashemian mag gerne diese Haribo, aber pass auf wegen Gelatine, das darfst du nicht einführen.«

»Und für Rudabeh?«

»Eine Bluse oder ein Kopftuch. Und Kaffee, bring bitte Kaffee mit, aber gemahlen, hörst du?«

»Hast du überhaupt eine Kaffeemaschine?«

»Dort gibt es Manteaus, das sind so ganz leichte Mäntel für warmes Wetter«, erklärte Shirin. »Nimm irgendwas Weites, das die Arme bedeckt und bis zum Knie geht, am besten aus Leinen oder so. Was Stil angeht, können wir mit denen eh nicht mithalten. Was die tragen, haben wir hier gar nicht, und die Mode ändert sich so oft. Mit Fatemeh wirst du schon klarkommen, sie ist bestimmt nett zu dir, die freuen sich immer, wenn jemand sie besucht, du wirst sehen. Und da ist noch etwas. Dein Vater hat uns eigentlich verboten, dir das zu sagen.« Shirin fing auf einmal an, herumzudrucksen. Natürlich kommt so was jetzt, wo mein Ticket schon gebucht ist, dachte ich. »Er war, als er wieder nach Iran zurückgekehrt ist, vor Fatemeh schon mal verheiratet. Seine damalige Frau wollte unbedingt mit ihm nach Deutschland fahren, um dich kennenzulernen, aber dein Vater hat Angst gehabt, dass du sauer bist und ihn dann nicht mehr sehen willst. Deshalb durften wir die ganze Zeit nichts sagen, obwohl sie wirklich total nett war. Sehr modern.« Mir stand der Mund offen, aber ein Teil von mir war nicht überrascht. »Sag ihm auf keinen Fall, dass ich dir das erzählt habe, er weiß nicht, dass du es weißt.« Ich rollte mit den Augen. Ich hätte mich tatsächlich gefreut, sie kennenzulernen. Die Situation war mir merkwürdig vertraut. Zwischen meinem Vater und mir schien es mehr Geheimnisse als Wörter zu geben. Ich war nicht mal wirklich sauer, nur wahnsinnig genervt, dass alles dermaßen umständlich ablief. Shirin zuckte mit den Schultern: »Das ist einfach typisch Iran, keiner sagt die Wahrheit, und immer müssen sie alles kompliziert machen.«»Klar«, sagte ich, »ich sage nichts«.

Ich lese seine WhatsApp-Nachricht, während ich innerlich immer noch den Kopf schüttele. Vielleicht wäre die Reise eine Gelegenheit, diesen ewigen Kreislauf aus Heimlichtuerei und falschen Versprechungen zu durchbrechen und einmal Klartext zu reden. Vielleicht würde ich endlich etwas mehr über ihn erfahren, und es gäbe eine Chance, an so etwas wie eine Beziehung anzuknüpfen, damit ich nicht ständig versuchen musste, eine Leerstelle zu beschreiben, wenn andere mich nach ihm fragten – ohne zu ahnen, dass so beiläufige Fragen zu meinem Vater mich vor kaum lösbare Aufgaben stellten, weil mir durch unsere Existenz im sprachlichen Zwischenraum das Vokabular fehlte.

Mit meiner Reise schien für die Familie eine neue Zeitrechnung begonnen zu haben. Dass ich noch nie in Iran war, auch nicht, als ich noch klein gewesen war und mein Vater mit uns in Gießen gelebt hatte, liegt daran, dass 1984, ein Jahr nach meiner Geburt, das Buch *Nicht ohne meine Tochter* von Betty Mahmoody veröffentlicht wurde. Ein paar Jahre später kaufte es auch meine Mutter aufgrund einer *Brigitte*-Rezension und las es kurz vor unserer geplanten Reise nach Iran. Dieser unglückliche Zufall führte dazu, dass sie sich weigerte, mit meinem Vater und mir zusammen nach Iran zu fliegen. Wir flogen nicht, obwohl die Geschenke schon gekauft waren und ich mich riesig auf meine erste Reise gefreut hatte, auf der ich Nanejun und die anderen sehen würde.

Das Buch hatte ziemlichen Eindruck hinterlassen. Es könnte ja tatsächlich sein, dass man uns entführte und ich dann nicht mehr zurückkönnte. Das kam mir damals mit sieben Jahren absurd und ziemlich unfair vor, aber seit *Nicht ohne meine Tochter* war klar, dass man Menschen aus diesem Land nicht trauen konnte und vor allem bei Männern mit allem rechnen musste. Sogar das Auswärtige Amt warnte: Sogenannten Doppelstaatlern könnte in Iran bis hin zu Inhaftierung und Verurteilung alles blühen.

Nicht ohne meine Tochter sei in vielen Dingen klischeehaft und reißerisch gewesen, las ich später in Wikipedia. Dennoch fragte ich meinen Vater vor ein paar Wochen, ob ich etwas zu befürchten hätte.

»Nilufar, jeden Tag gehen Tausende Iraner, die im Ausland leben, mit ihren Familien durch die Kontrolle, und jeden Tag fliegen Tausende von dort wieder nach Hause nach Deutschland oder in die USA oder nach Australien.«

Es kommt mir lächerlich vor, dass letztendlich ein Buch dazu geführt hat, dass ich nie mit meinen Cousinen gespielt habe, als wir noch Kinder waren, während die anderen iranischen Kinder, die ich kannte, jedes Frühjahr zum Neujahrsfest Nowruz hinflogen. Dass ich bis heute nur schlecht Persisch spreche, dass meine Verwandten dort zu etwas Monströsem in meinem Kopf geworden sind, dass es letztlich ein Buch ist, das mich meiner Sprache beraubt hat.

Die vor mir ausgebreiteten Linien fangen in meinem Kopf an zu verschwimmen. Je länger ich auf das Papier starre und überlege, ob ich für jedes der Quadrate ein Geschenk habe, desto mehr fühle ich mich zu diesen Menschen hingezogen, auch wenn ich mir kaum vorstellen kann, meinem Vater nach all der Zeit gegenüberzustehen. Ich gehe zu meinem randvoll mit Haribo und Merci-Schokolade gefüllten Koffer und klappe ihn zu.

Teheran 2016

Ankunft

Im Morgengrauen lande ich gleichzeitig mit Hunderten von Menschen am Imam Khomeini Airport in Teheran, ziehe mein Kopftuch ins Gesicht und gehe durch die Passkontrolle. Es erscheint mir geradezu unwirklich, dass jemand in meinen neuen Pass schaut, ein zweites Mal, »bitte warten Sie einen Moment«, ein Blick in den Computer, »bitte bleiben Sie hier stehen«, und ich dann, »nur ein paar Fragen«, von zwei Soldaten hinauseskortiert werde. Als ich meinen Pass aus den Händen des Beamten zurücknehme, wie die Reisenden vor und hinter mir in der Schlange, versuche ich, das Buch, das damals meine Mutter davon abgehalten hat, mit mir nach Iran zu fliegen, zu vergessen. Hinter der Glasscheibe erkenne ich meine Tante Rudabeh und ihren Mann, Hashemian. Sie sind sichtbar älter geworden, seit ich sie im Grundschulalter das letzte Mal gesehen habe. Neben Rudabeh und Hashemian steht ihre Tochter, meine Cousine Narges, mit locker über die Haare gelegtem Schal und Manteau, bunte Blumenmuster und leuchtende Farben. Schließlich eine kleine, im schwarzen Tschador verhüllte Frau um die fünfzig. An ihrer Seite eine Gestalt in beigefarbener Hose, die auf dem Arm zwei riesige Blumenbouquets balanciert. Der Oberkörper verschwindet fast vollständig hinter den Bouquets, während die Blüten als wachsame Köpfe über den wartenden Gesichtern thronen – mein Vater.

Ich nehme meinen Koffer vom Band und gehe an einem gelangweilten Zollbeamten vorbei. Dann trete ich durch die Schiebetür hinaus und schaue zu meiner Familie in der weiß gefliesten Halle, als stünde ich in der Matrix. Seit ich meinen Pass von der Botschaft abgeholt habe, ist das hier offiziell auch mein Land, und es gibt nichts, woran ich mich festhalten könnte bei meinen ersten Schritten in einer Heimat, in der ich bis jetzt nie gewesen war. Schaue ich in meinen Pass, erkenne ich mich kaum wieder, das Foto zeigt ein Gesicht, von einem Kopftuch eingerahmt (Shirin: »Mein Gott, Nilufar, du hättest ruhig deine Haare rausgucken lassen können, das sieht ja aus wie ein Foto von vor fünfzig Jahren, was denkst du, wie man in Iran auf die Straße geht?«), zwei Augen, eine durch das Drucken und Prägen kaum vorhandene überbelichtete Nase und zwei schmale Lippen.

Zuerst umarmen mich Rudabeh und Hashemian. Rudabeh drückt mich lange auf eine Tanten-Art, kein Blatt passt zwischen uns. Jetzt habe ich Angst, dass ich sie zerquetsche. Bei unserer letzten Begegnung, als ich sieben war, hatte ich es andersherum in Erinnerung. Auch Hashemian umarmt mich, grinst und macht dabei eine Handbewegung auf Hüfthöhe, sodass ich verstehe, was er sagt: »Du warst erst so groß!« Mein Vater stellt umständlich die Bouquets auf dem Boden ab, kommt dann auf mich zu und umarmt mich unsicher. Als wüsste er nicht, ob es angebracht sei. Ich bestaune artig die Blumen. Eins der Bouquets ist halb so hoch wie ich und sieht aus wie eine ganze Gartenlandschaft. »Das ist Narges«, sagt mein Vater mit einer Handbewegung in Richtung meiner Cousine. »Sie ist Bauingenieurin und leitet eins der größten Bauprojekte im Nahen Osten.« Ich weiß so gut wie nichts über Narges, die fast so alt ist wie ich. Und irgendwie weiß ich auch kaum etwas über ihn.

Als wir uns auf den Weg zu Rudabehs Wohnung im Norden

der Stadt machen, ist es fünf Uhr morgens. Das Auto ist voll mit Familienmitgliedern, die sich Mühe geben, trotz der ständigen Querelen miteinander auszukommen. Die Einzige, die sie um diese Zeit haben schlafen lassen, ist Nanejun. Sie bewohnt bei Rudabeh das untere Stockwerk. Dass sie überhaupt noch lebt, denke ich.

Narges' Augen funkeln mich im Auto direkt an, und sie erzählt mir in gebrochenem Englisch von allen möglichen Familienmitgliedern. Ich könnte Narges sein, denke ich. Ich schaue aus dem Fenster auf dem Rücksitz raus auf die Autobahn: nichts Ungewöhnliches. Autobahn, ein paar Autos, ansonsten Dunkelheit. Am Tag gebe es hier viel Stau. »Big terafik«, sagt Narges. Aber noch ist von dem berüchtigten Teheraner Straßenverkehr nicht viel zu spüren. Irgendwann fahren wir in die Stadt rein, der Tag bricht an, die Menschen werden gerade wach. Ich könnte sie alle sein.

Hashemian sitzt am Steuer. Er ist zu Scherzen aufgelegt, genau wie ich ihn in Erinnerung hatte. Rudabeh übersetzt, so gut sie kann, während er mich ausfragt. Sie drückt im Auto immer wieder meine Hand und scheint sich ernsthaft zu freuen, mich zu sehen.

Rudabeh. Die Linie zur Familie von Rudabeh wurde auf dem Genogramm ebenfalls gekappt, schon als mein Vater noch in Deutschland gelebt hatte. Damals ging es um Immobilien und um viel Geld. Mein Vater zeigte mir Bilder meiner Cousine Narges, als ich klein war, sagte ihren Namen dazu und schrieb ihn in arabischer Schrift unter die Fotos. Natürlich ist sie auch Ingenieurin, wie fast alle aus meiner Familie. Berufe sind oft eine familiäre Entscheidung in Iran, und ich komme aus einer Familie, in der alle Ingenieure werden. Das ist einfach so.

Nach einer Stunde fährt Hashemian ab, biegt in eine Seitenstraße, sagt mir, ich solle kurz aussteigen, und schiebt mich in den kleinen Eingang einer Bäckerei. Die erste Luft, die ich in diesem

Land atme, ist erfüllt vom Geruch von warmem Brot, das um diese Zeit aus den Öfen geholt wird. »*Barbari*«, sagt Hashemian, zeigt auf die flachen länglichen Laibe und strahlt. Er nimmt einen ganzen Arm voll und trägt sie zum Auto, und wir fahren weiter über eine noch leere Autobahn in eine Stadt, die gerade lebendig wird.

Von uns als Familie gab es so gut wie keine Fotos, von mir selbst nur ein paar offizielle aus der Schule. Mein Vater zeigte mir einmal Fotos aus Iran, ein paar in Schwarz-Weiß, Familienfotos, die ebenfalls aussahen wie Klassenfotos, Männer in Anzügen aufgereiht, davor Frauen, in der Mitte oft Nanejun. Mein Vater sah auf den Fotos aus wie ein völlig anderer Mensch. Als sei er anstelle der Bilder mit der Zeit verblasst. Vielleicht hatte meine Mutter damals Angst, Fotos von uns zu schießen. Vielleicht befürchtete sie, dass unsere äußerste Schicht im Blitzlicht eines Fotoapparats oxidieren würde, dass mit jedem Blitz etwas von den Körpern abplatzen, verpuffen würde wie die oberste Schicht bei einem Ölbild. Das Übertreten der Landesgrenzen, um ein neues Leben anzufangen, habe ich mir oft genau so vorgestellt. Ich beobachtete meinen Vater, wie er schweigsam im Sessel hinter einer Zeitung saß. Er wirkte, als sei er eigentlich weit weg. Ob ich meinen Vater vermisse, hat meine Freundin mich mal gefragt. Ich wusste nicht genau, was ich vermissen sollte. Dass mein Vater irgendwann nicht mehr bei mir war, kam mir nur folgerichtig vor, und ich hatte keine Vorstellung davon, wie sich ein Leben mit einem Vater anfühlt. Ich war irgendwie davon ausgegangen, dass ich nur zufällig bei meinen Eltern lebte. Als seien sie für ihre Rollen gecastet worden und diese Familie insgesamt ein großer Irrtum.

Über der Stadt

Der erste Tag. Nanejun sitzt im Schneidersitz auf dem Teppich. Als ich mich zu ihr hinunterbeuge, weiß sie genau, wer ich bin. Sie strahlt. Sofort fragt sie, wie es meiner Mutter geht. Ich sage aus Reflex »gut«. Sie zieht meinen Kopf zu sich heran und küsst mich, und mir wird warm. Es hat sich nichts verändert, denke ich. Mein Vater ist derweil auf dem Treppenabsatz bereit, direkt wieder zu gehen. Ich könne doch einfach den Nachmittag über hierbleiben und mich ein bisschen mit Nanejun beschäftigen, das passe ihm ganz gut. »Ich komme dich dann nachher abholen, und heute Abend machen wir alle zusammen einen Ausflug! Nanejun nehmen wir auch mit!«

Am Abend stehen wir in Teheran am Fuße des hohen Funkturms. »Müssen wir unbedingt so etwas machen?«, raunt Fatemeh meinem Vater zu, der mir ihre Einwände zögerlich übersetzt. Es hätte doch so viele sinnvollere Ausflugsziele gegeben, etwas kulturell Wertvolles, nicht diese stumpfsinnige Unterhaltungsmaschine, das habe doch mit Iran nichts zu tun, es gebe doch so viel Interessanteres zu sehen, sagt Fatemeh. Mein Vater beschwichtigt, ich nicke ihm als gute Tochter verständnisvoll zu. Hier ist alles, was Iran nicht zu sein schien. Im Bauch des Turms laufen wir vorbei am *Safeway*, am *New York Fried Chicken* und an unzähligen Shoppingmalls. Unten beim großen Springbrunnen versammeln wir uns wieder. Es entsteht das einzige Familienfoto. Von rechts nach links: Pouya im blauen Poloshirt, Shirin, seine Ehefrau, lachend aus dunklen Augen, mit den beiden Töchtern Mia und Lotte, Narges mit ihrem bunten Kopftuch, Hashemian grinsend neben mir und meiner Tante Rudabeh, Fatemeh, wie eine schwarze Schachfigur in ihrem Tschador, mein Vater mit den abgebrochenen Zähnen.

Wir treten am Eingang in einen gläsernen Aufzug, um auf die Aussichtsplattform des Milad-Tower zu fahren. Die Glastür schließt, wir fahren nach oben. Die Familie ist zusammengeschoben auf einen Quadratmeter. Auf einmal sind wir in dieses Vakuum gequetscht, ein Anfang für einen ersten Tag. Ich werde mit der Aufzugskabine in die Höhe gezogen und sehe ein Leben an mir vorbeiziehen. Es könnte eins meiner Leben sein, über dem ich am Drahtseil hänge. Ich schwinge über der Heimatstadt meines Vaters, er steht im Glasaufzug hinter mir und drückt sich an die unsichtbare Wand.

Dann stehen wir auf der Aussichtsplattform über der Stadt. Von hier oben sehe ich eine Flusslandschaft aus Lichtern, Adern aus Straßenverkehr, eine Stadt, in der alles ineinanderfließt. Heften sich meine Augen an einen Punkt, werden sie mitgeschleift und versinken im Lichtermeer. Als lägen zwischen mir und den anderen Menschen Jahrhunderte, und trotzdem stehen sie neben mir. Meine Familie klemmt sich zusammen mit mir und Nanejun vor den Selfiestick, während Hunderte andere Familien neben uns das Gleiche machen. Wie die anderen stehen wir mit verzogenen Mündern, Eistüten und rutschenden Kopftüchern vor der Handykamera. Wir fotografieren uns von schräg oben und gruppieren uns auf der Aussichtsplattform unter dem nahen Himmel wie ein menschliches Sternbild in der Teheraner Nacht.

Splitter

»Ich mache mich gleich wieder auf den Weg«, sagt mein Vater, als wir zurück bei Rudabeh sind. Er hat gerade einmal Nanejun im Wohnzimmer abgeliefert und rasch einen Tee mit mir und den anderen getrunken. Ich bin überrascht, schließlich wollte er jahrelang, dass ich ihn in Iran besuche, und jetzt scheint er es eilig zu haben. Er wirkt unsicher und nestelt an seinem Jackett. Ich hätte mir denken können, dass meine plötzliche Anwesenheit in seinem Land ihn total überfordert. Vielleicht liegt es auch einfach nur an den eineinhalb Stunden Stop-and-go nach Karadsch, die mein Vater wie jeden Tag noch pendeln muss, weil die Metropole Teheran, die aus allen Nähten platzt, für ihn zu teuer geworden ist. Er verabschiedet sich unbeholfen »morgen machen wir was Schönes«, und ich setze mich wieder zu Nanejun ins Wohnzimmer.

In den folgenden Tagen schüttele ich Hände und absolviere Teerunden, bei denen ich mit den Anwesenden im Quadrat sitze. Alte Fotos werden gezeigt. Manche Fotos, auf denen ich klein bin, nimmt Rudabeh aus der Vitrine heraus und küsst sie, dann legt sie sie wieder zurück. Während wir beisammensitzen, schneidet Fatemeh einen Pfirsich für mich, von dem sie mir die Spalten reicht. Narges übersetzt alles auf Englisch, und Hashemian macht Komplimente über mein iPhone und fragt, ob es wirklich so gute Fotos macht. Rudabehs Hände zittern, der Arzt hat gesagt, sie soll nicht so viel in der Küche arbeiten. Trotzdem stellt sie in den zwei Wochen, die ich bei ihr verbringe, jeden Morgen zum Frühstück warmes Brot, Käse, Marmelade, Butter und Honig bereit, sie knackt mir Walnüsse und brät mir Spiegeleier, während die anderen arbeiten sind und Nanejun noch schläft. Sie macht es so seit Jahrzehnten für ihre Gäste. »Du brauchst dir keine Sorgen zu machen«, sagt sie. Auch wenn das Leben hart sei, Khoda – Gott – passe auf uns auf. Die Luft ist warm und trocken, und die Kanarienvögel zwitschern im Treppenhaus.

Ich bin überrascht, dass in Rudabehs Vitrine dieselben Fotos stehen, die ich aus Deutschland kenne, selbst Fotos von meiner Mutter sind dabei. Das Wohnzimmer ist »modern« eingerichtet, was bedeutet, dass es einen Esstisch mit Holzstühlen gibt, wie ich es kenne. Dazu einen der obligatorischen riesigen Teppiche, der das Zimmer aussehen lässt wie einen Garten. Eingerahmt wird das Ganze von Barock-inspirierten Sesseln mit geschwungenen, goldverzierten Lehnen und Brokatstoff, der zu den vielen kleinen Deckchen mit Ornamentmuster auf der Anrichte passt. Man könnte hier ein Staatsoberhaupt empfangen, und vom ersten Tag an wird mir bewusst, dass Gäste zu empfangen eine der wichtigsten Aufgaben in diesem Land ist. Wenn besonders viele Leute zu Besuch kommen, wird traditionell auf dem Boden gegessen. Selbst die Plastikfolie, die zum Unterlegen benutzt wird, ist mit Mustern bedruckt.

Ich gehe als zweiunddreißigjähriges Kind mit meinem »Sprachkurs Persisch«-Handbuch aus der Uni in Rudabehs Garten und bestaune einen Granatapfelbaum. *Anar.* Ich fotografiere eine alte Plastikflasche, auf der in arabischer Schrift »Coca Cola« steht. Ich freue mich über das neue Wort in meinem persischen Universum und schäme mich danach für alles, was ich zwischen Granatapfelbäumen und Cola niemals kennen werde. Ich kann immerhin schon »das wächst in Deutschland nicht« sagen, und Rudabeh ist ganz aus dem Häuschen bei jedem Wort, das ich gelernt habe. Sie scheint nie still zu stehen, und sie lächelt dabei unentwegt. Manchmal versuche ich, ihr aus dem Weg zu gehen, damit sie nicht dauernd fragen muss, ob ich etwas Obst oder einen Tee möchte, aber ich spüre ihre unsichtbare Hand in meinem Rücken, während ich das Gefühl habe, gerade laufen zu lernen.

Während Rudabeh in der Küche arbeitet, sitzt Nanejun im Wohnzimmer und trinkt ihren Tee wie vor fünfzig Jahren. Sie nimmt ein Stück Würfelzucker zwischen die Lippen und gießt Tee in die Untertasse, dann führt sie die Untertasse mit dem leicht abgekühlten Tee zum Mund. Ihre Mutter hat es schon so gemacht. Alle alten Frauen in Iran wohnen bei der Familie, bis sie sterben. Letztes Jahr wurde sie am offenen Herzen operiert, sie müsste 89 Jahre alt gewesen sein. Der Arzt hat vorsorglich gewisse Dinge wie Pistazien von Nanejuns Speiseplan gestrichen. Trotzdem ist sie beleidigt, wenn wieder jemand sagt, für dich keine Pistazien mehr, Nanejun. Ich bin zum ersten Mal traurig darüber, dass meine Großmutter alt ist. Sie kam nach unserer nicht angetretenen Reise nach Iran noch zwei- oder dreimal nach Deutschland, um uns zu besuchen. Eine andere Großmutter gab es nicht mehr, und ich hätte mir auch keine andere vorstellen können. Wir unterhielten uns nicht mit Worten, aber auch das fand ich normal. Wenn sie da war, war sie da, wo ich war. Sie konnte nicht lesen, und sie erkundete mit mir zusammen die Welt mit durchdringenden, weit offenen Augen, verlor sich im Spielen und Staunen mit mir, ohne sich in Buchstaben zu verirren, die uns trennten. Sie war eine unmissverständliche Hand auf meiner Schulter, ein Lächeln mit funkelnden Augen in meinem Hinterkopf. Wir gehörten zusammen, sie war meine Gewissheit, dass ein Teil von mir weit weg war. Sie war meine Familie, die ich spüren konnte, aber nicht sah. Sie hat immer ein Kopftuch an, nur bei Hassan, ihrem ältesten Sohn, der nun in Isfahan lebt, legt sie es selbstverständlich ab. Rudabeh färbt ihr die Haare, Shirin nimmt sie bei ihren Besuchen mit zur Kosmetikerin, die ihr die Gesichtshärchen mit einem Faden zupft. Über die Jahre wurde ihre Stimme zu einer knarzenden Eiche, sie sortiert Reis und spricht mit mir in Zeitlupe. Immer wieder fragt sie nach meiner Mutter. Ihr Foto steht noch in der Anbauwand, die den Fernseher umrahmt, davor Narges bei ihrer Diplomfeier mit Blumen, Rudabeh und Hashemian mit den Kindern, sogar ich mit einem Minnie-Mouse-Sweatshirt, das Foto, das im Kindergarten in Gießen vor der Themenwand gemacht wurde. Ein Foto von Nanejun ist dabei, da muss sie um die vierzig sein, sie schaut direkt in die Kamera, schwarze lange Haare. Sie könnte lächeln, aber sie tut es nicht, sie ist immer eine Frau gewesen, die ihre Entscheidungen selbst trifft. Sie schaut sich auf dem Foto selbst in die Augen und wartet, atmet langsam ein und aus, lässt ihr Herz seit fast einem Jahrhundert in diesem Rhythmus schlagen und das Blut durch ihre Adern pumpen. Ich bin ein paar Jahre zu spät gekommen, denke ich. Ich habe sie sehr geliebt und kenne nicht mal ihren richtigen Vornamen. Das Bild, das ich von ihren Besuchen bei uns in Gießen vor vielen Jahren von ihr hatte, ist immer gleich geblieben. Jetzt sitzt Nanejun neben mir auf dem großen Wohnzimmerteppich und singt leise vor sich hin. Ich bin nie auf die Idee gekommen, dass sie sich in den letzten 25 Jahren verändert haben könnte, dass sie eine alte Frau werden würde, ich dachte, das würde einfach nicht passieren.

Brandenburg 2016, kurz vor der Reise

All you can eat

»Ich will doch wissen, wo du herkommst.«

»Aus Gießen, weißt du doch.«

Alex, die ich seit ein paar Monaten »ernsthaft« datete, stellte mir immer öfter Fragen zu meiner Herkunft. Gemeinsam machten wir an einem schwülen Sommertag einen Ausflug in den kleinen Kurort in Brandenburg, in dem ich seit einem Jahr in der Klinik arbeitete, um mal aus der Großstadt rauszukommen.

»Gehen wir einfach zum All-you-can-eat-Chinesen«, schlug ich vor, »da mache ich manchmal Mittagspause.« Zusammen liefen wir durch die Fußgängerzone der kleinen Stadt. Alex schritt in ihrer neuen Bluse mit Leopardenmuster, ich stolperte eher. Ich legte aus Reflex den Arm um Alex' Hüfte. Wir überquerten den großen Aldi-Parkplatz und nahmen auf der mit Gartenmöbeln und einem Aquarium ausgestatteten Restaurantterrasse Platz. Über dem Eingang zum Innenbereich prangte ein Banner »All you can eat 8,95 €«, über dem Eingang daneben »Diskothek Hühnerstall«.

»Ziemlich ruhig hier«, musterte Alex die rustikale Einrichtung.

»Ich hab dir ja gesagt, es ist ganz anders als Berlin«, entgegnete ich. Blicke hefteten sich an uns, ein paar weißhaarige Männer starrten durch die halb leeren Weizenbiergläser, ein paar Dauerwellen tuschelten. Wir schichteten Kellen auf, ich sortierte das Essen nach Farbe, nahm das, was Alex nicht nahm, und versuchte, mich davon abzulenken, dass ich hier schon ungefähr zwanzigmal gewesen war, seit ich in der Rehaklinik arbeitete. »Und wann geht's los? Willst du da wirklich hinfahren?« Alex' Augen fixierten mich erwartungsvoll. Ich sah mich etwas hilflos um. Ich erzählte halbherzig etwas von Familie, günstigem Zeitpunkt, und dass ich gelesen hatte, dass die Menschen in Iran Touristen gegenüber sehr aufgeschlossen seien. Ganz genau kannte ich den Grund ja selbst nicht, wie sollte ich da meine neue Freundin davon überzeugen, dass das eine gute Idee war. Die Geste an sich kam mir vertraut vor, ein paar Informationen so zu verpacken, dass sie sanft am Wasserglas abperlten und sich verflüchtigten, bevor sie ernsthaft zur gegenüberliegenden Tischseite durchdrangen. Alex kaute zögerlich auf ihrem süß-sauer frittierten Hähnchenstück, der Rest meiner Antwort, der zwischen den Zeilen übrig geblieben war, wurde wortlos von ihr verwertet. Zum Glück war meine Mutter nicht hier, dachte ich. Wir hatten seit Jahren keinen Kontakt mehr.

Ich schweifte mit meinem Blick zum Aquarium ab, zwei Kinder mit Sidecut und Gelfrisur warfen abwechselnd Kieselsteine einer Topfpflanze hinein, drückten ihre laufenden Nasen an die Scheibe und riefen den Fischen hinterher. Sie sehen eigentlich alt genug aus, um zu wissen, dass die Fische sie nicht hören, dachte ich. Absolut sicher schien nur das Schwarz auf Weiß auf den Unterarmen der anderen Gäste, Kindernamen und Geburtsdaten, eine Eindeutigkeit gegen das Gefühl, ein fremdes Leben zu leben, wo doch alles Fremde hier oben außerhalb von Berlin eine Provokation, eine Abweichung bedeutete. »Family – where life starts and love never ends« zog sich über eine Wade in Camouflageshorts.

»Fühlst du dich denn mehr als Deutsche oder als Iranerin?«, fragte Alex. Nicht dem Impuls folgen. Sie meinte es sicher nicht so. »Dein Vater, ja, unglaublich, dass er dich im Stich gelassen hat.« »Vielleicht hat er sich in Deutschland einfach nicht wohlgefühlt.« – »Na ja, es gibt doch auch Deutsche, die nicht immer bekommen, was sie wollen, und nicht gleich abhauen. So pauschal kann man uns Deutsche doch nicht abstempeln. Das ist ja genauso wie Rassismus, nur umgekehrt.« – »Wenn er nun mal diese Erfahrungen gemacht hat.« – »Dankbar sollte man schon sein, finde ich«, entgegnete Alex. »Ich meine, immerhin hat er ja hier studiert und eine Krankenversicherung gehabt und alles, warum wusste er das nicht zu schätzen? Vielleicht ist das einfach so eine Mentalitätsfrage. Ich habe schon den Eindruck, dass sich die Ausländer manchmal sehr schnell beschweren.«

Alle meine Gedanken froren auf der Stelle ein. Die Kellnerin schien dies für einen guten Moment zu halten und brachte Pflaumenwein.

Meine Mutter hätte ihr sicher beipflichten können, aber mein letzter verbaler Kontakt mit ihr lag inzwischen Jahre zurück. Sie sah bei unserer letzten Begegnung aus, als käme sie direkt von den Zeugen Jehovas, schwarzer Betschwesternrock und extra wenig Farbe im Gesicht, die Mimik von einer jahrzehntelangen Depression glatt gebügelt wie mit Botox. Nachdem mein Vater Deutschland verlassen hatte, versank sie in Selbstmitleid.

Als wir wieder zurück nach Gießen in den Plattenbau zogen, setzte sich meine Mutter an den kleinen Resopaltisch in der Küche und beobachtete mich argwöhnisch, wie ich an ihr vorbeilief, wenn ich morgens das Haus verließ, als sei ich ein Fremdkörper. Sie blieb dort die restlichen drei Jahre sitzen und grübelte, was alles aus ihr hätte werden können, wenn sie nicht meinen Vater getroffen hätte. Wir teilten knallhart die Ressourcen auf, Sozialhilfe für meine Mutter, für Unterhalt vom Jugendamt war ich zu alt. Ihr Gesicht wurde irgendwann so weiß wie der Tisch. Ich hätte sie damals am liebsten verletzt, nur um zu sehen, ob noch Blut in ihren Adern fließt. Ihre Wut kroch durch die Ritzen meines

Zimmers wie stummes Gift. Wenn ich im Bett lag, hielt ich die Luft an, schlief einen halb wachen Schlaf und strich die verbleibenden Tage bis zum Abitur durch wie Namen von einer Todesliste. Ab und zu rief mein Vater an, aber ich wusste nicht, was ich sagen sollte.

Ich sah an mir herunter, und mir fiel auf, dass ich selbst komplett schwarz angezogen war. Ich war froh, meine Mutter einfach nicht mehr sehen zu müssen, ihr in das tote Gesicht zu sehen, widerte mich zu sehr an. Das würde Alex niemals verstehen.

Einen Monat zuvor war ich in einer deutsch-deutschen Landschaft das erste Mal bei Alex' Familie zu Weihnachten zu Gast gewesen. Ich hatte noch nie so viele Geschenke auf einem Haufen gesehen wie im Haus von Alex' Tante in Vorpommern. Beim Festessen wurde über den anstehenden Winterurlaub und ein neues Auto gesprochen. »Bar bezahlt«, nickte Alex' Tante Edeltraut anerkennend. Es ging außerdem um die Veränderungen in der Nachbarschaft, man fühle sich nicht mehr wohl. Überall sehe man Frauen mit Kopftüchern, und überall solle man jetzt Rücksicht nehmen. »Die treten auf, als würde ihnen die Straße gehören«, sagte Edeltraut. »Ich will, dass das alles hier deutsch bleibt, ich will, dass mein Enkel auch sein Schweinefleisch essen darf! Wir laufen am Ende verschleiert rum, wenn die alle kommen.« Zu uns.

»Sie sitzen übrigens mit am Tisch«, sagte ich. »Ich sitze mit am Tisch.« Das sei etwas völlig anderes, ich sei ja anders. Kurz bevor ich zum Konter ansetzte, sah ich neben mir Alex, wie sie betreten zu Boden sah, die Hände gefaltet im Schoß. Die Übrigen tranken weiter ihr Weizenbier aus Gläsern, die aussahen wie verbrauchte Frauenkörper, und bliesen Rauchkringel in die Luft. Ich blieb stumm.

Am Bahnhof

Bei meinem Vorstellungsgespräch ein Jahr zuvor in der Reha-klinik, in der ich kurz nach der Uni anfing, saß ich auf einem zu kleinen Sessel vor einer hageren Frau und knautschte einen Igel-ball. Ich kürzte meinen Vornamen ab und sagte meinen Nach-namen extra ganz schnell, damit er kein Aufsehen erregte, aber es nützte nichts.

»Nun, ich muss das einfach fragen. Wo kommen Sie eigentlich her?«

»Aus Gießen.«

»Ja, aber ... Was haben Sie denn jetzt für einen kulturellen Hintergrund?«

»Ich traue mir die Arbeit mit Rehapatienten durchaus zu«, abgesehen davon sei ich selbst noch nie in Iran gewesen, aber mein Vater lebe dort, und ich wolle nun in einer strukturschwa-chen Region für einen Lohn, der 30 Prozent unterhalb des Tarifs lag, in einer Klinik arbeiten. Ich hob zwei Finger und sagte: »Das gelobe ich.«

Das mit meinem Vater überraschte, so als wäre es überraschend, dass ich sprechen konnte. Wie man »in einem solchen Land« überhaupt leben könne, wie dort Fortschritt möglich sei. »Wir hatten in Deutschland ja immerhin die 68er.«

Oft saß ich nach der Arbeit beim Bäcker, wenn mein Zug aus-gefallen war. Das einzig Verheißungsvolle neben der Haltestelle »Friedhof« war ein Schild mit der Aufschrift »Netto: 2 km«.

Ich schaute auf mein schmutziges Plastiktablett und wartete, dass die Stunde bis zur nächsten Bahn verging. Auf dem Boden lag noch eine ausgeblutete Tasse wie ein ignorierter Hilferuf. Die Kaffeelache reichte gefährlich nah an meine Schuhe heran. Das ist die Realität, dachte ich, kramte mein Lehrbuch heraus und versuchte, ein paar Vokabeln zu lernen.

Ein älterer Herr sprach mich vorsichtig an. Ob das Arabisch sei, was ich da lernte. »Nein, Persisch.« – »Wie interessant.« Sein Sohn sei einmal in Iran gewesen. Er habe dort eine Rundreise mit dem Motorrad gemacht.

»Eine Gesellschaft, nun, wie soll ich sagen«, und ich merkte, wie sich sofort meine Schultermuskulatur zusammenzog, »die uns sehr verschlossen ist.«

Ich atmete erleichtert aus und dachte, ja, das trifft es wohl. Er sei Rundfunkdirektor bei einem Radiosender gewesen. Er habe sich eigentlich schon zur Ruhe gesetzt, schreibe aber noch hier und da einen Beitrag. Im Nachbarort, einem größeren Kurort, habe er extra ein Haus gekauft, »um die Familie anzulocken«, scherzte er und wirkte dabei etwas einsam. Er schien ein Fremder hier zu sein wie ich, aber nicht wie die Touristen, die mit uns in diesem Café saßen. Sie aßen am Nebentisch mondgroße Tortenstücke und unterhielten sich über Krankheiten. Und: das Wetter, die Anwendungen, die Ausländer. Die Torten wurden pflichtbewusst abgearbeitet, als könnten die Gäste so die Zeit überstehen, von denen sie glaubten, dass sie ihnen etwas nahm. Man fühlte sich betrogen.

Ich klappte mein Buch zu und las stattdessen ein paar Nachrichten von meinem Vater, die er mir ab und zu schickte. Kurz vor meiner Reise hatte ich begonnen, ihm hier und da ein paar Fragen zu stellen. »Kein Problem, wenn du etwas wissen willst, frag mich einfach.« Während ich wartete, versuchte ich in Gedanken, seinen Weg auf einer Landkarte nachzufahren. Dann schrieb ich ihm: »Wie war das damals, als du nach Deutschland gekommen bist?« Seine Nachricht überraschte mich, als hätte er nur darauf gewartet, endlich gefragt zu werden:

Hallo meine Liebe Nilufar,
Ich war mit militaerdienst fertig und gerade war Revolution passiert. Das Land war im Kaos. Ich hatte nue die einfach Abitur gehabt und keine Chance im Iran studieren zu koennen. Ich habe Deutschland gewaehlt, weil ich neben Studium arbeiten kiennte und ausserdem hatte ich gewisse Sympatie. 1979 kam ich um 22 Uhr abends in Göttingen am Bahnhof an. Ich wusste kein einziges Wort Deutsch, hatt nur 20 Pond englisches bar Geld und 2 300 DM In chek und ein Koffer.

Was er dachte? »Gar nichts«, antwortete er, er habe einfach überlegt, wo er als Nächstes hinmüsse, wo er unterkommen würde. Irgendein Iraner, den er nicht gekannt habe, dort habe er zwei Wochen schwarz gewohnt in einem Zimmer nur mit kaltem Wasser, dann habe er versucht, alles zu organisieren. Er könne mir alles genau sagen, wenn ich Fragen hätte, das sei gar kein Problem. Mit jeder Antwort dachte ich, dass ich kein bisschen mehr wusste, jedes Detail der Reise entfachte noch mehr von dem Leeregefühl, das sich in mir ausbreitete wie Nebel. Ich wusste alles und nichts. Die Fragen zu stellen, per WhatsApp, war erstaunlich einfach, ebenso wie die Antworten. Ich sah einen Mann am Bahnhof in Frankfurt – »ich dachte, es war 1981« – »nein, 1979« –, ich wusste, wie spät es war, wie viel Geld er bei sich trug, aber sein Gesicht blieb immer verschwommen, ich konnte mich nicht darin erkennen, durch so viel Ferne hindurch. Ich streckte die Hand in den Nebel, ohne etwas sehen zu können. »Wieso eigentlich englische Pfund?«

Ich hatte mich vorher nie gefragt, wie der Abschied für ihn gewesen war, denn offen gesagt, hatte es mich nie interessiert. Er war gekommen und wieder gegangen, das war mir lange Zeit Antwort genug. Ich wusste, dass mein Vater nach seiner Rückkehr nach Iran bei Rudabeh gewohnt hatte. Sie hatte ihn aufgenommen, da er genauso gekommen war, wie er gegangen war: mit nichts. Ich stellte mir so oft vor, ich wäre am Flughafen und stiege in eine Maschine nach Teheran. Ich kam nie über den Flughafen hinaus. Ich hatte keine Bilder für das andere Land. In meiner Fantasie spielte sich alles immer in den Zwischenräumen ab, auf den Rolltreppen, der Passkontrolle, den Sitzen vor dem Bullaugenfenster der Boeing. Ich konnte mir irgendwann nicht mal mehr sein Gesicht vorstellen. Sein Gesicht zu verlieren, schien so etwas wie ein genetischer Defekt zu sein. Seine Diplomzeugnisse, seine Fotos mit der Fußballmannschaft, das freundliche Grüßen seiner Nachbarn, das Lächeln seiner Ehefrau, seiner Kinder, seine Aufenthaltsgenehmigung, als risse jemand all das mit einem Mal kaputt, auf dass nichts übrig bliebe als seine lächerliche ärmliche Herkunft mit einem Namen aus der Provinz. Mein Vater machte immer eine bestimmte Handbewegung, wenn er signalisierte »mit dem bin ich fertig«. Eine Geste der Verachtung, ich sah sie oft. Ich benutzte sie in den folgenden Jahren, wenn ich an meinen Vater dachte. Ich klatschte die Hände zweimal gegeneinander und wurde dadurch unverwundbar, wie durch einen Zauberspruch. Ein Stück der Oberfläche platzte dabei ab, und ein Teil von mir wurde taub.

Frankfurt 1981

In den ersten Monaten nach seiner Ankunft ging Khosrow manchmal zu Ikea oder McDonald's, saß in den Restaurants und suchte irgendetwas Vertrautes. Diese Orte waren zuverlässig. Sie fühlten sich immer gleich an. Er setzte sich dann manchmal in eine Sitzgruppe mit Preisschildern, sank in ein Sofa und lehnte sich zurück, schaute dann nach oben in ein kaltblaues Sonnensystem aus Halogenstrahlern. Er stellte sich ein Zimmer vor, mit seinen Büchern und seinen Bildern darin, vielleicht ein Granatapfelbaum vor dem Fenster, wie sie früher im Garten gewachsen waren. Er sah Menschen die Pfeile entlangmarschieren, mit riesigen Plastiktaschen und kleine Kinder an der Hand nach sich ziehend, er dachte an Bilder flüchtender Menschen. Ein Exodus im Kreis, choreografiert, tanzend nach Schrittfolge, durch die Drehtür, sich vorwärtsschiebend durch die Wohnwelt, die Arbeitswelt, die Kinderwelt, die Badezimmerwelt, die Gartenwelt, die Restwelt. Eine ängstliche Polonaise zog an ihm vorbei, während er in der Sitzgruppe den Menschen nachsah. Die Kinder zerrten an den Händen der Eltern und wurden im Scheinwerferlicht gnadenlos weitergeschleift.

Als ich in Deutschland an kam war ich sehr sehr alein. Ich wusses keine Sprache, meine Zukunft war voellig unklar, und … Gerade war Revolution geschehen und jede Iraner war Mitglied in einer politische Gruppe. Ich war voehlig veloren. An der Uni Frankfurt gab es immer Dienstags und Donnerstags Buescher Verkaeufe und alle Gruppen waren anwesend. Eine sehr Tages kam eine judge Frau (deine Mutter) und fragte mich, ob wir ein Buch mit iranische philosophie. Ich habe ihr gesagt, nechste Woche kann Sie bei mir abholen. Nechste Woche war ich in Wohnheim bei Freunden gewesen und hat jemand mir gesagt, dass eine Frau aus Frankfurt moechte ein Buch über Iran. Sie hatte eine Karte in Briefkasten gestekt. Dann habe ich mich sofort errinert. Also Sie kam wieder und habe ich dass Buch ihr geschenkt. So hat es angefangen. Zu dieser Zeit Sie wohnte in Niederrad und ich in Studenten Wohnheim in Westend.

1981. Khosrow stand vor der Mensa und schaute ins Leere. Die meisten Studierenden an der Uni Frankfurt, wo er als Vorbereitung zwei Jahre »Studienkolleg« absolvieren musste, um sich für Elektrotechnik einschreiben zu können, interessierten sich nicht weiter für ihn. Nicht für die Revolution, nicht für den Zerfall oder die grotesken Figuren, die sich das Land einverleibt hatten wie Parasiten. Er bekleidete seinen Posten bei einem Büchertausch und trieb einsam am Ufer seines Klapptisches. Es fühlte sich an, als würde er endlose Schleifen drehen, bis er endlich studieren durfte, bis er mit seinem Ausweis seine Zukunft greifen konnte, bis man ihn endlich ernst nahm und nicht mehr durch ihn hindurchsah wie die anderen jungen Leute, die in der Mittagspause an ihm vorbeiliefen und von den grauen Essenstabletts wie magnetisch angezogen wurden.

Hella blickte erst verstohlen um die Ecke. Sie versuchte, die Stoßzeiten zu vermeiden, zu unangenehm war es ihr, mit den anderen im vollen Speisesaal zu sitzen. Sie fühlte sich manchmal beobachtet und spürte, wie sie rot anlief, wenn sie versuchte zu essen. Sie senkte stets den Kopf, um nicht angeschaut zu werden oder reden zu müssen. Als die meisten Tabletts wieder einsortiert waren und die größte Menschentraube aus dem Speisesaal wieder ausgespuckt worden war, lief Hella los, aufgezogen wie ein Roboter, und tastete mit ihrem Blick argwöhnisch den Flur ab in der Hoffnung, etwas Halt zu finden. Ein paar Meter noch bis zur Tür vor der Speiseausgabe, um noch ein paar Reste zu erhaschen. Der Menschenstrom zerfloss indessen vor ihren Augen und gab unter all den blassen Jungengesichtern einen fremden Mann frei, starr in die Ferne blickend, als wäre

41

er gerade ans Ufer gespült worden aus einer anderen Welt. Nachdem sie auf den Boden schauend aus dem kleinen Dorf im Sauerland bis in die Uni-Mensa in Frankfurt gekommen war, traf sie der erste Blickkontakt ihres Lebens. Sie sah: Meer und Wüste, Berge und Felder, Feuer und Schmerz und Ferne, viel Ferne. Ein milchiges Augenpaar mit dichtem, dunklem Wimpernkranz, geschwungene Lippen, ein Gesicht und eine Körperhaltung wie eine antike Statue. Sie spürte Hitze. Sie konnte seinem Sog nicht ausweichen und schwamm in einem Meer aus Flugblättern. Kurz bevor sie ertrank, bemerkte er sie.

Er drückte ihr ein Flugblatt in die Hand und begann nach Wochen des Grübelns zu reden. Ein warmer Wasserfall aus verschluckten Endungen und Artikeln, gezogenen Vokalen. Sein Sprachrhythmus überflutete sie. Sie griff die herumliegenden Blätter mit ihren Fäusten, presste sie in ihr Gesicht, verschluckte sie, verschluckte seine Wörter. Dann trieb sie vor der Mensa wie auf einem See.

Sie trafen sich bei ihm im Wohnheim, er kochte stundenlang in seinem Zwölf-Quadratmeter-Zimmer mit zwei Kochplatten. Wenn sie nach Hause ging, rochen ihre Kleidung und ihre Haare, wie sie sich eine fremde Welt vorstellte.

Teheran 2016

Berim Park

Ich weiß wieder nicht genau, wo mein Vater ist, aber meistens trudelt er rechtzeitig ein, um mit mir und Hashemian in die Stadt zu fahren. Vorher setzt er sich immer noch etwas ins Wohnzimmer und trinkt einen Tee, während der Fernseher läuft, den sie offenbar zu meiner Beruhigung immer anlassen. Es gibt sogar ZDF, das heißt, es gibt alle Sender unter der Sonne, denn alle Iraner haben eine Satellitenschüssel. Die sind natürlich verboten, und manchmal werden sie von der Regierung in einer Art Säuberungsaktion eingesammelt, aber es gibt mit Sicherheit nicht einen einzigen Haushalt in Teheran, der kein Satellitenfernsehen hat, und das weiß auch jeder. Es fügt sich alles irgendwie.

Mein Vater lachte früher immer demonstrativ, wenn er Nachrichten schaute und ich danebensaß, als wollte er damit sagen: »Das passiert gar nicht wirklich, siehst du, Nilufar, diese Welt, dieses Leben, es ist alles so absurd, das ist alles gar nicht wahr.« Und ich dachte dann: Wir leben nicht, wir spielen nur, wir sind Teil einer Erzählung. Er lacht noch heute, wenn er mir die Geschichten von früher erzählt, als er in Gießen war und ich klein. Ich versuche, seine Odyssee nachzuvollziehen. Er lässt immer mehr die Artikel weg, und ich ergänze seine Sätze im Kopf wie Lückentexte. Es geht jetzt schneller als früher, vielleicht ist es einfacher, die Bedeutung von Wörtern zu erkennen, wenn sie verschwinden.

Zwischen den Hügeln im Norden der Stadt und den älteren Stadtvierteln scheint die Distanz zwischen Tradition und Zukunft größer als die Entfernung zwischen Teheran und Kalifornien. Im »Apel Store« versuche ich, mir einen Proxy gegen den Internetfilter installieren zu lassen. Jeder Besuch in einem Shop wird zum Staatsakt. Hashemian und mein Vater übernehmen die Verhandlungen. Der junge Verkäufer trägt ein Bundesligatrikot von seinem Lieblingsspieler Reus. Er freut sich riesig darüber, dass ich Reus kenne, und präsentiert stolz sein Pflaster auf der Nase, wie den Beweis eines Initiationsritus. Meinen Vater macht das sehr traurig. Trotzdem sagte er mir früher einmal am Telefon: »Wenn du deine Nase auch operieren lassen möchtest, kannst du das natürlich tun, hier in Iran gibt es sehr gute Schönheitschirurgen.«

Im Auto auf dem Weg nach Hause schimpft er. »Unsere Kinder wandern alle aus, verlassen alles. Wir brauchen sie hier. Keiner bleibt.« Er wirkt resigniert. »Was soll ich mit den anderen Leuten hier überhaupt noch reden, die wollen doch nur einkaufen gehen und ein ruhiges Leben haben.« Es sei ihm egal, was die Verwandten dächten mit ihren Extravaganzen und Spielereien. Er bleibe alleine mit Fatemeh zu Hause, und die anderen sollten ihn alle in Ruhe lassen. »Das sind alles Halsabschneider, Neureiche!« Er fühlt sich betrogen. Er sehnt sich nach etwas, das längst verloren ist, denke ich, und er weiß es.

»Berim Park«, gehen wir in den Park, sagt Narges. Rudabeh steht wieder seit dem frühen Nachmittag in der Küche, macht verschiedene Salate, Frikadellen, *kotlet* genannt, und Gemüsepuffer. Als es langsam dunkel wird, brechen wir auf.

Einen Parkplatz zu finden ist schwer, Pärchen und Grüppchen strömen aus den Straßen in die riesige Anlage, wir gehen durch ein Lichtermeer, einen endlosen Torbogen aus LEDs, es könnte eine Himmelspforte aus einem Achtzigerjahre-Hollywoodfilm sein. Mit uns laufen Hunderte Kinder in allen Größen, ich habe noch nie so viele auf einem Fleck gesehen. Sie sind wie üblich immer überall dabei und gehen niemals schlafen. Die beste Zeit zum Spielen ist gegen 22 Uhr, es ist angenehm kühl, und die Eltern haben gute Laune, weil die Dunkelheit das ein oder andere verschluckt. Ein wenig Nervenkitzel sei dabei, sagt Narges, sie habe Angst in den dunklen Ecken. Was passieren könne, frage ich, ob es vorkomme, dass man überfallen oder bestohlen werde. Nein, nein, hier gebe es überall Polizei. Ich stelle mir vor, wie ich Narges darauf vorbereite, nachts durch einen Park in Berlin oder Paris zu gehen, wenn sie mich mal besuchen sollte. Ich fühle mich gerade äußerst sicher, wüsste aber gerne, wer hier zur Religionspolizei gehört.

»Die erkennst du schon, wenn du dich dran gewöhnt hast«, grinst Narges.

Wir haben zusätzlich zu unseren Smartphones drei oder vier Selfiesticks, es ist nur nicht so einfach, einen geeigneten Platz zum Fotografieren zu finden. Posen ist wie swipen, nur echter.

Rudabeh packt das Essen aus. »Ich liebe es hier«, sagt sie, es scheint der Inbegriff von Freiheit zu sein. Und dazu noch Bäume. Wir streifen durch die endlosen Wiesen mit Treppen und Brunnen. Ein Blick über die Stadt durch Baumkronen hindurch, wir sind in einem Gemälde von Caspar David Friedrich, der berühmte Blick in die Ferne, nur weiter, die Sehnsucht nach zu Hause, nur ferner, die Gewalt einer Sturmflut, nur aus Lichtern, die Berührung mit dem Unbekannten, nur verschleiert, die Erhabenheit der Landschaft, nur greifbar. Im Zentrum steht wie ein Leuchtturm das Parkhotel, ich schätze um die zwanzig Stockwerke. Im Dunkeln wirkt es wie ein funkelnder Dominostein, immer wieder huschen Lichtspiele über die Wände. Im Schatten fotografieren sich die Pärchen wie vor dem Eiffelturm, nur in der Islamischen Republik.

Auf einmal steht ein Junge, nicht mal hüfthoch, neben mir und schaut an mir mit großen, fragenden Augen hoch. Wir bleiben zunächst wortlos so nebeneinander stehen und schauen auf die Stadt. Als ich mich umdrehen will, verzieht er das Gesicht, weit und breit kein Elternteil. »Salam«, sage ich. Er bleibt stumm und schaut mich an. Als ich gehen will, weint er. Ich winke etwas hilflos zu Hashemian hinüber.

»Amu! Was machst du hier alleine?«, ruft Hashemian.

Wir wandern mit dem kleinen Jungen durch den Park. Er sieht aus wie eine Kinderversion von Hashemian, die beiden scheinen sich gut zu verstehen. Auf unserem Weg sammeln wir nach und nach alle Familienmitglieder ein. Er sei fünf, verrät er uns zögerlich, aber noch immer weigert sich der kleine Junge, einem von uns seinen Namen zu sagen. Aber er geht sichtlich gerne mit uns spazieren. Wir wandern an Tausenden Menschen vorbei. »Bebakhshid«, entschuldigen Sie, eine Frau nach der anderen dreht sich um, ein fremdes Gesicht, ein fremdes Leben nach dem anderen blickt mich an. Könnte ich für einen Moment so tun, als sei es meins? Schließlich beugt sich Hashemian zu dem Jungen hinunter: »Wir gehen jetzt zur Parkpolizei und fragen, wo deine Mutter ist.«

Da fängt der Junge auf einmal bitterlich an zu weinen, er habe doch nichts getan, er wolle auf keinen Fall zur Polizei, reißt sich los und wandert wie ein geschlagener Welpe mit hängendem Kopf davon. Abwechselnd reden meine Tante, Narges und Hashemian auf den Kleinen ein, tanzen um ihn herum, versuchen, ihn zu beschwichtigen, streicheln seinen Kopf, nehmen ihn auf den Arm und setzen ihn wieder ab. Ob wir ihn nicht einfach behalten können?, denke ich kurz.

Statt zum nächsten Polizeistützpunkt zu gehen, suchen wir erst mal den Spielplatz. Hinter zwei Büschen ein riesiges Piratenschiff, eine Hüpfburg und Eisstände. Die Kinder hüpfen auf der Stelle, während im Hintergrund die Lichter des Parkhotels blinken. Der Junge findet auf einmal seine Mutter wieder, sie bedankt sich nur kurz, und er verschwindet sofort auf das Schiff zu den anderen Kindern. Wie schade, dass ich mich nicht etwas mit ihm unterhalten konnte, denke ich. Auch seine Mutter geht sofort wieder unter in der Masse an Menschen, die abends hierherkommen, um frische, kühle Luft zu schnappen, als bräuchten sie alle eine Pause vom Leben in dieser Stadt.

»Lass uns noch ein bisschen bleiben und den Kindern zusehen«, sagt Hashemian und setzt sich auf die Parkbank vor dem Piratenschiff.

»Warum?«

»Sie sind niedlich. Ich schaue ihnen so gerne beim Spielen zu. Macht man das in Deutschland nicht?«

Der Junge steht auf dem Schiff inmitten der quiekenden Kinder, presst die Lippen zusammen und schaut grimmig auf Hashemian herab. Er ist immer noch beleidigt, nachdem dieser ihm mit der Polizei solche Angst eingejagt hat. Hashemian lächelt ihn an, aber er senkt nur den Blick, dann verschwindet er.

Ich stelle mir vor: Narges geht nach der Arbeit noch eine Weile allein im Park spazieren, vielleicht mit einem Freund, vielleicht mit ihrem Freund. Sie blickt dabei mit einem Auge verstohlen über ihre Schulter, achtet darauf, dass sie nicht verfolgt werden. Sie würden die Gretchenfrage hier klären, wie sie es damit halten, das Land zu verlassen. Oder sie würden sich einfach ihre Zukunft erträumen.

Vielleicht würde Narges ihn fragen: »Wenn eine Fee käme und alles möglich wäre, wenn du es dir aussuchen könntest – in welcher Zeit, an welchem Ort würdest du leben?«

Und seine Antwort könnte sein: »Deutschland. Ich glaube, ich würde gerne in Deutschland leben. Vielleicht zu der Zeit, als

Kant gelebt hat. Oder jetzt. Ich wäre gerne bei Siemens. Was ist mit dir? Wo und wann würdest du gerne leben?«

Und Narges würde sagen: »Jetzt und hier. Ich würde gerne hier leben.«

Und er würde lachen: »Ist das dein Ernst? Zu dieser Zeit, mit diesem Regime?«

»Ich kann mir einfach nicht vorstellen, woanders zu sein. Zumindest nicht ohne die anderen.«

»Aber du hättest woanders sicher auch eine Familie. Stell dir vor, vielleicht in L. A. mit einem Swimmingpool, wo ihr dann den ganzen Tag Pommes und Pizza esst und unglaublich schlecht erzogene Kinder habt.«

»Ja, vielleicht.«

Pouya

An meinem dritten Tag sitze ich zusammen mit Pouya in Hashemians Peugeot und fahre mit ihnen durch Teheran. Mein Vater lasse sich entschuldigen, er habe was Geschäftliches zu erledigen. Mehr sagt er nie dazu. Er hatte schon früher nie viele Worte darüber verloren, was er macht. Ich kommentiere es mit einem Achselzucken und bin irgendwie erleichtert, dass ich mich mit Pouya unterhalten kann, ohne dass die Luft zum Schneiden dick ist. In der Familie meines Vaters drängen alle voneinander weg wie Granatsplitter. »Die Familie von Mehdi und wir reden nicht mehr miteinander.« – »Khosrow und Rudabeh reden nicht mehr miteinander.« – »Khosrow und Hassan reden wieder miteinander.« »Khosrow und Mehdi reden wieder miteinander.« – »Pouya und Khosrow reden nicht mehr miteinander.« Immer wieder, »ich komme da nicht mehr mit«, sagt Shirin. Jetzt fahren wir jedoch zusammen die halbe Stadt ab, und alle scheinen irgendwie erleichtert zu sein, dass es die anderen noch gibt. Zumindest versuchen alle, sich für ein paar Stunden gegenseitig auszuhalten.

Pouya streckt seinen Kopf aus dem Auto heraus: »Hier steht meine alte Schule, hier haben wir Fußball gespielt!« Und ich denke, wie soll das gehen, wie kannst du hier als Kind gespielt haben, wie kannst du hier zur Schule gegangen sein, wenn du doch eigentlich Deutscher bist. Sein Blick, der sich jetzt an die fremd erscheinenden Gebäude heftet, überrascht mich.

Pouya. Im Allgäu konnte man sich günstig niederlassen. Im Winter weißes Märchenland. Bewusst keine Werbung im Wartezimmer, das schafft Vertrauen. Er hatte nach langer Quälerei Ende der Neunziger mit dreißig Jahren endlich sein Examen bestanden und blieb in Deutschland. Auf dem Land fand er es wider Erwarten gar nicht schlecht, eine Chance für einen jungen Arzt wie ihn. Am Anfang fragten die Patienten den neuen Ausländer-Hausarzt schüchtern, ob sie Grüß Gott sagen dürfen. Er sagte, er sei Atheist. Die Kinder kamen, mit schwarzen wuscheligen Haaren, dunklen Augen und deutschen Namen. Mittlerweile vertrauen ihm die Patienten auch ihre persönlichen Probleme an. Er macht oft noch Hausbesuche in den entlegeneren Dörfern. Manchmal klingelt ein Notfall in seiner Wohnung über der Praxis. Wenn wenig los ist, schaut er in der Praxis nebenbei BBC Farsi, während oben die Kinder spielen. Oft bleibt er lange unten. Die Nachrichten wirken nach, manchmal kommt er nach oben und diskutiert stundenlang mit Shirin, hält Monologe, schlägt die Hände an die Stirn. Das Land gibt es nicht mehr in seiner physischen Form, es flimmert über den Bildschirm beim Essen. Nachrichten, Videoclips, Zeichentrickserien, eine Satellitenschüssel voll von Gefühl wie altes Badewasser mit abgestorbenen Schuppen, einer DNA, die nur noch im Äther existiert. Es fließt in sein Leben hinein, nachts Atemaussetzer, Schlafapnoe, Erstickungsgefühl, besser, seit er mit der Maske schläft. Seit über zwanzig Jahren bleibt das Land im Rahmen des Bildschirms, lässt sich an- und ausschalten. Stattdessen klopfen alle Katastrophen der Welt an, Gaza, Jemen, Bangladesch. Krisengebiete heften sich ans Bewusstsein und wirken wie ein altbewährtes Gift. Hungersnöte und Bombenangriffe platzieren sich in der Anbauwand, umgeben von Hochzeitsfotos, Vasen und Büchern. Eines Morgens finden sich Spuren von Tomaten am Fenster. Zur Sicherheit ruft er lieber die Polizei.

Pouya schrie von allen immer am lautesten beim Diskutieren, sodass meine Mutter ihn bei einem seiner Besuche in unserer

Wohnung in Gießen einmal empört aus dem Wohnzimmer schmiss. »Ich denk an dich, was machst du, wie läuft die Schule, grüß deine Frau, salam, allo allo«, hinausgeschossen gegen die Entfernung, ein langer Redeschwall durchs Telefon, kaum zu unterscheiden von einem Schrei. Es scheint auf mich abgefärbt zu haben. Seit ich in die Schule gekommen war, sagten mir die Leute immer, ich redete zu laut. Auch als Erwachsene noch.

Pouya schlägt mit seinem Medizinstudium und der Hausarztpraxis im Allgäu etwas aus der Art, aber das wurde selbstverständlich akzeptiert. Ein Doktor in der Familie macht immer was her. Mein Vater schaut jedes Mal mit schmalen Lippen zur Seite, wenn Pouya sich vorstellt und ein Leuchten in den Augen der anderen aufblitzt. Vielleicht hat er das Gefühl, der kleine Ziehbruder stehle ihm die Show.

Pouya und ich telefonieren manchmal und reden über Hirnforschung, aber viel lieber spricht Pouya, genau wie mein Vater, lange und ausgiebig über Politik. Dass der viel jüngere Pouya, der meinem Vater als Einziger mit einem Abstand von fünf Jahren nach Deutschland gefolgt war, sich im Allgäu in einer Praxis vor Alpenpanorama niedergelassen hatte, löste in meinem Vater etwas Schmerzhaftes aus. »Was willst du mit mir über Politik reden? Du isst nicht mal Fleisch! Du hast überhaupt keine Ahnung von Iran, du bist seit 30 Jahren in Deutschland!«, schrie er ihn vor Jahren am Telefon an. Vielleicht denkt er, was gewesen wäre, wenn er nicht wieder nach Iran zurückgekehrt wäre. Wahrscheinlich fragt er es sich jeden Tag.

Shirin hat auch mal Medizin studiert, aber dann kam irgendwas anderes, und sie hat aufgehört, kümmert sich jetzt um die Kinder. Sie ist nur ein paar Jahre älter als ich und stammt aus Nordiran, wo angeblich alle »ein bisschen temperamentvoller« sind, wie mein Vater sagt. Shirin und Pouya mussten sich vor ihrer ersten gemeinsamen Reise zu den Schwiegereltern vor ein paar Jahren noch schnell am Telefon trauen lassen. Der gelangweilte Beamte aus der iranischen Botschaft habe ein Auge zugedrückt und nur etwas bei den Namen der Kinder Mia und Lotte gemeckert. »Die Namen stehen nicht auf unserer Liste.« – »Sie heißen aber so!« Am Flughafen in Teheran wurden sie mit Blumensträußen als Familie in Empfang genommen und feierten in Iran eine zweite Hochzeit für die Verwandtschaft, denn das erwartete man so. Damals kam Pouya zum ersten Mal nach über zehn Jahren wieder nach Iran.

Sie sind die Einzigen, die von Alex wissen. Ich überlege kurz, ob Shirin Narges etwas erzählt haben könnte, ich bin in meiner Familie nie sicher, wer wem was erzählt oder nicht erzählt oder nur hinter vorgehaltener Hand, nachdem man sich versprochen hat, nichts zu erzählen. »Sag das lieber nicht, wenn du dort bist. Die Iraner sind noch nicht so weit«, lachte Shirin damals. »Dieses Land ist so rückständig«, seufzte sie, »und immer müssen sie alles kompliziert machen.« Dass alles kompliziert ist, leuchtet mir sofort ein. Ich überlege, ob mein Vater mit Alex ein Problem haben würde. Nach all den Schwierigkeiten, die uns dieses Land bescherte, würde das auch nicht mehr viel ausmachen, denke ich, aber andererseits, was soll das jetzt noch, hat er mir doch immerhin verschwiegen, dass dies schon seine dritte Ehe ist und nicht erst die zweite. »Nilufar, das ist nicht wie in Deutschland, man kann hier nicht einfach zusammenleben, und außerdem werden wir alt und sind alleine.« Das ganze Land wusste es, bevor die Nachricht, dass mein Vater zum zweiten Mal geheiratet hatte, zu mir durchgedrungen ist, denke ich. Was für ein Theater. Ich frage gar nicht erst, warum er sich auch von seiner zweiten Frau wieder scheiden ließ, es scheint mir offensichtlich, dass es in diesem Land und noch dazu mit meinem Vater einfach zu kompliziert ist, zusammenzubleiben. In Gedanken füge ich eine weitere gekappte Linie zu meinem Genogramm hinzu. Ein Land, das derart schwierige Charaktere wie meinen Vater hervorbringt, hat offenbar die Macht, Familien zu fragmentieren, sie zu Scherben zu machen, wie in einem verdammten Mosaik.

Unser Name

Niemand in Deutschland hat denselben Nachnamen wie ich. Als mein Vater und Pouya nach Deutschland kamen, oblag es dem jeweiligen Einwohnermeldeamt, den Namen in arabischer Schrift einzudeutschen. Die bloße lautsprachliche Übersetzung an sich ist schon ein schwieriges Unterfangen, da man in Iran selbst unseren Namen schon in lateinischer Schrift umgeschrieben hatte, welche sich allerdings an der englischen Phonetik orientierte. So kam es zu -kh- und -ow- bei meinem Vater und dann auch bei mir, mit dem die Leute alles Mögliche beim Aussprechen anstellen. Ein paar Jahre später hatte man sich auf der Ausländerbehörde so weit von der anglofonen Version distanziert, dass man -kh- in -ch- und -ei- in -ey- umwandelte, sodass Pouya und mein Vater in dem Moment, als sie ihren Fuß in das neue Land gesetzt hatten, nicht mehr als verwandt erkennbar waren. Bei der inhaltlichen Übersetzung gingen die Schwierigkeiten weiter. Pouya und mein Vater lieferten mir recht unterschiedliche freie Übersetzungen dafür. Die Silbe -kar- kann je nach Kontext *machen, tun, arbeiten,* aber als Kombination so ziemlich jede Tätigkeit beschreiben. *Khir* oder *cheyr,* irgendwas mit *gut,* konnte ich herleiten, als ich genug persisch konnte, um den Namen selbst in arabischer Schrift zu schreiben. Trotzdem war ich der wahren Bedeutung kein Stück näher gekommen. Mein Vater sagte mir immer wieder, unser Name bedeute »so was wie Wohltäter«. Natürlich eine typisch persische Eigenschaft, der Welt Gutes zu bringen, wie überhaupt die ganze Kultur, ja die Wiege der Menschheit aus Iran komme. Die Araber und die Türken hätten sich ebenfalls dieser Kultur angenommen und ihre eigene von der einzigen wahren, nämlich der persischen, Kultur abgeleitet, quasi nur geliehen. Von Europa und den Germanen einmal ganz zu schweigen. Leider würden viele Iraner selbst von ihrer eigenen Abstammung und ihrem kulturellen Reichtum nichts mehr wissen wollen und orientierten sich traurigerweise am Westen. Das führe dazu, dass jetzt alle Pizza und Burger essen wollten und sich Frauen wie Männer ihre Nasen verkleinern ließen. Die Vielschichtigkeit dieses Landes würde der Westen jedenfalls niemals wirklich erfassen können, obwohl man sich ja gerade in Deutschland in perverser Art und Weise des Arierkults bedient habe. Sehr schade sei das alles.

Fragte ich Pouya, seit Studienzeiten glühender Kommunist, übersetzte er mir unseren Namen mit »Guter Arbeiter«. Arbeit, die einzig wahre Tugend des Menschen, über Herkunft und Klasse erhaben. Je nachdem wer mich heute danach fragt, liefere ich die eine oder andere Übersetzung ab. Versuche ich, auf die beiden Möglichkeiten aufmerksam zu machen, schwindet meist schon wieder das Interesse beim Gegenüber, das die Frage nach meinem Namen meistens ohnehin nur aus purer Höflichkeit stellt. Verständlich, denke ich oft in diesen Situationen. Wenn man schon seinen eigenen Namen vor lauter Doppeldeutigkeit kaum erklären kann, wie dann ein ganzes Land mit einer Familie, deren Großteil man nicht kennt? Oder ist es vielleicht gerade dieses Abwägen der Bedeutungen je nach Situation, das unsere gemeinsame Sprache ausmacht? Zu fühlen, welche Antwort die gewünschte Reaktion auslöst, das Anpassen des Gemeinten an die Umstände, das Beugen der Sprache, das Auslegen, der eine oder der andere Mensch zu sein, Wohltäter oder Arbeiter, das Verschwinden in unsicheren Zeiten, in denen viele meiner Angehörigen »zwischen die Fronten« geraten sind. Liegt darin vielleicht der Sinn?

Bei meinem zweiten Nachnamen war die Übersetzung meiner Familie weniger kompliziert. Khozan ist eine kleine konservative Stadt in der Provinz Khomeinishahr, wo meine Großmutter mit den Kindern lebte. Ein paar Jahre nachdem Pouya sein Studium beendet hatte, erzählte er mir einmal beiläufig, dass er das *Khozani* habe streichen lassen. Es sei zwar teuer gewesen, aber als Arzt sei es so einfacher, der vielen Unterschriften wegen. »Was du mit deinem Namen gemacht hast« war noch so ein beliebter Vorwurf, den mein Vater Pouya bei vielen Gelegenheiten machte. Das ganze Ausmaß offenbarte sich nach Pouyas Hochzeit mit Shirin. Sie sei heilfroh, dass sie als iranische Frau ihren Geburtsnamen behalte, schimpfte Shirin einmal, was er mit seinem Namen und dem der Kinder anstelle, müsse er verantworten. Er hatte nicht nur den zweiten Teil des Doppelnamens als Zeichen seiner Herkunft gestrichen, er hatte außerdem den verbliebenen Namen in Kunze ändern wollen, den deutschesten Namen mit K, den er sich habe vorstellen können. Das sei ihm aber von den Behörden nicht bewilligt worden, Kunze sei schon zu häufig. Stattdessen habe man ihm einige in Deutschland seltenere Namen vorgeschlagen, und so hieß er mittlerweile Fleming, die Kinder ebenfalls, was für die deutschen Behörden deutlich leichter war.

Mein Vater lässt es sich nun bei meinem Besuch nicht nehmen, mit mir selbst mehrere Stunden nach Khozan zu fahren. Er biegt in dem kleinen Ort in ein paar staubige Gassen und zeigt mir schließlich den Platz, wo das Haus meiner Großmutter gestanden hat. Er trägt seinen Namen mit Absicht im bourgeoisen Teil von Teheran mit sich herum, vor sich her könnte man sagen, auch wenn man sich, so meinte er, sicher über ihn lustig mache als einen aus der Provinz. Später, bei meinem Besuch bei Onkel Mehdi, dem ehemaligen Vizebürgermeister von Teheran, im wohlhabenden Norden der Stadt, wo an jeder Haustür Flyer mit Angeboten für Toefl-Kurse und englischsprachige Privatschulen kleben, wird er mir zuraunen, auch Mehdi, dieser Opportunist, habe dieses Zeichen seiner Herkunft vor langer Zeit schon streichen lassen.

Ich bin mit 6 zu Vorschuhle gegangen und gerade mein Vater ein Gehirnschlag bekommen und wurde gelehmt und Stumm. In diese Zeit war Pouya ein Jahr alt und kann ich mich genau daran errinern. Wir waren sehr arm. Mein Vater hatt kein Einkommen gehabt, er war unter Shahs Vater in det Tude Partei(kommonistische Partei) und immer auf der Flucht.

Mehdi war 16 und Hassan 18 und Meine Mutter das Kleines Haus auf 3 geteilt Zwei Teile als Erbschaft denen gegeben, damit die arbeiten und uns ernaehren.

Erste Schuhlklasse ist so angefangen und am Ende des Schuhljahres ist mein Vater gestorben. Er lag 40 Tage im Krankenhaus und ist keine seinen Stiftbruder in Besucht.

So, erste Schuhljahr war mit Armut, Traue und velorene Wuensche gepraegt und war fuer einige Jahre so geblieben. Ehrlich gesagt ich habe nie gute Errinnerungen gehabt Meine Schuhlzeit und spaeter Gymnasium waren gepraegt von eine Michung von Flicht und Mangel an alles. Was ich gerne gemacht habe war heimlich auf der Steasse Strassenfussball zu spielen und manschmal wurde ich richtig von Hassan geprugelt. Er war und ist Immernoch phycisich Krank.

Hätte meine Großmutter damals nicht mit einem Neugeborenen Khozan verlassen, gäbe es mich ganz sicher nicht, und ich würde nicht wie ein Fremdkörper auf einem Schotterplatz stehen, der einmal das Grundstück meiner Familie gewesen ist.

Gießen 1986

In der Uniklinik

Es traten auf: Chefarzt, Halbgott in Weiß, ein gut aussehender Assistenzarzt, mehrere Pflegekräfte, meine Eltern.

Männer in weißen Kitteln standen vor einem Bild, schwarz-weiß, man sah Schattierungen eines Körpers, genauer gesagt, Oberbauch, Niere, Leber, Milz, Galle, Darm eines drei Jahre alten fixierten Körpers, es existierte eigens dafür ein Holzsitz mit großer Lehne wie ein Ohrensessel und Lederriemen.

Seine Tochter wurde irgendwann abgeschnallt, auf ein Bett gelegt, dann wurde das Gitter hochgefahren. Eine Raumforderung sei nicht auszuschließen, da der Bauch sehr geschwollen und verhärtet sei. Im Langenscheidt schlug Khosrow »Kinderonkologie« nach, die Übersetzung ließ ihn kurz auflachen, dann Kopfschütteln, er klappte das Buch sofort wieder zu.

Khosrow wartete für die Befundbesprechung auf dem Flur, am anderen Ende die Ärzte. Dann wurde er von einem Pfleger unter den prüfenden Blicken der Ärzte ins Krankenzimmer geführt. Er schaute verstohlen auf seine Tochter im Gitterbett herunter, sein eigen Fleisch und Blut. Er konnte sich nur schwer vorstellen, dass ein Teil von ihm einmal hier in der Fremde zu Hause sein würde. Der Kinderkörper seiner Tochter schien aus unerklärlichen Gründen defekt, denn in der Bauchhöhle zeigte sich etwas, oder besser gesagt nichts, wie ein schwarzes Loch, wo sich die menschlichen Organe gerade frisch entfalteten. Das Röntgenbild spiegelte die

Affektlage. Es zeigte nicht die vermutete Raumforderung, sondern nur ein diffuses Nichts, das sich langsam in Khosrows Kopf ausbreitete. So hatten die Ärzte es nicht vermutet, so normal.

Nachdem die Visite vorbei war, sah er sich im Zimmer um. Fenster links, Türen rechts, Linoleum, nicht kalt, nicht warm, nicht gut, nicht schlecht, ein Spaziergang durch eine Traumblase, und er dachte sich: Wenn ich in dieser Welt ein möglichst ausdrucksloses Gesicht mache, kommen wir vielleicht durch. Er hielt den Atem an, presste die Lippen aufeinander und schluckte seinen Atem hinunter.

»Der Bauch ist voller Luft!«, rief einer der Ärzte vor der halb geschlossenen Tür. Khosrow wollte zurück auf den Flur und etwas sagen, aber blieb stumm. Zwischen ihm und den Ärzten sackte der Boden ein und wurde nach und nach von einer immer schnelleren Erosion verschluckt, bis der Abgrund an seine Schuhspitzen reichte. Dann fiel draußen auf dem Flur das Wort »Ausländerkind«.

Nach einer Weile kam einer von den Weißkitteln zurück ins Zimmer. Er trat zu seiner Tochter ans Bett, nahm das Gitter wieder ab und lächelte. Um Khosrow herum bog sich die Krankenhauswand. Die Zähne des Assistenzarztes leuchteten weiß wie in einer Zahnpastawerbung. Er hatte einen Plüschelefanten in seiner Hand und hielt ihn seiner Tochter hin, die vom Bett hopste und beherzt danach griff. Als Khosrow einen Schritt auf sie zumachte, versteckte sich seine Tochter hinter einem Zipfel des langen Arztkittels.

»Schluckst immer die Luft so runter, gelle?«, sagte er halb heruntergebeugt zu ihr und drehte dabei den Kopf zu Khosrow. »Das macht Bauchschmerzen, in deinem Bauch ist ganz viel Luft. Ab jetzt machst du das net mehr, gelle?« Seine Tochter umarmte

das Weißkittelknie und roch an dem frisch gestärkten weißen Baumwollstoff. Sie griff hinein mit ihren Fäusten, und als Khosrow sie mitnehmen wollte, schleifte ihr Kinderkörper mit einem Elefanten zusammen am Bein des jungen Assistenzarztes über den Krankenhausflur.

Im Kastanienbaum

Als ich noch klein war, lag ich abends oft in Gießen im Bett in meinem Zimmer direkt unterm Dach und stellte mir vor, wie es wäre zu fliegen. Ich war entzückt, wie das gleichmäßige, immer schneller werdende Schlagen der Rotorblätter eines Hubschraubers die dünnen Wände um mich herum erschüttern ließ, und stellte mir vor, ich fliege auf dem großen roten Teppich mit den vielen Mustern, der im Kinderzimmer lag. »Ich fliege weg von hier«, dachte ich. Der entfernteste, beste Ort, an den man hinfliegen konnte, war Amerika, das war klar. In Gedanken flog ich am Hubschrauber hängend über die Siedlung und den angrenzenden Wald. Ich schaute aus der Luft auf die geraden Linien der Plattenbaufassaden und auf das Leben in den Wohnungen darin, wovon eins dem anderen glich wie in einem Ornamentmuster aus unzähligen Wiederholungen. Ich zweifelte generell an der Echtheit meiner Eltern und meines Zuhauses. Die Erinnerungen aus dieser Zeit sind kaum mehr als ein paar Bruchstücke. Ein paar Bilder von dem Kasten, in dem wir lebten, und der Autobahnauffahrt, man konnte das Haus sehen, wenn man abfuhr. Drei Reihen Balkone waagerecht und senkrecht, in gleichen Abständen zu allen Seiten. Dahinter das angrenzende Getreidefeld. Ich bewegte mich durch die Jahre, als schlafwandelte ich.

Khosrow ließ die Gedanken schweifen, die er bei sich behielt, wenn er in der Wohnung im Sessel saß, neben seiner Tochter, die auf dem Fußboden spielte, neben seiner Frau, die ihn verstohlen anblickte. Das

*Land, dort draußen zu sein, zu essen, zu reden, zu atmen, fühlte sich
anders an. In der kleinen, mit Möbeln und Kindersachen vollgestopf-
ten Wohnung spürte er eine drückende Leere. In seinem Kopf war ein
Geräusch wie der dumpfe Nachhall einer Bombe. Er hörte den Hubschrauber über der Wohnung, Motorengeräusch und das Klappern
von Geschirr in der Küche durch Watte, als sei es Lichtjahre von ihm
entfernt. Er starrte an die Wand seiner Kastenwelt, ließ Erinnerungen an das Land entstehen und sah sie am erbarmungslosen Weiß der
Raufasertapete zerfließen. Manchmal, wenn er nicht zum Fußballspielen mit den anderen Iranern ging, fuhr er extra mit dem Bus eine
Dreiviertelstunde zum Bahnhof, um sich eine persische Zeitung zu
kaufen. Dann atmete er für einen Moment die Luft aus der Siedlung
aus, seine Augen waren zwei rot geschwollene offene Wunden.*

Manchmal saß ich mit meiner Freundin Fewen und den anderen
Kindern aus der Siedlung im Kastanienbaum vor dem Haus und
schaute den Hubschraubern hinterher, wie sie vor dem Bundes-
wehrkrankenhaus neben der Siedlung landeten und über unsere
Köpfe hinweg wieder wegflogen. Während ich im Kastanienbaum saß, verschwammen die Linien der Hausfassade, wenn ich
sie lange genug fixierte.

Wenn wir durch das Loch im Zaun kletterten und uns anschli-
chen, dann könnten wir einen Moment abpassen, während sie die
Verletzten ausluden und wegtrugen. Dann könnten wir unter den
Hubschrauber klettern und uns an den Kufen festhalten, wenn er
abhob, sagte ich. Wenn wir uns ganz fest hielten, könnten wir
hier weg. Wir könnten überallhin, wir könnten fliegen. »Das
schaffst du nicht!«, rief Fewen. Ich schaute auf meine dünnen
Ärmchen. Fewen lachte und ließ sich kopfüber von einem Ast
baumeln. Ich machte es ihr nach.

Wenn es regnete, spielten wir im Kinderzimmer, das sich Fewen
mit ihrer Schwester und ihren beiden nervigen kleinen Brüdern

teilte. In Fewens Wohnung roch es immer nach Essen. Ich fand es komisch. »Das ist Njera, das ist von unserem Land!«, sagte Fewen. Meine Mutter fragte: »Wie viele Kinder hat Fewens Mutter eigentlich?« – »Vier!« Sie wandte den Blick nicht von ihrer Brigitte ab, ihre Augen wurden schmal. Jedes Mal, wenn ich diesen Blick sah, war ich mir wieder sicher, nicht echt zu sein. »Deine Mutter kann uns nicht leiden, weil wir braun sind«, sagte Fewen. »Ihr seid gar nicht braun, meine Mutter sagt, ihr seid schwarz!« Fewen glaubte mir kein Wort. »Siehst du, dunkelbraun!« Sie hielt ihren Unterarm gegen meinen.

Zu Hause hielt ich meinen Unterarm gegen den meiner Mutter. Braun. Ihrer fast so weiß wie der Resopaltisch. »Wie ein knuspriges braun gebranntes Brötchen«, sagte sie und lächelte. »Und du bist ein Toastbrot!«, rief ich, und wir lachten beide.

Ich stellte mir vor, mit durch die Tür zu schlüpfen, wenn Fewen in die Küche lief, in der der große Njera-Fladen dampfte. Ich stellte mir vor, dass ich genau wüsste, wo ich hingehöre.

In meinem Kinderzimmer hing ein Foto von einem Mädchen, das ungefähr so alt war wie ich, mit langen schwarzen Haaren und braunen Augen. Mein Vater schrieb Narges' Namen in arabischer Schrift darunter und benutzte für jeden Buchstaben einen meiner bunten Filzstifte. Ich schaute es oft lange an. Ich wusste, dass Narges' Vater Hashemian auch Ingenieur war, weil schließlich alle in der Familie Ingenieure waren, und ich war sicher, dass, wenn ich Narges wäre, ich genau an den Orten sein würde, von wo aus mich mein Vater immer anrief, wenn er unterwegs war. Ich überlegte, ob Narges Autotelefone kannte, und schämte mich dann für den Gedanken, weil Narges in Teheran bestimmt alles hatte, was ich nicht hatte, und wahrscheinlich den ganzen Tag per Autotelefon mit anderen sprach. Mein Vater sagte, dass Narges ein sehr schlaues Mädchen sei und dazu noch sehr gut in der

Schule, also war ich selbstverständlich auch gut in der Schule. Und weil Narges quasi in einem Palast lebte, würden wir auch bald umziehen. Ich fragte mich heimlich, ob es sein könnte, dass ich vertauscht worden und nur aus Versehen hier in Gießen gelandet war. Dass mein Zuhause vielleicht woanders war. Wie mein Vater wusste ich, unter der Oberfläche unserer Welt gab es noch eine weitere. Ich sah dort aus wie das Mädchen auf dem Foto, der Boden, auf dem ich lief, warf keine Fragen auf, und das Jahr begann nicht im Januar, sondern im März.

Es gibt keine Fotos von mir auf der Bühne der Gießener Kongresshalle, auf der ich zum Frühlingsanfang, wahrscheinlich 1988 oder 1989, stand. »Die schönsten Momente hat man im Herzen«, sagte meine Mutter am Abend des persischen Neujahrsfests mit einem Blick zur Seite. Zu Frühjahrsbeginn galt auf einmal der iranische Kalender, und die Zeit sprang 700 Jahre zurück. Ich erinnere mich daran, dass mir eine der Mütter mit langen schwarzen Haaren im Abendkleid in einem Hinterzimmer der Kongresshalle eine gelbe Pluderhose aus Seide anzog und darüber ein buntes Röckchen. »Es ist ein kurdischer Tanz«, sagte sie. Ich war die Kleinste auf der Bühne, für mich hatten sie das kleinste Röckchen und die kleinste Hose bereitgelegt. Seit ein paar Wochen hatte ich geübt, mit den anderen in einer Reihe zu gehen und im Kreis zu tanzen. Ich machte immer die Schritte, die die anderen auch machten, stellte mir vor, ein Erntekörbchen mit Saatgut auf der Schulter zu tragen, und tat in gleichmäßigen tanzenden Bewegungen so, als würde ich sie in die Erde streuen. Ein Anstupsen am Ellenbogen. Ich saß mit den anderen im Kreis auf der Bühne und kreiste im Scheinwerferlicht die Arme umeinander. Ich vergaß alles um mich herum. Ich stand wieder auf und tanzte mit den anderen von der Bühne. Das neue Jahr war jetzt da, es war zwar schon März, aber wir taten einfach so, als würde es noch mal anfangen. Ich freute mich. Applaus.

Khosrow lief jeden Tag wie in einer Nebelwolke mit seinem karierten Jackett und seiner Aktentasche. Sein erster richtiger Job als Diplom-Ingenieur. Er kannte das Muster auf dem Asphalt, setzte seine Schritte darauf wie ein perfekt einstudiertes Ritual. An der Bushaltestelle der Linie 1, die aus der Siedlung herausführte, hörte er die Stimmen der Leute wie ein dumpfes Geräusch. Er schaute seinem Atem in der Kälte nach. Der Bus fuhr ein, die Tür öffnete selbsttätig mit einem Zischen wie jeden Morgen, Khosrow stieg ein und fuhr los in der Hoffnung, dass niemand merkte, dass er nicht hierhergehörte. Manchmal fühlte Khosrow sich, als habe er sich eines Tages in der Tür geirrt, sich ins Wohnzimmer vor den Fernseher gesetzt und sei dann einfach geblieben. Die lange Zeit bis zu seinem Abschluss war er in der Fachhochschule oder verkaufte Würstchen im Imbiss. Dann saß er nach seiner langen Schicht im Sessel im Wohnzimmer, schaute Fußball und schwieg. Seine Tochter spielte leise in ihrem Zimmer. Er konnte oft nicht schlafen. Er hatte manchmal den gleichen Traum: Er stand an der Bushaltestelle in Gießen und wartete auf die 1. Die Frau an der Haltestelle reichte ihm eine leere, fettige Bäckertüte. »Da«, sagte sie, »für Sie.« Er schaute sie an, und sie sagte, »nehmen Sie«. Sie grinste. Ihre Sprache klang wie ein Geräusch, wie am Anfang, als er nach Deutschland gekommen war. Er fühlte sich dumm. Dann kam der Bus. Er konnte nicht einsteigen, als hätte er vergessen, wie das geht. Die anderen schauten ihn durch die Fenster des Busses an, wie er dort stand mit seiner Aktentasche in der Hand. Als sei etwas an ihm. Und plötzlich konnte er sich nicht mehr erinnern, wie er überhaupt je mit der 1 gefahren war. Er sah von oben, wie ein Mann mit einer Aktentasche an einer Bushaltestelle stand, wie ein Bus kam, die Türen nach außen öffnete, sie wieder schloss und ohne den Mann davonfuhr. Eigentlich schien die Sonne, aber Khosrow traute der Sache nicht. In seinem Kopf tropfte Regen auf heißen Asphalt, niemals Tränen.

Auf dem Gymnasium

Während ich mit Fewen spielte, lief meine Mutter nach ein paar Jahren, kurz vor Ende der vierten Klasse, am Kastanienbaum vorbei und setzte sich in die Linie 1. Sie fuhr fast eine Stunde bis zur Schule am anderen Ende der Stadt, die einen »guten Ruf« hatte und ein »reines Gymnasium« war.

»Eine von zwei Schulen in ganz Hessen mit bilingualen Klassen auf Englisch!«, sprach der Schulleiter mit Schulleiterhornbrille beim Tag der offenen Tür in der Turnhalle. »Welche Sprache sprechen Sie zu Hause?«, fragte die neue Klassenlehrerin meine Mutter beim Vorgespräch.

»Natürlich Deutsch«, antwortete meine Mutter etwas überrascht.

Die Lehrerin war erleichtert. »Ja, Türkisch, äh, in Ihrem Fall ja Persisch, braucht man im Gymnasium auch nicht wirklich. Wir haben hier viele Probleme mit Kindern, die zu Hause eben kein Deutsch sprechen, die haben schon Defizite, das ist natürlich auch schlecht für die Klasse insgesamt. Ihnen kann ich das ja ganz offen sagen, da kommt von den Grundschulen in manchen Vierteln nur Schrott, verstehen Sie, was ich meine?« Sie fügte noch hinzu, mit den Iranern gebe es diese Probleme eigentlich nicht, »die meisten sind ja gebildet! Ihr Mann ist sicher auch Arzt oder Ingenieur?« – »Äh, ja, Ingenieur.« – »Dachte ich mir doch«, sagte die Klassenlehrerin und schob meiner Mutter das Aufnahmeformular zu.

Als meine Mutter aus der Schule zurückkam, rief sie, ich solle vom Kastanienbaum runterkommen. Nach den Ferien setzte sie mich in die Linie 1, mit der ich von da an jeden Morgen durch die halbe Stadt zum Gymnasium fuhr. Fewen blieb in der Baumkrone und lachte mich aus. Ich freundete mich im A-Kurs schnell mit zwei Julias und einer Steffi an und durfte auch zu ihnen nach Hause. Ihre Eltern fragten auffällig oft, wie man meinen Namen schreibt, und nach meinem Vater, so als wäre es ungewöhnlich, einen zu haben. Sobald ich an unserem Küchentisch saß, fühlte ich mich, als käme ich von einem anderen Planeten. Ich lernte, aus Gesichtern Emotionen zu lesen wie Vokabeln. Ich schaute sie prüfend an, als stehe hinter jedem Lächeln eine Kommaregel.

Die Fußgängerzone in Gießen zog sich schnurgerade durch die Innenstadt wie eine Straße durch die Wüste. Links und rechts eröffneten Läden und starben wieder. Ich ging neben meiner Mutter, wurde dabei Stück um Stück größer und hatte immer noch das Gefühl, mein Leben hier in dieser Stadt sei ein Fehler. Mein Vater schwieg weiterhin. Ich wusste nicht, wie ich Leuten erklären sollte, dass ich einen Vater hatte, der aber meistens nicht da war oder, wenn er da war, irgendwie abwesend. Erst war ich deswegen ratlos, dann wütend. Ich brachte nie Leute mit nach Hause, weil ich, seit ich dem Hubschrauber hinterherträumte, davon ausging, hier nur provisorisch zu leben, bis ich endlich erwachsen war und weggehen konnte.

Während einer Vertretungswoche musste ich in den Westtrakt der Schule und sogar einen anderen Eingang benutzen. Dort sah ich das erste Mal ein Mädchen mit Kopftuch in der Schule, und ich fragte mich kurz, ob das erlaubt war. Ich war für die Woche im C-Kurs. Alles ging hier unfassbar langsam, aber es schien niemanden zu stören. Der Stoff wurde mit Rücksicht auf die Bedürfnisse der Kinder »mit mehr Zeit« durchgenommen. Die Gesichter der Schüler wirkten allesamt gelangweilt, so als wären sie extra engagiert worden, um Schule zu spielen, weil die Erwachsenen sich das wünschten. Im Gegensatz zu den A-Kurs-Lehrern, die oft nickten, wenn ich nach den richtigen Vokabeln oder Rechenwegen suchte, schienen die Lehrer im C-Kurs völlig apathisch und nicht in der Lage zu sein, den Schülern zu folgen. Jedenfalls hing der C-Kurs fast ein halbes Schuljahr hinterher. Sogar die Fächer hießen anders.

In Arbeitslehre machte ich den Orientierungstest und sollte mich zwischen Fotos von Menschen in verschiedenen Outfits entscheiden. Meine Tischnachbarin entschied sich wegen der roten Fingernägel der Frau auf der Abbildung für Friseur. Ich war unschlüssig, bis mir der Lehrer das Blatt aus der Hand nahm. »Wenn du dich nicht entscheiden kannst, dann wirst du eben gar nichts.«

Spätestens ab der Mittelstufe war ich als Schülerin im Gymnasium total ehrgeizig und setzte alles daran, beste Leistungen zu erbringen. Eine Mission. Ich fühlte mich kampfbereit wie ein Kindersoldat, und die Tür zum Klassenzimmer flog schon auf, wenn ich den Gang entlangkam. Die Antworten verließen meinen Mund, bevor die Lehrer ihre Fragen gestellt hatten. Es wurde ein Spiel, und ich wartete darauf, dass mir jemand Fallen stellen würde, dass jemand hereinkäme und sagte, o. k., die letzten Jahre waren nur ein Test, du darfst weiter. Die Lehrer mochten mich. Ich studierte die Englischbücher der Klasse über mir, ich sagte die Vokabeln auf, wenn ich nachts wach wurde, ich stellte den Wecker, zum Beweis. Ich sammelte Einsen und quälte mich gleichzeitig mit der furchtbaren Angst aufzufliegen. Ich kürzte meinen Namen ab, damit es für die anderen einfacher war. Ich funktionierte wie ein Uhrwerk und bewegte mich dennoch weiterhin durch die Welt, als sei alles nur gespielt.

Meine Mutter sagte mir einmal, es habe keine großen Diskussionen wegen meines Vornamens gegeben. Mein Vater habe Nilufar vorgeschlagen, sie habe sich gedacht, warum nicht, klingt auch auf Deutsch und kann man aussprechen. Die Kindergärtnerinnen weigerten sich standhaft, den Namen korrekt zu schreiben, und warfen mir vorwurfsvolle Blicke zu, wenn ich sie korrigierte, Also lächelte ich, bis sie mich wieder mochten.

Bis ich erwachsen wurde, habe ich den Namen ziemlich gehasst, weil ich nie eine andere Nilufar kennenlernte und wir in der Klasse immer mindestens drei Julias, Annas, Steffis oder Sarahs hatten. Die Kinder mit türkischen Namen waren fast alle in einer separaten Klasse, offiziell gingen die Schulklassen in der Orientierungsphase nach Wohnort. Die türkischen Namen waren so türkisch, dass die Lehrer vor lauter Ös und Üs die Augen verdrehten und alles Mögliche mit den Namen anstellten. Mein Name ging dagegen noch halbwegs, und wenn ich neu aufgerufen wurde, sagte ich meinen Namen schnell selbst, lächelte und hielt lange Augenkontakt. Später waren die mit den ganz schwierigen Namen alle auf der Hauptschule und ich im Gymnasium vollständig assimiliert, sodass niemand mehr auf die Idee kam, mich mit skeptischem Blick zu fragen, woher ich so gut Deutsch könne. Nur eine Lateinlehrerin fragte mich einmal in der Oberstufe, ob ich denn überhaupt alles verstehen würde, um dem Unterricht folgen zu können, worauf meine Klasse schallend anfing zu lachen und ich tatsächlich fassungslos antwortete: »Was glauben Sie, was ich hier 13 Jahre lang gemacht habe?« Ich gewöhnte mich daran, dass ab meinem achtzehnten Geburtstag Briefe von Behörden an Herrn Nilufar eintrafen und an Vermieter, die einfach direkt wieder auflegten, wenn ich meinen Namen nannte. Im ersten Semester an der Uni reichte es mir allerdings, als Kerstin, die wir wegen ihrer Zwischenfragen in den Vorlesungen auch die schwäbische Schallmauer nannten, sich einmal in der Mensa vor mir zu den anderen drehte und zur rot anlaufenden Nachbarin meinte: »Des isch aba ein komischer Name, hascht du so was scho mal g'hert?« Seitdem war ich ziemlich schnell dabei, Leute bei meinem Namen auflaufen zu lassen, ohne dabei die Mundwinkel zu verziehen.

Nach ein paar Jahren im neuen Leben in Gießen konnte er sich kaum vorstellen, das Land einmal zu verlassen und zu vergessen, wie viel Minuten er vom Umdrehen des Schlüssels bis zur Haltestelle brauchte. Sein kleines Kind erkannte die Welt Stein um Stein. Die Welt seiner Tochter reichte erst bis an den Fensterrand, dann über den Spielplatz, dann zum Ende der Straße, dann zur Haltestelle. In diesem Moment, in dem er auf die 1 wartete, weil die Haltestelle nur diese Lebensform zuließ, wusste er nicht, dass es ein letztes Mal geben würde. Ein letztes Mal einsteigen in den Bus, ein letztes Mal den Atem beim Warten in der Winterkälte sehen, ein letztes Mal die Türen, die sich langsam zischend öffneten, um ihn zu verschlucken. Er wusste noch nicht, dass diese Existenz, die so unverrückbar erschien, die immerwährende Sicherheit, in ein paar Jahren gelöscht sein würde, sich verflüchtigte wie der Atem eines Mannes an einem kalten Morgen an einer Bushaltestelle in Gießen.

Teheran 2016

Narges

Meine Sicht auf die andere Seite der Straße vor Rudabehs Wohnung wird ununterbrochen von schnell fahrenden Autos durchkreuzt, wie ein Film, der immer wieder abbricht. Ich komme völlig durcheinander beim Anblick der mehrspurigen Straße, auf der
unzählige weiße Peugeots an mir vorbeirauschen. Sie streifen fast
meinen Mantel, ohne die geringste Notiz von mir zu nehmen.
Wie kann dieses Land einen nicht komplett überfordern?
Ich spüre Narges' Hand, die sich um meine legt, ein Griff wie der
einer fremden Freundin. Sie zieht mich sicher auf die andere Seite.
Ein falscher Schritt, selbst ein falsches Wort, und du bist hier tot
oder im Gefängnis, denke ich. Ich würde hier keinen Tag alleine
überleben. Dann sind wir auf der anderen Straßenseite bei einem
Supermarkt. Ein paar Kinder laufen durch einen kleinen Park, ein
paar Männer sitzen auf einer Bank und spielen Backgammon.

Nach einer Woche habe ich gelernt, mich hier zu bewegen,
durch den Straßenverkehr zu waten wie durch eine Flut. Dabei
mache ich meine Sache anscheinend gut. Ich schaffe es hinüber in
den kleinen Obstladen und darf ein paar Weintrauben aussuchen. Und obwohl Narges meine Hand auch in Zukunft nie los-
lässt, wenn wir eine Straße überqueren müssen, fühle ich in ihrem
Griff mit der Zeit eine Veränderung, als sei unsere Verbindung so
selbstverständlich wie das Klacken der kleinen Würfel auf den
Spielbrettern der alten Männer im Park.

Vor dem Schlafengehen nimmt Narges mich mit in ihr Zimmer, das neben dem Gästezimmer in der oberen Etage liegt. Ich stehe noch eine Weile vor dem Frisiertisch, der früher Rudabeh gehört haben muss. Jetzt steht er in Narges' Zimmer, in dem sie immer noch lebt, obwohl sie längst erwachsen ist, Anfang 30, wie ich. Sie hat mir heute die Baustelle gezeigt, auf der sie als Teamleiterin arbeitet. Ich drehe mir meine Ohrringe rein und bemerke dabei nicht, wie Narges sich hinter mich stellt. Erst als ihre Hand meine Haare zurückhält, sodass ich den goldenen Ohrring, den mir mein Vater mal geschenkt hat und den ich nur ihm zuliebe mitgenommen habe, zumachen kann. Gold habe ich immer vermieden, weil es mich aussehen lässt wie eine Ausländerin.

Narges zieht den Hocker heran und bedeutet mir, mich zu setzen. Zwischen Döschen, Schmuck, Make-up und ein paar wertlos gewordenen Geldscheinen auf dem Tisch sucht sie zielsicher Utensilien zusammen. Ich bin bewegungsunfähig wie eine Puppe. Weil ich nicht genau verstehe, was sie sagt, bleiben meine Augen immer wieder an ihren Händen hängen, sie wirken zerbrechlich. Ich würde sie gerne heimlich beobachten und herausfinden, wie man sich in diesem Land schminkt, wie man sich durch die Haare fährt, wie man lächelt, wie man vor sich hin träumt, wie man atmet. Aber meine Vorstellung entgleitet immer wieder wie ein forttreibendes Schiff.

Narges öffnet einen Lippenstift, dreht ein Stückchen heraus und umfasst mit ihren Fingerspitzen mein Kinn. Mein Gesicht bleibt regungslos wie eine Statue. Mit Narges werde ich ein Bild, umrahmt von den geschwungenen Holzschnitzereien und Mosaiken des Spiegels. Wir sind eine persische Miniatur. Ich denke, ich bin vielleicht immer in diesem Bild gewesen. Narges malt meine Lippen fertig aus. Auf der Kommode blickt das Konterfei Khomeinis von einer Banknote zu mir hoch, ein alter Mann mit Bart. Als sie fertig ist, schaue ich dem Gesicht neben den sechs

Nullen in die Augen. Ich mache einen Kussmund und gebe der Farbe den Namen »Orange Sin«.

Nachts liege ich mit geschlossenen Augen im Gästezimmer. Ich bin froh, dass ich bisher bei ihnen unterkommen konnte und nicht bei meinem Vater wohnen musste. Die Zeit nur mit ihm und Fatemeh in ihrem Haus in den Bergen steht mir noch bevor. Hier fühlt es sich tatsächlich irgendwie nach Familie an. Ein Bild der vergangenen Tage formt sich in meinem Kopf. Ich fühle mich weit weg. Dort sind Gedanken, die unter der Oberfläche festhängen wie hinter einem eisernen Vorhang. Dort ist das Gezwitscher der Kanarienvögel. Dort stehen die Blumen im Treppenhaus, zu besonderen Anlässen. Eine Tochter vom Flughafen abzuholen, ist so ein besonderer Anlass. Dort sind die Klimaanlage und die Zimmer ohne Türen. Dort ist das Lachen aus der Küche beim Frühstück. Dort ist die Sprache, in der ich beobachtet werde. Dort schließe ich die Augen, damit niemand meine Gedanken errät. Was passiert mit dieser feinen Schicht, die sich von den Menschen löst und im Transit hängen bleibt? Sie findet sich scheinbar überall, sie liegt wie ein klebriger Film auf unserer Haut.

Du bist eine Fremde hier, schießt es mir durch den Kopf, und ich fühle mich, als wären über mir Scheinwerfer, die bis in meine Synapsen leuchten. Ich liege wie auf einer Arztliege, fühle mich beobachtet, sehe dem Zeiger hinterher, wie er über das Zifferblatt schwebt, seine Runde dreht wie überall auf der Welt und überlege, wie lange es dauern wird, bis ich in diesem Land abends einfach einschlafe.

Berlin 2016

Alex ließ nicht locker und wollte unbedingt auch »die andere Seite« meiner Familie kennenlernen. Als Einziger in Deutschland blieb nur Pouya. Also schlug ich ihm vor, mit Shirin und den Kindern einen Ausflug nach Berlin zu machen und essen zu gehen. So konnten sich alle mal wieder sehen, und Shirin war froh, mal aus der Einöde rauszukommen. Alex war gespannt, und obwohl ich sie vorgewarnt hatte, wirkte sie etwas eingeschüchtert von der ersten Begegnung. Pouya war neugierig auf meine Freundin und hatte noch beim Bestellen in einem Restaurant am Ku'damm angefangen, sie über Politik auszufragen. Beim Essen ging das Ganze über in einen seiner Monologe, hauptsächlich über aktuelle Krisenherde auf der Welt, dazwischen auch mal über Sport. Er ging neuerdings ins Fitnessstudio. Ob sie auch regelmäßig Sport mache? Alex schaute etwas unsicher zu mir, Shirin und ich grinsten uns an. »Pouya ist halt ein bisschen extrem«, sagte ich zu Alex. Für ihn gab es nur dafür oder dagegen. Sport und Prävention waren so etwas wie die neue Religion im Hause Fleming, selbst die Patienten hätten bemerkt, dass er abgenommen habe, sagte Pouya, der sich jetzt gerne in eng geschnittenen Hemden zeigte, und sehr gute Blutwerte habe er auch. Shirin sei jetzt auch endlich überzeugt. Offiziell zumindest. Sie machte Zumba und verwaltete den Heimtrainer. Ich war mir nicht sicher, wie viel Pouya ahnte, aber vielleicht war es auch egal, solange Außenstehende wie Alex es glaubten. Auf jeden Fall hatte Shirin Pouya irgendwann dazu gedrängt, sich im Fitnessstudio anzumelden, was ihr unter der Woche an zwei Abenden Zeit verschaffte. Zwar mit den Kindern, aber immerhin ohne Pouyas Kommentare. Ihr selbst waren Gewichte zu schwer. Damit sie sich endlich um ihre Kilos aus der Schwangerschaft mit Lotte kümmern konnte, hatte Pouya also den sehr teuren und großen Heimtrainer anschaffen müssen, der nirgendwo hinpasste, außer in Pouyas Arbeitszimmer. Shirin achtete darauf, dass der Heimtrainer stets staubfrei war, und schob ab und zu eine Zumba-DVD ein. »Wir sind jetzt auch alle entspannter«, flötete sie in Pouyas Richtung, und er nickte anerkennend. Mein Vater und Pouya hatten beide ihre fundamentalen Überzeugungen. Shirin nannte es »Sturheit«. »Es gibt immer einen Weg, sogar bei Pouya«, raunte mir Shirin zu, als Pouya Alex gerade Fotos von Nanejun auf dem Handy zeigte. Man müsse sich die Männer einfach erziehen, sie habe das leider erst spät erkannt, aber jetzt funktioniere alles wunderbar.

Alex fand alles total interessant. »Du kommst mehr nach deiner Mutter«, sagte sie zu mir, und ich nahm es achselzuckend entgegen. Ich hatte ihr mangels Fotos kaum etwas von früher erzählt. Ich betrachtete Fotos, auf denen Pouya und mein Vater als junge Männer zusammen neben Nanejun standen. Ich dachte daran, wie sie tatsächlich einmal die Hoffnung gehabt hatten, dass das Regime nach kurzer Zeit wieder gestürzt würde. In Deutschland schlossen sie sich unterschiedlichen Gruppen an. Im Ausland waren zwar alle Iraner gewesen, aber Khosrow und Pouya standen nach ihrer Ankunft auf einmal neben Schah-Anhängern unter den anderen Exiliranern, die sie vorher noch bitterlich verachtet hatten, und stritten sich, machten Zugeständnisse, waren beleidigt. Irgendwann saßen sie immer wieder notgedrungen zusammen in irgendeinem Auto. Ich stellte mir vor, wie sich einer ihrer vielen Streits entwickelte, während sie über die deutsche Autobahn fuhren, an Ausfahrtsschildern vorbei, nach Bamberg oder Göttingen oder Gießen.

»Und was glaubst du, wer du hier bist«, könnte mein Vater gefragt haben, »trägst du etwa eine Soldatenuniform?«

Und Pouya wäre wie immer hart geblieben: »Ich habe Prinzipien. Keine Armut, keine Unterdrückung, keine Monarchie!«

»Hört, hört. Willst du's dem Bürgermeister erzählen? Ich habe auch Prinzipien«, hätte mein Vater wahrscheinlich spöttisch gelacht. »Und was ist mit dir? Lebst du hier nicht selbst wie ein König? Isst du nicht Weißwürste und trinkst Bier und studierst und sagst Grüß Gott?«

»Bist du etwa auch ein Verräter? Hier feierst du Nowruz mit den Monarchisten! Mit diesen Verbrechern! Denkst du hier an deine Brüder und Schwestern?«

»Pass mal auf, du Hundertfünfzigprozentiger, das hier ist Deutschland, ich passe mich an, ich zahle meine Steuern. Glaubst du, ich hab's einfach? Noch ein Wort, und du kannst nach Bamberg laufen.«

Dass ich über dreißig Jahre später auf meinem Passbild ein Kopftuch würde tragen müssen, war da für meinen Vater sicher unvorstellbar.

»Wirst du auch seine neue Frau kennenlernen?« Alex riss mich mit einer laut-neugierigen Stimme vom anderen Ende des Tisches aus meinem Film.

»Klar.«

»Ja, und wie ist sie?«

»Krass. Also sie läuft angeblich rum wie diese Ultrareligiösen vor 50 Jahren, dabei ist sie zehn Jahre jünger als er.«

Alex wunderte sich: »Ich verstehe nicht, wie das zusammenpasst. Ich meine, wie die beiden miteinander auskommen. Meintest du nicht, dein Vater wäre gar nicht religiös? Wie kann er denn dann so eine traditionelle Ehe führen?«

Ich versuchte, es zu erklären und auch selbst daran zu glauben:

»Er sagt, es macht ihr nichts aus. Er betet, wann er will, also gar nicht. Er meint, er habe das mit ihr besprochen. Wenn der Mann das so will, dann gehorcht sie, und wenn er keinen Ramadan macht, dann akzeptiert sie das, weil das halt die Ansage ist. Sie geht in ihre religiöse Frauengruppe, und er sitzt zu Hause und liest, und alles ist in bester Ordnung.«

»Seine zweite Frau war ganz anders, total modern«, warf Shirin neben mir ein. Ich wusste nicht, wofür ich mich mehr schämte an diesem Abend: dass mein Vater dieser armen Frau wahrscheinlich erzählt hat, ich wolle sie nicht kennenlernen, oder dass ich jetzt vor Alex dastand, als wäre alles, was ich bis dahin beschwichtigend über meinen Vater gesagt hatte, gelogen gewesen.

Ich entschuldigte mich. Für einen Moment ließ ich auf der Toilette kaltes Wasser über meine Hände laufen und klatschte es mir anschließend ins Gesicht. Alex war mir gefolgt, sah mich im Spiegel an. Sie sagte in den Spiegel hinein, es gebe keine Entscheidungen, die man nicht auch für sich treffe. Mein Vater hätte ja in Deutschland bleiben können, wenn er wirklich gewollt hätte. Wenigstens mir zuliebe. »Er wird sicher seine Gründe gehabt haben«, sagte ich ausweichend, als wäre das ein Ausdruck, den ich zum Zwecke seiner Verteidigung gerade in einem Wörterbuch nachgeschlagen hatte, und bemühte mich, es so klingen zu lassen, als wäre das eine zufriedenstellende Antwort. Ich glaube, sie verstand es nicht. Warum nicht bei Siemens bleiben. Arbeiten, etwas Wohlstand vielleicht, ein guter zuverlässiger Angestellter sein. Rentenversicherung. Erfolg haben, gerade so viel wie vorgesehen. Geliehenes Glück, gegönnt von Menschen, die den Hörer auflegten, wenn sie seinen Akzent am Telefon hörten. Hätte ich einen Vater gehabt, der sich einfach angepasst hätte, hätte ich dann weniger das Gefühl, dass etwas an mir fremd war? Alex trat ins Spiegelbild hinein, strich mir die Haare aus dem Gesicht und fragte dabei: »Willst du es dir mit der Reise nicht nochmal überlegen?«

Wir saßen den Rest des Abends im Restaurant und quatschten. Die Kinder spielten und aßen Chicken Nuggets und unheimlich viel Eis, und wir wärmten reihum alte Geschichten auf. Shirin erzählte vom Landleben im Allgäu. Die Nachbarn seien allesamt sehr herzlich, nur ein paar wenige hätten was gegen Ausländer. Einmal habe ein Mann im Supermarkt sie als Hure beschimpft, aber sie habe sich das natürlich nicht bieten lassen und ihn gleich selbst rausgeschmissen, bevor der Filialleiter herbeigeeilt gekommen sei, um Schlimmeres zu verhindern. Wir lachten und fanden es tatsächlich witzig. Nur Alex schaute noch eine Weile schockiert und schien sich unwohl zu fühlen.

Als wir Pouya und die anderen in ihr Hotel verabschiedet hatten und Richtung U-Bahn schlenderten, sagte Alex, sie habe immer das Gefühl, sie könne nicht richtig hinter meine Fassade schauen. Manchmal perlte, was sie sagte, an mir wirklich ab, wie von einer verspiegelten Hochhausfassade. Wenn ich ihr etwas erzählte, hatte ich das Gefühl, dass ich es erst übersetzen musste, und wenn sie etwas antwortete, versuchte ich, den Subtext hinter dem, was sie sagte, zu erfassen. Als fielen unsere Wörter zwischen uns in eine Lücke. Ich hatte mir nie vorstellen können, dass diese Distanz nicht da wäre, selbst wenn Alex und ich aneinander festgebissen schienen.

Als wir fast bei Alex angekommen waren, atmete ich langsam aus. »Schön, wieder in Neukölln zu sein«, sagte ich mehr zu mir als zu ihr. »Gehen wir noch was trinken?«

»Ich weiß nicht.« Die Antwort überraschte mich. »Mich stören ja immer die Blicke der Männer in dieser Gegend.«

»Ich mag es hier eigentlich.« Ich fing an, mich für meinen Vorschlag zu rechtfertigen, denn ich hatte das Gefühl, dass aus einer Wunde in meinem Brustkorb etwas Blut quoll, und ich konnte es nicht verbergen. Ich dachte, wie oft hatten mein Vater oder Shirin oder Pouya diese Blicke zu spüren bekommen, wenn sie irgendwo unterwegs waren. Und während Alex eine Hand um meine Hüfte legte und zwei Getränke im Späti bezahlte, spürte ich, wie ich selbst misstrauisch wurde. Hatte uns der Verkäufer beim Reinkommen nicht eben komisch gemustert? Hefteten sich seine Augen nicht heimlich an uns, und wenn ja, was sahen sie? Eine Deutsche, die etwas Ungehöriges tat, einen Eindringling, eine wie Alex? Hatte Alex nicht recht, vorsichtig zu sein bei »diesen Leuten«, dachte ich? Oder würde der Mann hinter der Theke denken, ich könnte seine Tochter sein, wenn er meinen Namen hören würde? Würde Alex denken, ich könnte die Tochter von einem sein, der uns abwertende Blicke zuwirft? Ich bin nie in ein deutsches Café gegangen, das ich nicht kannte, ohne mich erst mal zu orientieren, alles genau anzuschauen, und wenn ein Kellner mich komisch anschaute, dann habe ich mich selbstverständlich bemüht, nicht den Eindruck zu hinterlassen, ich sei unhöflich.

»Ich kann einfach nicht verstehen, warum dein Vater gegangen ist«, sagte Alex später in der Bahn. »Ich denke, ein bisschen macht man das doch immer auch aus egoistischen Gründen. Er hätte doch bleiben können, auch wenn er geschieden ist, er hätte doch trotzdem für dich da sein können.«

»Ich nehme jetzt die U8.«

»Willst du echt noch zu dir fahren?«

Wir verabschiedeten uns. Ich presste die Lippen aufeinander.

Ich tat so, als ginge ich zum Ausgang, aber als Alex' Bahn abgefahren war, kehrte ich um und ging zurück zum Gleis. Ich beobachtete, wie einige Leute die Rolltreppen hochfuhren und von den Kachelwänden zur Hälfte verschluckt wurden, bis sie verschwanden. Lauter halbe Menschen. Ein paar Kids standen gelangweilt am Bahnsteig rum. Ich fragte einen von ihnen nach einer Zigarette, und er gab mir sogar eine. Also schlug ich sie ihm aus der Hand. »Bist du bescheuert?« Der Junge hatte einen Gesichtsausdruck wie ein Fernsehtestbild. Schließlich schrie ich aus vollem Hals »Scheiß Kanacken!« quer durch den Bahnhof. Dann kam endlich der ersehnte Faustschlag in mein Gesicht. Sinuston.

Es gibt diese seltenen Momente, in denen das Außen und das Innen sich auf merkwürdige Art entsprechen, dachte ich manchmal. Wenn ich durch die dämmernde Stadt ging wie durch einen Nebel. Wenn Himmel und Asphalt fast die gleiche Farbe hatten. Wenn die Stadt meine Lunge füllte, bis mir fast der Atem stillstand. Selbst in Berlin kam ich mir immer noch vor, als würde ich mich in meinem eigenen Leben immerzu beobachten. Als würde ich über mir schweben und immer weiter von mir wegtreiben wie auf einem Ozean.

Ich konnte erst wieder klar denken, als alles um mich herum still war und ich mein Blut auf den Boden tropfen sah. Um ein Haar verfehlte es meine weißen Sneakers. Vom Bahnsteig taumelte ich in irgendeinen Waggon, fiel auf einen Sitz und legte den Kopf in den Nacken und an die kalte Scheibe, ein Ornament aus Brandenburger Toren rahmte mein Gesicht ein, das sich langsam lila färbte wie ein Morgengrauen.

Unterwegs in Teheran

Ich beuge mich über meinen offenen Koffer. Er sieht aus, als wäre er gesprengt worden. Herausquellend und im Raum verteilt liegen meine Blusen, T-Shirts und Hosen, die ich nach den Gesichtspunkten möglichst praktisch, bequem, für alle Anlässe, neutral, klassisch und zurückhaltend ausgesucht habe. Teils Polyester, teils verwaschene Baumwolle, haben sie die Farben von erstarrter Lava, Erdöl, knittriger Dunkelheit oder getrocknetem Blut. Egal, was ich rausziehe, nichts passt hierher. Ich habe mehrfach versucht, die offiziellen und inoffiziellen Bekleidungsregeln zu verstehen, ohne Erfolg. Narges begutachtet jeden Morgen meine Sachen und sagt: »Keine offenen Schuhe, wenn du in den Basar gehst«, oder: »Mit der Bluse keine enge Hose.« Sie ist amüsiert, dass ich immer eine Handtasche dabeihabe. Als ich dieses Land betreten habe, war ich nicht darauf vorbereitet, dass alles, was ich mitbringe, hier absolut unbrauchbar ist. Dass ich nicht mal weiß, wie man sich richtig anzieht. Als wäre mein ganzes bisheriges Wissen in dem Moment außer Kraft gesetzt worden, als ich aus dem Flugzeug gestiegen bin. Als seien ganze Begriffswolken plötzlich gelöscht, ein Aufwachen in einem Paralleluniversum, in dem es heißt: Welche Mondlandung? Welche Beatles? Welches 9/11? Ein stummer Schlaganfall: Ich habe Begriffe im Kopf und kann sie nicht mehr zuordnen. Konservativ. Modern. Emanzipiert. Traditionell. Cool. Entspannt. Fortschrittlich. Religiös. Maskulin. Feminin. Gut. Schlecht. Schrecklich. Schön. Sie verheddern sich zwischen meinen Blusen und Röcken.

Mein Vater ächzt und lässt sich auf einem Hocker nieder, während ich weiter in meinem Koffer wühle. »Das Leben hier ist anstrengend«, sagt er und drückt einen Betablocker aus der Packung. »Zieh dir doch einfach irgendwas Nettes an.«

»Ich dachte, schwarz wäre elegant.«

»Ach Nilufar, warum willst du immer nur Schwarz tragen? Hast du gar nichts Buntes dabei?«

Und ich denke, warum sollte ich jetzt auch noch versuchen, nett zu sein. Wo war er eigentlich die ganze Zeit, als meine Klamotten über die Jahre immer dunkler wurden?

Am Nachmittag werde ich von meinem Vater in den uralten Hallen des Basars durch tausend Gassen gezogen, um etwas zum Anziehen für mich zu finden. Mit jedem Zweiten hier redet er ein paar Worte, macht Witze, erkundigt sich nach irgendwas, feilscht. Ich hoffe, dass niemand hier aus Deutschland ist, aber natürlich kommen direkt welche um die Ecke. Sobald er etwas von der Sprache aufschnappt, verwickelt er die Menschen in ein Gespräch. Er freut sich, mit ihnen Deutsch zu reden, während die deutschen Touristen, die sich hierher verirren, nicht wissen, wie ihnen geschieht. Er erzählt dann, egal ob die anderen das hören wollen, irgendwas von sich und wie wichtig es sei, dass mehr Leute aus Deutschland in den Iran kämen. Er hat diese Fähigkeit, alle einzusaugen.

Ich blicke verstohlen in die Auslage des Schafskopf-Imbisses und tauche meine Hand heimlich in einen Korb mit getrockneten Rosenknospen. Ich schaue den Menschen nach, die alles zu tun scheinen außer stehen zu bleiben, als würden sie einen Film vor mir abspulen, ein paar Wörter oder Bilder lösen ab und zu eine alte Erinnerung aus. Bei der zweiten oder dritten Unterhaltung mit einem Touristen fange ich an, mit den Augen zu rollen, und ziehe meinen Vater weiter. Mich beschleicht ein peinliches Gefühl. Ich kenne es aus meiner Schulzeit, als er immer versuchte, meine Klassenlehrerin vollzuquatschen. Mit einem breiten Lächeln und einem Ausländerakzent, den ich niemals, wirklich niemals in der Öffentlichkeit mit mir in Verbindung gebracht wissen wollte.

»Lass uns was kaufen, das du nach Deutschland mitnehmen kannst«, sagt mein Vater. »Was möchtest du?« Wir biegen in eine Gasse mit Textilien, bunten Tüchern, Wäsche. Die Farben werden immer dunkler, bis ich endlich vor etwas stehe, das ich unbedingt mitnehmen will. Mein Vater schaut den Händler etwas peinlich berührt an, gestikuliert ein bisschen, bis mir der Händler eine schwarze Pluderhose reicht. Er habe auch welche mit schönen Verzierungen, aber ich möchte genau diese schlichte schwarze. »Was willst du denn damit?«, fragt mich mein Vater. »Das tragen hier nur die Arbeiter.«

Auf dem Basar sehe ich junge Männer und Jugendliche, manche vielleicht erst zwölf Jahre alt, wie sie Lasten in Karren transportieren. Sie sind selbstverständlich Teil dieses jahrtausendealten Mikrokosmos. Sie hasten in ihren Pluderhosen unscheinbar zwischen den Menschenmassen umher, in ihren Kindergesichtern spiegelt sich das immer noch wichtige Handelszentrum, ihre schmalen Schultern tragen seit Jahrtausenden die Güter, die an diesem Ort umgeschlagen werden, in die spezialisierten Souks für Gewürze, Schmuck, Teppiche, Töpfe, Haushaltswaren, Kleidung, Lebensmittel, einfach alles. Sie kommen aus Provinzen wie Kurdistan oder Lorestan hierher, hier im Basar sind sie allgegenwärtig und gleichzeitig unsichtbar. Ich weiß nichts über sie, über ihre Dörfer, ihre Familien, ihre Sprachen. Ich erinnere mich nur an die gelbe Pluderhose, die ich als Fünfjährige zum Tanzen trug.

Wir besuchen anschließend den Schwiegersohn von Mehdi in seinem Büro, das er hier im Basar hat, und er scheint sich ernsthaft zu freuen. Es fällt mir immer noch schwer, die feinen Unterschiede zwischen den Unterhaltungen beim Tee zu erkennen. Auch hier übernimmt das meiste mein Vater, redet und gestikuliert, und ich sitze neben ihm in der halb wachen, zurückgelehnten Haltung, die ich mir von Nanejun abgeschaut habe, und – »Wir wollten nur kurz Hallo sagen, bitte keine Umstände!« – »Ich bitte dich, das ist doch das Mindeste« – halte eine Granatapfel-Saftkreation mit Eis und Schirmchen mit beiden Händen fest, die der Mann meiner Cousine auf einem Messingtablett hereingebracht hat. Ich schaue den farbigen Kristallen wie hypnotisiert beim Schmelzen zu.

Ich werde meistens einfach ins Auto gesetzt und muss mich immer erst mal darauf konzentrieren, dass mir nicht sofort schlecht wird. Irgendwie riecht der Sprit hier anders, zumindest habe ich das Gefühl, dass dieses Land als Smog in meine Lunge hineinkriecht, obwohl ich äußerlich durch Schal, Manteau und Sonnenbrille stets abgeschirmt bin. Ich werde umhergefahren und nehme weiterhin artig jeden Tag meinen Reiseführer und mein Miniwörterbuch in der Handtasche mit, als steige dadurch die Chance auf einen unbeobachteten Moment, in dem ich endlich losziehen und die Gegend erkunden kann.

»Ich zeig dir, wo wir richtig gutes Obst kriegen. Nicht wie Rudabeh und diese ganzen Neureichen, wir fahren zum Großhandel, da kriegst du alles zu einem guten Preis.« Wir reihen uns in eine Autoschlange ein, irgendwann wird die Straße ein Platz und überall stehen Lastwagen mit verschiedenen Früchten. Pfirsiche, Tomaten, Birnen, Weintrauben, Wassermelonen. »Nehmen wir eine Kiste Weintrauben, ein paar Tomaten und eine Kiste Pfirsiche.« Fatemeh springt aus dem Auto: »Ich kümmere mich um die Weintrauben.«
»Siehst du, Nilufar, das schätze ich an ihr, sie ist nicht so verschwenderisch wie andere Frauen, sie weiß genau, wo man etwas

günstig kriegt, und kocht alles, was wir brauchen.« Ich denke, das hat er jetzt nicht wirklich gesagt. Dann kommt Fatemeh zurück und lädt noch eine Kiste Pfirsiche auf meinem Schoß ab, als könne man dadurch über alle Probleme zwischen meinem Vater und mir hinwegsehen.

»Wassermelonen rentieren sich bald nicht mehr. Hier wird alles trocken, es braucht Unmengen Wasser, um eine einzige Wassermelone zu bekommen, wusstest du das? Ich komme oft hierher. Die Leute kennen mich. Dieser eine Händler hier vorne, der ist ein Halsabschneider. Aber jeden Tag pünktlich um die Mittagszeit rollt der seinen Teppich aus und betet, so ein Frommer ist der, verstehst du, was ich meine? Man muss die Leute kennen. Einmal kam ein Bettler, ein schmaler junger Mann, er hatte eine bauschige Hose und ein rotes T-Shirt an, und der da wollte ihm nichts geben und hat ihn verjagt. Ich ertrage Ungerechtigkeit einfach nicht«, schimpft mein Vater. Überhaupt schimpft er viel heute.

»Ich bin so wütend geworden, ich bin rüber, habe die Tür von seinem Laster aufgerissen und gesagt, pass mal auf Hadji, jeden Mittag sehe ich dich hier ganz fromm beten, du gibst jetzt diesem Mann eine Tüte Tomaten, schäm dich! Aber er grüßt mich immer noch, hier weiß jeder über den anderen Bescheid, verstehst du, was ich meine, man muss die Leute kennen.«

»Manchmal sage ich ›Fatemeh, bring einen Tee!‹«, sagt mein Vater, als wir weiterfahren. »Und dann setzen wir uns mit unserer Thermoskanne ins Auto und fahren einfach umher. Wir mögen das, nichts Besonderes, zum Entspannen. Ich mag es, die Leute anzugucken. Das ist so wie in der Politik.

Einmal hat mich ein Polizist angehalten, und als ich sagte, dass ich an der Uni unterrichte, rief er ›Was, und das ist dein Auto? Warte, mein Freund.‹ Dann lief er zur Bäckerei und holte Brot für uns beide, und wir haben das Brot geteilt und gelacht, stell dir vor! Siehst du, diese orientalische Kultur, alles ist bunt, die Frauen schminken sich stark, und man trägt viel Schmuck. Schau dir die Paläste an. Ein Professor würde hier nicht einfach mit einem kleinen Auto fahren, die Leute erwarten, dass du ein großes Auto hast, dass du deinen Status zeigst. Ich mag, wenn man nicht zeigt, wenn man reich ist. Ich mag dieses, wie heißt das, Understatement.« Er spricht es mit lang gezogenen Silben, rollendem R und einem deutschen Akzent aus, den nur jemand haben kann, der immer noch Deutsch wie ein Ausländer spricht und kein Englisch kann.

»Das hat mir an Deutschland immer gefallen«, sagt er.

Ich erinnere mich daran, wie einmal in Berlin ein schmaler, schüchtern aussehender Mann in einem roten löchrigen T-Shirt vor mir am U-Bahnhof Hermannplatz stand. In meinen Gedanken hat er auf einmal eine bauschige Hose an. Ich griff damals am Obststand nach einer Avocado, Getümmel, »ein Euro ein Euro, billig billig billig«, Kinderwagen, Kopftücher, Einkaufstrolleys. Der Mann hielt dem Verkäufer eine Tüte mit Tomaten hin, lächelte, suchte Augenkontakt. »Bitte«, sagte er. Ich konnte die Scham spüren, die er soeben überwunden hatte, Kälte wehte durch die Schreie der Verkäufer, seine durchgedrückten Schultern sagten: »Ich bin hier, ich bitte dich«, der Verkäufer sagte: »Nee, nee, mein Freund, pack das mal alles schön wieder aus, yalla.« Die Erwartung, die von weit her mitgekommen sein musste, in diesem Moment zersprang sie im Gesicht des jungen Mannes, seine Augen wurden leer. Ich legte die Avocado wieder weg und spürte einen Schmerz, obwohl es nicht meiner war.

Verhandlungen

Später, als wir mit Rudabeh und Hashemian Tee trinken, muss mein Vater mir meine Onkel auf den Fotos zeigen. Auf manchen waren sie noch Teenager und sahen alle gleich aus. »Das sind Rudabeh und Hashemian und Mehdi, die haben uns einmal alle zusammen in Deutschland besucht, weißt du noch? Du warst sieben, glaube ich«, sagt mein Vater. »Das ist auch in Deutschland«, sagt er, »das sind Hashemian und Nimah, der ist jetzt in Kanada, dieser Halsabschneider.« Offenbar hatten mein Vater und Hashemian mit ihm wegen der Immobiliengeschäfte noch eine Rechnung offen. Am Ende, weiß ich, waren alle pleite, und Nimah setzte sich zum Unmut der anderen nach Kanada ab. Seitdem lässt mein Vater an ihm kein gutes Haar mehr. Über Hassan erzählt mein Vater kaum etwas. »Da ist Hassan«, sagt mein Vater und zeigt auf eins der Bilder. »Er ist sehr religiös, er lebt schon sein Leben lang in Isfahan. Er hat sieben Kinder!« Ich traue mich nicht, direkt zu fragen, warum niemand etwas mit ihm zu tun haben will. »Er hatte noch nie ein einziges Problem in seinem Leben«, raunt mein Vater. »Der ist einfach ein Fanatiker.«

Während die beiden Männer in ihren Sesseln sitzen, denke ich daran, wie oft mein Vater auch Hashemian schon einen Halsabschneider, einen Neureichen genannt hat, wenn er allein mit mir sprach.

Mein Vater trägt immer noch das karierte Jackett, das er aus Deutschland hat, wie ein Kostüm für die Rolle des Handlungsreisenden. Er rückt es vermutlich zurecht, bevor Rudabeh ihm die Tür aufmacht, und wischt sich heimlich den Schweiß von der Stirn, bevor er sich ins Wohnzimmer setzt, als seien Scheinwerfer auf ihn gerichtet. Er nimmt nichts von dem für die Gäste angerichteten Obst, als sei es wie alles nur eine Requisite. Stattdessen rührt er unentwegt in einem Teeglas, das Rudabeh immer wieder gegen eins mit frischem Tee austauscht. Er beginnt seinen Monolog einfach aus der Pause heraus, als wir nach dem Abendessen vor dem Fernseher sitzen. Mein Vater erzählt irgendwann immer wieder die gleichen dramatischen Pointen, und jedes Mal hören alle zu, obwohl sie die Geschichte tausendmal gehört haben müssen, seit er nach Iran zurückgekehrt ist. Wie er sich in den Achtzigerjahren als einer von vielen hoffnungsvollen, aber namenlosen Iranern an der FH Gießen-Friedberg durch das Ingenieurstudium quälte, wo Professor Giering die ausländischen Studenten mit den schlechten und die deutschen mit den vielversprechenden Diplomarbeitsthemen bei den ortsansässigen Unternehmen wie Philips oder Siemens versorgte. Wie keiner der anderen Iraner sich traute, sich zu beschweren. Wie er sich vor sie hingestellt und gesagt hat: »Was wollt ihr mit so einem Thema, bei dem ihr irgendwelche Cola-Flaschen berechnet, womit ihr nie einen Job kriegt?« Ich kann manche seiner Sätze im Geiste mitsprechen. Wie dann Giering sein Thema für Philips, wo er Werkstudent war, ablehnte und das Prestigeprojekt einem deutschen Studenten anbot.

Ich stehle mich irgendwann davon und gehe hoch zu Narges ins Zimmer, die gerade ihre konservativen Arbeitsklamotten gegen eine Jeans und ein Glitzer-T-Shirt tauscht. »My father talks a lot«, sage ich zu ihr und hoffe, dass ich eine Weile bei ihr im Zimmer abhängen kann, ohne dass es auffällt. Sie lächelt gequält, und ich weiß nicht, ob es wegen mir oder meines Vaters ist. Ich setze mich neben sie und nehme mir eins ihrer Bücher, irgendwas über Architektur, aber mit wenigen Bildern. Ich gebe mir Mühe, aber ich kann nicht mal die Überschriften entziffern. Sicher merkt sie es. Selbst wenn ich mich anstrengen würde, ich werde niemals eine iranische Bauingenieurin wie sie sein. Sie lächelt immer noch, aber sagt weiter nichts. Ich beobachte die Zeiger auf der Uhr und versuche, nicht hilflos zu wirken, aber ich tue es doch. Wie viele Umstände ich dieser Familie mache, ist kaum mit Gold aufzuwiegen. Die Umstände, wenn eine fremde Tochter zu Besuch kommt, sind wie eine iranische Banknote, deren Nullen man schon nicht mehr zählen kann.

Irgendwann steckt Shirin den Kopf zu Narges' Zimmertür herein. »Nilufar, kommst du mal kurz runter?«

Wir tun so, als würden wir Tee aufgießen, und stellen aus dem Augenwinkel sicher, dass alles unter Kontrolle ist. »Wir wollen mit Hashemian und deinem Vater zusammen nach Isfahan fahren, aber dein Vater will unbedingt mit dir und Fatemeh alleine fahren. Vielleicht kannst du mit ihm reden«, raunt Shirin mir zu, während die Männer im Wohnzimmer dem Backgammon verfallen sind. Mein Vater ziert sich und macht alles kompliziert. »Selbstverständlich werde ich dir Iran zeigen, das wäre ja noch schöner, wenn das Hashemian übernimmt.« Er ist zu stolz, um sich einfach an eine Reisegruppe dranzuhängen. Wahrscheinlich will er einfach nur unterwegs seine Ruhe haben. Shirin ist jedoch wie alle Frauen in der Verwandtschaft eine Meisterin darin, diplomatisch so geschickt zu agieren, dass am Ende die Pläne aufgehen wie ein gut gehütetes altes Familienrezept. Zweimal getrennt nach Isfahan zu fahren, wäre völliger Blödsinn, und außerdem weiß ich nicht, ob ich den ganzen Trip mit ihm alleine überhaupt aushalten würde. Wahrscheinlich weiß mein Vater, welchen Aufwand wir betreiben, um das zu bekommen, was wir für das Beste halten, ohne jemals direkte Forderungen zu stellen. Und wir wissen, dass er weiß, dass wir uns absprechen.

Ich berichte also meinem Vater auf der Rückfahrt von den Vorteilen einer gemeinsamen Fahrt. Wir wissen zu diesem Zeitpunkt längst beide, dass es besser ist, wenn wir alle zusammen fahren. Die diplomatischen Verhandlungen dauern mehrere Tage. (»Du könntest dann auch mal eine Pause machen, denk nur daran, wie heiß es werden wird, denk an dein altes Auto, denk an dein Herz, denk an Nanejun, und würde sich Fatemeh nicht riesig freuen, wenn auch der andere Teil der Familie dabei wäre?«) Bis zuletzt besteht mein Vater scheinbar darauf, dass er alleine unseren Trip plant. Am Ende fahren wir natürlich zusammen, Nanejun wird selbstverständlich auch dabei sein, und niemand musste sich die Blöße einer Auseinandersetzung geben.

Mittelhessen Ende der Neunziger

Karl

1998. Khosrow arbeitete eine Weile als Ingenieur. Er kaufte sich eine lederne Aktentasche und ein Jackett mit kleinen grünen Karos, mietete eine Lagerhalle und gründete die Firma Rabenau Import-Export. Über die Kontinente hinweg entstand ein Handel mit gebrauchten Motoren. Khosrow kaufte einen silbernen Passat mit Autotelefon. Manchmal rief seine Tochter an, da war er gerade unterwegs in Eisenach, in Wernigerode, in Groningen. Er sagte, welche Kennzeichen er auf der Autobahn sehe und dass er etwas mitbringt. Erst die Firma, dann das Geld, dann das Haus. Morgens arbeiten, abends essen, manchmal Zeitung lesen. Ein junger Bauherr aus Hessen, investieren, Ware beschaffen. Es läuft, sagte Khosrow sich. In die Rentenversicherung einzahlen, die Nachbarn grüßen. Er würde auch in Zukunft noch oft auf seiner Unterlippe kauen, wenn er dachte, dass ihn niemand beobachtete.

Die Abzweigung nach Rabenau war so leicht zu verpassen, dass Khosrow Freunde, die zum ersten Mal da waren, von der Landstraße aus lotste. Von der Landstraße Richtung Vogelsberg sah man stattliche Häuser am Hang, wenn die Sonne sie anstrahlte, ein Pool, ein großer Garten. In den letzten Jahren war ein Haus in der Reihe dazugekommen, noch unverputzt, ein orangener Rohbau, ein bisschen giftig neben den anderen. Die Nachbarn fuhren morgens zur Arbeit, es gab einen Fleischer, einen Friseur, der Landwirt war der reichste Mann im Ort. Nachmittags saßen die Jugendlichen im

Häuschen der Bushaltestellen mit den Dachziegeln. Währenddessen wurden sie größer, bekamen erste Barthaare, den Stimmbruch, fingen an, sich zu schminken, kotzten betrunken in den Bach und machten irgendwann ihren Mofaführerschein. Im gleichmäßigen Rhythmus der Sonnenauf- und -untergänge über der Dorfwiese, im gemächlichen Schaukeln der Pubertätsjahre auf dem Land lernten die Jugendlichen ab dem Alter von zwölf, akkurat geformte Rauchkringel auszublasen, während sie dort saßen und auf den Bus warteten, der einmal pro Stunde in das Dorf abbog und manchmal auch aus Versehen vorbeifuhr. Mit 18 steckten sie die Zigaretten wieder zurück in die Taschen der Bomberjacken, zogen den Reißverschluss hoch, standen von der Bank auf und waren erwachsen.

Der Name wurde ganz automatisch angepasst: In dem hessischen Dorf war Khosrow der Karl. Im Landfrauenverein besprachen die Hasselbergsche und die Gräfsche Pflaumenkuchenrezepte und hießen die Frau vom Karl herzlich willkommen, brachten Topfpflanzen vorbei, unterhielten sich eine anständige halbe Stunde in der Küche und entschuldigten sich dann, sie müssten dringend noch Fenster putzen. Die Tochter lernte beim Richtfest, wie man Bier für die Nachbarn zapft. Der Hasselberg und der Gräf waren in der CDU, der Karl war in die SPD eingetreten. Der Bittner und der Schultz waren ebenfalls in der SPD. Nach einer Weile erklärte sich der Karl auch dazu bereit, die Fußballmannschaft zu trainieren, er hatte ja mal selbst sehr gut gespielt, besser als die Männer im Dorf, und man nickte anerkennend, Iran sei also auch eine richtige Fußballnation, soso. Im Vereinsheim gab jeder eine Runde aus, immer von links nach rechts, bis jeder einmal dran war, nur der Gräf nicht, der setzte sich einfach immer ganz rechts hin und entschuldigte sich dann, er müsse heute früher nach Hause, wegen seiner Frau. Die anderen warfen sich mit dem Karl vielsagende Blicke zu, der Gräf würde wohl denken, das merke keiner. Der Karl sprach auch über die Taktik für das nächste Spiel, das ging gegen Allertshausen. Der Karl nahm die Sache ernst und informierte sich vorab über die Gegner. Khosrow schaute auf sein halb fertiges Haus, auf die Männer mit den von roten Verästelungen durchzogenen, furchigen Gesichtern auf der Eichenbank und das Tal kurz vor dem Vogelsberg und dachte, als der Zeiger der Uhr an der Eichenholzvertäfelung vorrückte, das könnte klappen.

Lange Zeit dachte ich, meine Eltern seien organisch mit der Plattenbausiedlung verwachsen, als seien sie mit den Wänden aus leichtem Baustoff an der gleichen Stelle der Erde emporgeschossen wie der Kastanienbaum, auf dem wir Kinder saßen und uns fühlten wie auf einer Wolke.

Irgendwann Ende der Neunziger kam meine Mutter mir auf dem Feld an der Autobahnauffahrt entgegen und rief: »Wir ziehen jetzt nach Rabenau! Wir kommen nicht wieder!«

Ich sah aus dem Auto zu, wie die Linien der Balkone sich vor meinen Augen verwischten und immer schmaler wurden. Wie das Muster in der Dämmerung zusammenschrumpfte, wie sich die Linien ineinander verhakten wie ein Gittermuster. Wir fuhren aus der Stadt hinaus, bis irgendwann nur noch Wald kam, dann fuhren wir in ein Dorf mit einer einzigen großen Straße, bogen auf einen Feldweg und blieben vor einem halb fertigen Haus stehen.

Das Haus war noch unverputzt, als meine Eltern es einrichteten. Es kamen riesige Teppiche ins Wohnzimmer. Meine Mutter suchte Gardinen aus und sagte, das Muster solle sich möglichst in der Sofagarnitur wiederfinden. Da wir kaum Fotos hatten, kaufte sie Bilder aus dem Baumarkt. Deutsche Landschaften. Sonnenuntergänge im Flur. Schloss Neuschwanstein aus der Vogelperspektive im Büro. Eine stumme Loreley im obersten Stockwerk, die mir unheimlich war.

Wie wir neben der Landstraße im Matsch standen. Mein Vater in Anzug und Krawatte, »da kommen die Motoren rein«, zeigte auf eine leere Lagerhalle. Er machte ein Foto von mir in seinem Büro, ich durfte auf dem Chefsessel vor dem Computer mit dem Röhrenmonitor sitzen, es war sein Sessel. Neben uns floss der Bach, darüber die Landstraße, grüne Hügel, mein Vater strahlte, meine Mutter unsicher daneben. Ein neuer junger Bauherr, hieß es im Dorf. Die Firma Rabenau Import-Export lief gut. »Hier kannst du laut lachen und im Garten grillen, das ist unseres«, sagte mein Vater zu meiner Mutter und zupfte an seinem Kragen. »Welches Parkett möchtest du?«

Ich hatte lange keine Ahnung, was mein Vater eigentlich genau machte, als wir nach Rabenau zogen. »Er verkauft Sachen«, sagte meine Mutter. Manchmal saß ich heimlich im Chefsessel im Büro und schaute auf den großen Röhrenmonitor. Ich inhalierte das erste Mal eine seiner Marlboro Light, und es breitete sich ein beruhigender Nebel gegen das Gefühl, ich könnte auffliegen in der neuen Nachbarschaft, in mir aus. Ich probierte heimlich, die Körperhaltung meines Vaters einzunehmen, und zog das Jackett an, das über der Lehne hing. Wenn schon ein Leben, das nur gespielt ist, dann sitzt du im Chefsessel und fliegst in Länder, die weit weg sind. Ich schaute noch ein wenig den Rauchkringeln in der Luft zu und legte dann die Schachtel sorgsam wieder zurück in die Schublade, damit niemand Verdacht schöpfte.

Die Kinder aus dem Dorf und ich waren allgemein ratlos, was wir miteinander anstellen sollten. In der Siedlung in Gießen war uns nie langweilig gewesen. Zusammen entwarfen wir Schlachtpläne, die Welt unter uns aufzuteilen, uns gegen die Eltern zu wappnen und Deckung zu geben als seien wir auf einer Mission. Diese unbedarften pausbäckigen Gesichter aus meiner Straße überforderten mich. Sie waren nur Kinder. Sie aßen abends an großen ovalen Holztischen, die man ausziehen konnte, sie hatten Mountainbikes und »Puppenzimmer«, in denen ausschließlich Spielsachen lagerten, sie schrieben Urlaubspostkarten und duzten die Eltern der anderen Kinder im Dorf, so als wären sie komische Freunde. Vor allem gingen sie auf die nächstgelegene Schule.

An einem der Abende rief ich Fewen an. Ich kannte ihre Nummer immer noch auswendig.

Rabenau 1999

»Wir haben kein Geld mehr.«
»Was ist mit dem Geld aus Iran?«
»Es kommt nichts mehr.«
»Du hast versprochen, dass ...«
»Ich weiß.«

Die Frau vom Karl hatte sich das alles anders vorgestellt. Heimat, hatte sie immer gedacht, sei ein Ort mit einer Himmelspforte, an dem alle Leere einfach mit einem »weil das hier so ist und es immer bleiben wird, wie es sein soll« gefüllt war. Wo sie sicher sein konnte, dass die Gräfsche und die Hasselbergsche gern zum Fensterputz-Talk kommen würden, und sie endlich nichts weiter zu tun brauchte, als gemocht zu werden. Ihr Mann hatte alles ruiniert mit seiner Unzuverlässigkeit, seinen Versprechungen, seinem Versagen. So viel Mühe hatte sie sich gegeben, sie hatte sogar den fremd klingenden Namen angenommen. Vergeblich hatte sie gewartet, dass er sie in das gute Leben führen würde, das ihr zustand. Sie fühlte sich betrogen.

Ich wusste damals nicht, was ein Embargo war, und ich glaube, meine Mutter auch nicht wirklich. Nachdem das Embargo in Kraft getreten war und Motoren nicht mehr gehandelt werden konnten, versuchte mein Vater, mit allen möglichen Dingen Geld zu machen. Dabei reichte die Palette der exportierten Waren von Haarfärbemittel über Thunfisch und Dosenananas bis hin zu alkoholfreiem Bier. Narges' Foto verschwand irgendwann von meiner Wand, und kurze Zeit später hatte ich sie einfach vergessen, auch wenn ich immer noch ihren Namen schreiben konnte.

Der Hasselberg, der Gräf und der Karl machten Wahlhelfer bei der Kommunalwahl, weil Ehrensache. Nach der Auszählung der Stimmen war alles wie immer. Das Dorf hing so sehr im hessischen Mittelgebirge fest, dass politische Ereignisse lediglich bedeuteten, dass sich ein paar Zahlen anders lasen, so als würde jemand ein paar Würfel in einem ledernen Becher schütteln und je nach Ausgang ein paar Spielfiguren versetzen, aber alles blieb innerhalb der Spielfläche. Es war hier keine Situation vorstellbar, die den Alltag hätte verändern können, die die Jugendlichen von der Bushaltestelle fegte, Fabriken wachsen oder Häuser einstürzen lassen würde. Solche Kräfte waren hier einfach nicht bekannt. Schon gar nicht solche, die die Sprengkraft besaßen, die Menschen hier derart durcheinanderzuwirbeln, dass man sich am Ende nicht mehr im eigenen Haus wiederfand. Würde man das Dorf auf einem Spielbrett schütteln, würde wahrscheinlich alles genau so an seinen Platz fallen, wie es vorher stand.

Am nächsten Tag traf man sich im Dorfgemeinschaftshaus zum Frühschoppen. 65 Stimmen entfielen auf die CDU, 53 auf die SPD, Freie Wähler 23, Grüne 18, FDP 3 und NPD eine Stimme, das war der Sohn vom Bittner. Das Wahlergebnis führte folgerichtig zu kontinuierlich fließenden Zapfhähnen im Dorfgemeinschaftshaus. Unter der Decke der Halle lagen Luftballons in einem gespannten Netz, darauf wartend, dass sie hinunterschweben und alles mit heißer Luft und Gummigeruch bedecken könnten. Um Mitternacht würde der Boden mit den Partyluftballons übersät sein.

Der Karl brachte alle zum Lachen, setzte sich die Schiebermütze, die hier alle trugen, verkehrt herum auf wie die Kinder in der Schule. Das war so ein Trend damals, Ende der Neunziger.

Ein Luftballon platzte mit einem Bombenknall. Niemand hörte es wirklich, weil zu dem Zeitpunkt jeder mit Bier abgefüllt war oder tanzte oder als Teenager ins Jugendzentrum im Keller ausgelagert worden war und dort trank oder Billard spielte. Seine Frau schreckte kurz auf, der Karl hörte es ganz sicher, aber er lächelte den Knall weg und unterhielt sich weiter mit dem Gräf und dem Hasselberg.

Die Frau vom Karl baute sich vor ihrem Mann auf. Zwischen allen bierselig grinsenden Mündern, gleichmäßig lallenden Zungen und Schenkelklopfern stand sie wie ein Leuchtfeuer auf dem offenen Meer der Gleichgültigkeit und rief ihm mit bebenden Lippen zu: »Setz verdammt noch mal deine Mütze richtig auf!«, schnappte sie sich, drehte sie herum und verschwand dann mit leerem Blick durch die Nacht ins unverputzte orange Haus. Jetzt umgab sie eine Aura der Wut und der Scham wie eine Giftblase aus Träumen kurz vor dem Platzen, die sich bald auf die naturgeschützte Wiese vor dem kleinen Bach ergießen würde.

Nachdem seine Frau gegangen war, sah Karl zu Boden und zapfte schließlich zur Freude aller weiter Bier. Er schenkte aus, dem Gräf, dem Hasselberg, dem Bittner, da stand auf einmal ein junges Gesicht vor ihm, rund, mit pulsierenden Lippen, kleine, feiste Grübchenhände, rasierter Schädel.

»Kann ich auch ein Bier, bitte.«

Leon Bittner hatte versucht, den Moment abzupassen, wenn der Gräf weiterzapfte, aber der Karl machte keine Anstalten, die Theke zu verlassen, nachdem ihn seine Frau offensichtlich gerade zurechtgestutzt hatte. Der Karl würde jetzt bestimmt noch eine ganze Weile nicht nach Hause gehen, aber er brauchte jetzt endlich ein Bier, um das Nichts, das sich wie ein schwarzes Loch in seinem Kopf ausbreitete, zu streicheln. Er hatte mit der Zeit rausgefunden, dass das gut funktionierte, er konnte sich dann kontrollieren. Er konnte mit Leuten reden und sogar zu Wolfgang Petry tanzen, vielleicht mal ein Mädchen ansprechen, das hätte er probieren können. Dann trank er manchmal noch ein paar mehr, und es wurde ihm eigentlich egal, was passierte. Der Arm wurde auch mal ein Hitlergruß, aber er hatte gemerkt, dass er am nächsten Tag immer ganz normal wieder aufwachte.

Der Karl schaute ihm in die kleinen blauen Augen und auf die rosa Wangen mit dem Babyspeck. »Soso, der Bittner, aber natürlich, mein Freund.«

Und lächelte süffisant. Leon Bittner war noch ein paar Jahre davon entfernt, so ein Blickduell auszuhalten, Kontakt mit Fäusten oder Schuhsohlen war er gewohnt, aber was darüber hinausging, den Zwischenraum zwischen zwei Blicken aufnehmen und benutzen zu können, dafür war es noch zu früh. Also schaute er betreten zur Seite und sagte: »Ich nehm ein Weizen.«

Der Karl machte zwei Weizen.

»Bist du schon 18, soso.«

»Ich bin 23!«

»Wenn wir uns schon zufällig hier begegnen, musst du dein Weizen auch mit mir trinken. So ist die Regel hier, wenn ich zapfe, mein Freund.«

»Sind wir Freunde oder was?«

Bier oder Stolz. Erst mal Bier, dachte er.

»Komm schon, ich lad dich ein. Soweit ich weiß, bist du der Einzige hier im Ort, mit dem ich noch kein Bier zusammen getrunken habe.«

Leon zögerte.

»Komm, setz dich zu mir. Erzähl mal, mein Freund, was machst du so? Bist du ordentlich zur Wahl gegangen?«

Was der Karl noch mit dem Dorfnazi besprochen hatte, wusste niemand, auch nicht, warum er ihn überhaupt beiseitenehmen wollte, ob er ihm eine Predigt halten, ihn unschädlich machen oder einfach bloßstellen wollte. Vielleicht gab es da noch einen Teil, der *ihn einfach kennenlernen wollte als einen, der verloren driftete in diesem Dorf zwischen Wut und Sehnsucht und das vielleicht spürte im Gegensatz zum basissedierten Rest. Vielleicht war es Interesse, vielleicht sogar Einsamkeit.*

Leon stand auf. Er taumelte, als wäre er gerade von einer Wespe gestochen worden, schaute zurück und überlegte, ob er was vergessen hatte. Im Gedankennebel fragte er sich, ob ihm vielleicht ein Organ rausgerissen wurde dort am Tisch. Ein Teil von ihm fühlte sich auf eine traurige Art geliebt, ein Teil fühlte sich vergewaltigt. Ein Teil lachte über seine Witze, ein Teil sah den Kopf vom Karl nachts auf dem Bordstein vor der Bushaltestelle platzen.

»Arabische« Männer

»Sie haben nur diese Möglichkeit, fürchte ich.« Die Anwältin mit dem Bindestrichnamen schob eine rechteckige Taschentuchbox in die Mitte des Tischs. Meine Mutter hatte irgendwie den Zeitpunkt verpasst, mich rauszuschicken. Ich konzentrierte mich auf die Box und versuchte, nicht zuzuhören. Eine Kette nachkommender Kleenex-Tücher, die wie ein Perpetuum mobile immer weiter aus der Pappbox wuchs. Wie eine Blume, nein, wie eine Hydra, der man portionsweise den Kopf abschlug. Die Anwältin machte vor allem Scheidungen. Die Kleenex-Kette schien so endlos, rechnete man alle Scheidungen zusammen, die sie mit ihren Mandanten durchgeführt hatte, sie hätte mindestens einmal mit den Zellstofftüchern die Erde umrunden können.

»Wichtig ist, dass Sie gut vorbereitet sind. Bei den arabischen Männern ...«

»Mein Mann ist Iraner.«

»Äh ja. Ich will Ihnen keine Angst machen, aber nach meiner Einschätzung, und ich mache das schon wirklich lange, müssen Sie vorsichtig sein. Nehmen Sie alles mit, was Sie mitnehmen wollen, es ist viel aufwendiger, hinterher noch etwas wiederzubekommen, glauben Sie mir. Sie sichern nur Ihre Position.«

»Und die Teppiche? Ich kann die nicht ...«

»Verkaufen. Wir schaffen Fakten, dann verhandeln wir. Überlassen Sie das mir. Besorgen Sie sich einen Umzugswagen, packen Sie alles ein, was nicht fest ist, und seien Sie weg, bevor Ihr Mann nach Hause kommt.«

Mein Vater war auf einmal verschwunden, als wär er nie da gewesen, als hätte ich ihn nie gekannt. Vielleicht hatte ich ihn mir nur eingebildet.

»Es wird besser« war ein Satz meines Vaters gewesen, den niemand mehr glaubte, die Untermalung der Jahre, so offensichtlich falsch wie Kaufhausmusik, eine fadenscheinige Erklärung für das Steckenbleiben zwischen den Ländern, zwischen Embargo und Kredit für das Haus, zwischen den Erwartungen an ein Leben als Puzzlestück in der kleinen hessischen Welt und dem Gefühl, dass etwas unvollständig war.

Ich musste mit meiner Mutter wieder zurück nach Gießen. Insgeheim wusste ich, dass der Name Karl ein Codewort gewesen war. Wie ein Zeugenschutzprogramm für einen, der verloren gegangen war. Verloren und gegangen. Als wäre es dasselbe Wort.

Ich hatte meinen Vater seit unserem fluchtartigen Auszug nicht mehr gesehen, ich wusste nur, dass er Deutschland irgendwann verlassen hatte. Ich dachte auch nicht darüber nach, denn Schmerz war für mich noch eine Wolke, die ich nicht erkennen konnte, wenn ich mitten hindurchging. Zurück in Gießen empfingen mich die sonntags ausgestorbenen Straßen genau so, wie ich sie verlassen hatte. Überall das gleiche Pflaster, geduckte fleckige Nachkriegsarchitektur, so vorhersehbar, dass es wehtat. Gießen war eine Geisterstadt.

Rabenau 1999

Der Ortsvorsteher legte ihm die Hand auf die Schulter.

»Mensch, Karl, diese Frauen.«

Ob er etwas für ihn tun könne. Er kenne da einen Abgeordneten aus dem SPD-Kreisverband, der sei ebenfalls Ingenieur, der könne sich sicher für ihn einsetzen. Wenn er einen Job brauche, er stelle gerne den Kontakt für ihn her. Ob der nicht auch bei der Einbürgerung helfen könne, fragte der Karl. Er habe jedes Mal wieder das Problem. Aber sicher, er brauche nur die Entlassungsurkunde der iranischen Behörden, dann werde das ganz schnell gehen.

»Aber die geben mir das nicht«, sagte der Karl, als er schließlich bei der Behörde in Gießen vorsprach. »Die entlassen mich nicht, ich habe es versucht!«

Jaja, das Problem kenne man, Iran gehöre zu den Ländern, deren Staatsbürgerschaft man nicht mehr ablegen könne, wenn man sie einmal habe, das sei leider ein Hindernis, wenn er sich einbürgern lassen wolle, das Gesetz lasse da keine Ausnahme zu.

»Herr Reitenspitz von der SPD hat sich ja wirklich sehr für Sie eingesetzt, aber dass Sie ausgerechnet Iraner sind ...«

Es tue ihm leid, er könne nichts tun. Die Einbürgerung sei nicht möglich.

»Dann war's das.«

Wieder legte der Ortsvorsteher dem Karl die Hand auf die Schulter. »Mensch, Karl, willst du es dir nicht noch mal überlegen? Und der

Klaus-Dieter hat eine Firma, die suchen tatsächlich einen Ingenieur.«
Er könne nächsten Monat anfangen. Und in der Partei gebe es
Nachwuchsprobleme. Man würde ihn auch als Ausländer behalten.
»Komm doch nächste Woche zum Frühschoppen. Dann reden
wir über alles.«

»Es ist zu spät«, sagte der Karl mit schmalen Lippen und stolz
vorgerecktem Kinn. »Morgen fliege ich nach Teheran. Es ist besser
so.«

Gespenster

Zur Jahrtausendwende lief ich wieder mit Fewen und ein paar anderen an Silvester durchs Frankfurter Bahnhofsviertel, dann zum Mainufer. Ein Moment der Unsicherheit sorgte dafür, dass in den Bankenhochhäusern um Mitternacht herum Personal in Jacketts vor Computern saß, um einen möglichen Blackout abzufangen. Wir schauten ratlos auf das Feuerwerk über dem Wasser, wanderten durch die Stadt, setzten uns dann auf den Gehweg und warteten einfach auf den Morgen.

Wochenende. Die Bässe pumpten R'n'B. Ich stand vom Bett mit der Anbauwand auf, schritt zielsicher aus Fewens Jugendzimmer, hinter mir eine »Posse« in Videoclip-Formation. Von links reichte mir jemand ein Nokia-Handy, von rechts eine Packung Marlboro Lights, bevor sie Gold hießen. Eine Hand bürstete über mein Haar, eine andere glättete die Falten auf meinem Schlauchrock, ein Windhauch blies Puder in mein Gesicht, eine Hand zeichnete eine Linie mit Flüssigeyeliner über meinen Augen, eine weitere tupfte braunen Gloss auf meine Lippen. Jemand stellte einen riesigen Ventilator vor das Bild, unsere langen Haare flogen. Eine Kamera fuhr vor mir entlang. Ungefähr fünfzehn Jahre bevor Beyoncé über uns sang, lief ich auf hohen Absätzen und mit nach oben gerecktem Kinn zusammen mit meinen Freundinnen aus der Siedlung an der halb angelehnten Tür des Elternwohnzimmers vorbei hinaus in die Nacht. Erst zu McDonald's, dann in den Club Malibu im Industriegebiet. Der Türsteher winkte mich an der Schlange vorbei. An der Bar stand mein Wodka-Red Bull schon bereit, Fewens Boyfriend an der Theke lachte uns an, aus einer riesigen weißen Zahnreihe.

Ich stand auf der Tanzfläche. Neben mir stand ein nicht gerade hübscher und etwas schüchtern dreinblickender GI. Er hatte beide Hände in den Baggy-Jeans vergraben und meine Schachtel Marlboro Light in der Brusttasche seines Flanellhemds. Er teilte sich ein Zimmer in der Kaserne, den »Baracks«, mit Fewens Boyfriend, der hatte ihn mitgeschleppt und hier vor mir auf der Tanzfläche abgestellt. Es gab eigentlich nichts zu überlegen, ich tat nur den nächsten logischen Schritt. In dem Moment, als wir knutschten, fuhr mein Bewusstsein kurz aus meinem Körper an die Decke des Raums. Ich kam zu dem Schluss, dass es sinnvoll wäre, sich jetzt in ihn zu verlieben, dass er mein Freund würde, um dann meinen Freundinnen bei McDonald's erzählen zu können »Ich warte gerade auf meinen Freund, er kommt mich gleich abholen«, denn was sollte ich sonst auch hier, in diesem Teil der Welt, den ich längst durchschaute, aber nicht verlassen konnte. Etwas in mir holte wieder Luft. Vor mir hatte sich in unserem Videoclip auf der eben noch leeren Tanzfläche blitzschnell eine Formation gebildet, im *Electric Slide* tanzten ungefähr hundert Menschen nebeneinander den Initiationsritus, bevor sie zum Ende von den Bässen des R'n'B erfasst wurden und anfingen, sich wie ein Karussell in alle Richtungen zu drehen, als würden sie gemeinsam den Boden erschüttern. Flanellhemden und Muskelshirts wirbelten jetzt wie die Rotorblätter eines Helikopters über den kahl rasierten Köpfen, Spaghettiträger rutschten von Schultern, Hände flogen in die Luft, Körper drückten sich aneinander, setzten Desperados-Flaschen an, wurden flüssig. Ich blickte auf die Tanzfläche. Der GI zündete zwei seiner Newport an und gab mir eine. Ich inhalierte den fremdartigen Mentholrauch und hustete mir fast die Seele aus dem Leib, aber irgendwie gefiel es mir. Die Masse blickte auf uns und jubelte und klatschte und feierte.

Run DMC spielten sogar einmal einen Gig in dieser kleinen Stadt, und ich bewegte stumm meine Lippen zum Track, während ich langsam im künstlichen Nebel mit der Gruppe verschwamm. »It's like that, and that's the way it is.« Nach ein paar Monaten stand ich wieder auf dem Parkplatz vor dem Malibu. Der GI kam nicht mehr. »Unbekannt verzogen«, sagte eine fremde Stimme an seinem Handy, in eine andere Welt. Die Monate, bis ich selbst die Stadt verließ, strich ich durch, wie Namen von einer Todesliste. Ich spürte, dass ich eine Hülle war. Wir Kinder aus der Siedlung wurden in Malibu/Gießen-Wieseck erwachsen. Die Nebelmaschine umgab jeden unserer Schritte mit einem smogartigen Gemisch. Wir zerdrückten unsere innere Leere als Zigarettenstummel unter Blockabsätzen und warteten darauf, dass wir uns langsam im Nebel auflösen würden wie die vor uns und nach uns in der Warteschlange vor der Großraumdisco. Unser Horizont war ein Schotterparkplatz. Wir kannten die ganze Welt, und sie war grau, feuchtkalt und neblig, ein feiner Nieselregen in unseren Köpfen. Wir lehnten wie Statisten an einer Waschbetonwand, bliesen perfekte Rauchkringel in die Nacht und warteten ab. Unsere Väter waren weg, tot oder unbrauchbar. Wir waren Gespenster.

Von meinem Abiball zwei Jahre später gab es tatsächlich keine Fotos. Meine Mutter blieb den ganzen Abend demonstrativ auf ihrem Platz in der Kongresshalle sitzen und starrte neidisch zu den Eigenheim-Eltern, bei denen selbstverständlich auch die Väter angetreten waren. Sie weigerte sich, mit irgendjemandem zu reden, und nach meinem Vater fragte niemand, so als wäre es besser, diesen Teil von mir einfach auszuradieren. Ich lief die Reihen der geschmückten Tische ab und löschte, während ich zur Bühne ging, mit jedem Schritt ein Stück dieses Abends aus meinem

Leben. Dann stand ich mit unserer Schulband auf der Bühne der Kongresshalle und sang *Ironic* von Alanis Morissette. Während ich sang, wurde der Zuschauerbereich nach und nach grau und leer, und ein großes Nichts kroch immer weiter an die Bühne heran. Nach dem letzten Ton ließ ich das Mikro fallen, ging von der Bühne ab und schwor mir, diese Stadt sofort zu verlassen und nie wieder zurückzukehren.

»Also, ich habe eigentlich keinen Kontakt zu meinem Vater«, sagte ich im ersten Semester auf dem BAföG-Amt. Ich war irgendwie erstaunt, dass mich überhaupt jemand auf ihn ansprach. In der Schule hatte ja auch niemand nach ihm gefragt. Ich hatte das Gefühl, ein Leben ohne Herkunft zu führen, seit ich in der neuen Stadt aus dem Zug gestiegen war, um mein Studium zu beginnen.

»Aber Sie werden ja wissen, wo er wohnt. Wir brauchen noch die Angaben von Ihrem Vater auf dem Formblatt 3, vorher können wir Ihren Antrag nicht bearbeiten. Ihre Mutter hat ja bereits eine handschriftliche Erklärung abgegeben, dass sie sich nicht in der Lage sieht, Ihnen Unterhalt zu zahlen. Wir benötigen einen Einkommensteuerbescheid und seine Unterschrift.«

»Mein Vater lebt im Ausland.«

»Wo denn?«

»In Iran.«

»Aha. Sie sehen gar nicht so aus. Wie viel verdient denn Ihr Vater?«

»Ich weiß nicht.«

»Das ist sehr ungewöhnlich. Das müssen wir aber schon genau wissen. Ohne das Formblatt 3 können wir Ihren Antrag nicht bearbeiten. Oder kennen Sie Ihren Vater gar nicht?«

»Doch, doch.«

»Ich denke, er wohnt in Iran.«

»Ja, also jetzt wieder. Er hat mal in Deutschland gewohnt. Er ist Iraner und, glaube ich, Anfang der Achtziger nach Deutschland gekommen. Meine Eltern haben sich scheiden lassen, und er ist wieder nach Iran zurückgekehrt.«

Ob er nicht herkommen und in der Behörde vorstellig werden könne, elternunabhängiges BAföG mache man nur in absoluten Ausnahmefällen und wirklich sehr ungern.

»Wenn wir alle Unterlagen haben, bearbeiten wir Ihren Antrag weiter. Vorher nicht. Wir benötigen lediglich den Einkommensteuerbescheid.«

»Es gibt keinen Einkommensteuerbescheid!«

»Können Sie Ihrem Vater nicht wenigstens das Formblatt 3 nach Iran schicken, von seinem Arbeitgeber ausgefüllt und unterschrieben zurück?«

»Auf Deutsch? Ist das Ihr Ernst?«

»Also bringen Sie das Formular mit, ab da dauert es dann noch circa drei Monate, dann haben Sie Ihr Geld, sonst ist ja alles da.«

»Und wovon soll ich solange leben? Was ist mit einem Vorschuss, Härtefall, wasweißich?«

»Ja, das gibt es, die Bearbeitung des Härtefalls dauert ebenfalls circa drei Monate.«

»Ich habe hier alle Angaben gemacht! Ich weiß nicht, wie viel mein Vater verdient, ich bekomme keinen Unterhalt, ich habe meine Kontoauszüge der letzten Monate beigelegt!«

»Wir brauchen das Formblatt 3, wir werden das eingehend prüfen.«

Teheran 1999

Khosrows Rückkehr

Die Tochter müsste um diese Zeit noch in der Schule sein. Er sah immer den leuchtend orange Rohbau von der Landstraße aus. Die Schulden bei der Bank wie ein tropfender Wasserhahn im Hinterkopf. Er schwitzte in seinem Jackett, als sein VW Passat in die Dorfstraße bog. Es roch noch nach alten Hoffnungen, aber sein Blick prallte vom Mittelgebirge ab. Überall war der Horizont begrenzt, ausgerechnet von ein paar lächerlich halbhohen Bergen, die nichts weiter taten, als das Klima der Gegend ein paar Grad kälter zu machen. Es war gerade diese Enge, in der einem alles abhandenkam, dachte er, wie konnte hier eine Heimat sein, wie konnte er hier eine Familie haben, Geld sparen, ausatmen, wenn nach kurzer Halbwertszeit regelmäßig alles wieder zerfiel. Er erkannte sich nicht. Nicht in den Fachwerkhäusern, in den Nummernschildern, in den Pferdekoppeln, und er erkannte seine Tochter und seine Frau nicht. Wenn er auf die leere Dorfstraße abbog, musste er sich jedes Mal vergewissern, dass es das richtige Haus war, die Menschen darin wirklich echt, nicht herangekarrte Statisten. Ein Ort wie eine einzige Amnesie, unmöglich, das alles als sein Heim zu verinnerlichen. Als er die Tür aufschloss ein Hall, ein Wasserhahn tropfte noch. Er hörte sich atmen. Das Haus war leer.

In diesem Moment verspürte er einen Stich, er berührte etwas Tiefes, das vorweggenommen und vergraben wurde, ein untotes Empfinden, eine sich seit Langem ankündigende Schrecksekunde.

Als schien er immer schon gewusst zu haben, dass diese Linien wieder gekappt werden würden wie die Taue eines verdammten Schiffes. Was jetzt, Kapitän?, dachte sich Khosrow, wo ist deine Armee, deine Mannschaft, was jetzt? Und die Stimme, die immer schon vorher da war, antwortete: Du bist das Staubkorn, das auf einem Schotterplatz eines Provinzkaffs in der Wüste durch die heiße Luft wirbelt und wieder zu seinesgleichen hinab schwebt.

1999. Khosrow beugte sich auf der Flughafentoilette über das Waschbecken und hielt den Kopf unter den Hahn. Er sah im Spiegel zu, wie das kalte Wasser von seinem Gesicht tropfte, das langsam wieder Kontur bekam. Blick in den Spiegel. In die fremden eigenen braunen Augen, dahinter – nichts. Als hätte jemand immer schon vorgeschrieben, was mit ihm passierte, dass es immer einen Preis gab, dass bei jedem Übertritt ein Stück von ihm abplatzte. Kaltes Wasser ins Gesicht. Was getan werden muss, schoss es ihm durch den Kopf. Nur auf Zeit. Nur, bis du Geld schicken kannst, sagte eine Stimme. Wohn eine Weile bei deinem Schwager. So wie deine alte Mutter. Sie haben mit deinem Geld ihr Haus gebaut. Sie sind froh, dich zu sehen. Für eine Weile. Verbirg dein Gesicht. Wahre Freunde hast du nur hier noch. Vielleicht. Er brauchte eine Legende. Die eine geht so: Du bist erfolgreich bei einer deutschen Firma von Weltrang. Sie nennen dich Herr Ingenieur. Du hältst es nicht aus, aber macht nichts, du machst dich selbstständig. Du bist Geschäftsmann in Deutschland und handelst mit deutsch-deutschen Motoren, und du baust ein Haus nach dem anderen, in denen Büros entstehen und an denen der Staub der Straßen von Teheran hochsteigt. Ein Mann muss ein Haus bauen. Läuft alles genau nach Plan. Du bist mehr als das. Du bist stolz. Sie sollen stolz auf dich sein. Es ist nur für eine Weile, bis alles wieder normal wird. Alles geradebiegen. Sie werden dich lieben. Wieder. So wie früher. Weil du niemanden sonst hast. Weil du, schon seit du klein warst, spüren konntest, wie sich jeden Tag ein kaum messbarer Anteil deiner Substanz verflüchtigt.

Sein Herz schlug schneller. Es würde gut gehen, wenn er nur eine Weile mit den richtigen Leuten … Er würde in dem anderen Land zu leben beginnen und ein Haus bauen und einen Baum pflanzen und Geld schicken, und er würde sich denken, wenn ich regelmäßig komme, dann kann ich etwas hinterlassen und in den Spiegel schauen, und mein Gesicht wird nicht mehr verschwommen sein, und die Tochter wird groß werden und sich nicht für ihren Namen schämen müssen, und er würde mehr sein als ein Staubkorn im Wüstensand, er würde so lange unterwegs sein, bis das Versprechen, das er dem Olymp abgerungen hatte, eingelöst war. Bis er wieder ein Gesicht hatte, das er im Spiegel erkannte.

Als Khosrow trat er hinaus in die Wartehalle.

1999 wurde ich gegen meine Willen verlassen. Ein jahr davor gingen die Geschafte mit Iran sehr schlaecht. Wir hatten ein Haus mit viele schulden gebaut und icj wat verzweifelt.

So dass wir fuet unsete Tegesbedarf Probleme hatten. Dahet bin icj Taxifahrer geworden. Ich habe mich immer geschaehmt, dass die Nachbaren mich sehen.

Eines Tages im Novemmbet kamme ich und habe gesehen dass ihr ausgezogen seid, ich wollte mich unbringen. Ich haber ein Nachbar (Klaus Dieter), der auch gestorben ist angerufen und kamm sehr schnell und blieb bei mir.

Tag darauf habe ich deine Mutter gebeten zuruech zu kommen aber leider vergeblich.

Ich koennte nicht aushalten, dass meine Kinder woanderes zu wohnen.

November war vorbei und habe ich ein Iraner gebeten ein Fligticket zu kaufen. Ich habe fuer drei Monate Gelt jede Monat 3 000 DM auf Konto fuer euch gelassen und nach 20 Jahren Kapput, zerstoert und Trairig in Flugzeug gesessen das war 8 Dezember 1999.

Ich habe keine Vorstellung oder Erwartungen gehabt aber ich habe auch kein Angst, wegen Polizei und meine politische Taetigkeiten gehabt.

In Flughafen haben mich gefragt wo war ich solange und was habe ich gemacht, bis ein Zivilpolitzist, der Freund einen Geschaeftspartnet von uns kamm vor und hat mit det

Flughafenpolizist gesprochen und bin ich rausgelassen wurde. Da rauss Standen alle die ich nicht kannte. Ich kannte nur meine Mutter, Mehdi, Rudabeh und deren Familie. Das war 10 uhr abend und kammen wir zuhause bei Rudabeh. Die haben ein Schaff geschlachtet u d Morgen konnte ich erste andere leute und das Umgebung sehen. Meine Gefuehle in dieser Zeit waren nur bei dir. Ich war allein und wollte ihr bei mi seid. Ich habe, dass gefuehl im Exil vertrieben zu sein 😔😞

Zwei Woche Spaeter war der Norouz und waren wir mit meine Mutter und Rudabeh zu ihnen in die Berge gefajren.

Dann stand Khosrow nach über zwanzig Jahren wieder in Teheran inmitten Tausender Menschen, die seit tausend Jahren durch diesen Basar streiften. Die Männer in langen Hemden und Sakkos, die Frauen verschleiert, Händler, die auf das Regime oder die Amerikaner schimpften, je nachdem, wer fragte. Es gab keine Zeit hier. Nur die Gewissheit, dass diese Hallen standen. Eine unmögliche Rückkehr. Die Muster der Wände fingen an, sich über ihm zu drehen, eine optische Täuschung, die sich ineinander verschob. Er öffnete den obersten Knopf seines Hemdes. Die unmögliche Rückkehr, Todesangst. Das Letzte, das Khosrow sah, war ein Bild aus endlosen Blumenornamenten. Vorhang.

Es machte sich ein warmes Gefühl in ihm breit, sprach zu ihm: Die Schulden kannst du abbezahlen, du kannst es einfach planen, dann wird es gehen. Es ist kein Traum, du merkst, wie du alle deine Fähigkeiten bündeln kannst, sodass du deine Pläne umsetzt, ganz einfach. Du wirst wieder ein Haus bauen, in diesem Jahr, aber du könntest es sogar in dieser Woche, in dieser Stunde. Es ist alles möglich, das ist dir jetzt klar. Du kannst Tore schießen, so wie es vorherbestimmt ist, du kannst das nächste Kapitel deiner Story schreiben, so wie du es denkst. Du denkst, formulierst und schreibst zugleich, während du gleichmäßig atmest, du atmest die Wörter aus und findest die Formulierungen. Du erkennst, dass alle Sorgen nur Unsicherheit waren, die nun einem Gefühl von Ruhe gewichen ist, denn du weißt, ob es Prüfungen, Blicke, Reaktionen sind, du kannst alles steuern, du hast die Fähigkeit, alles um dich herum zu kontrollieren. Und du wirst dir alles kaufen können, was du brauchst, aber letztendlich wirst du nichts mehr brauchen, denn alles ist bereits in dir, und du wirst erkennen, dass du von tiefem Glück durchströmt bist, weil du nichts nötig hast und weil alle Sorge, etwas zu brauchen, in dem Moment bereits verschwindet, in dem du diesen Gedanken denkst, und du brauchst nicht zu denken, denn du spürst, wie deine Gedanken von selbst denken, wie sie schon längst da sind, wie du sie nur abrufen musst, wie du nur in deinem Gehirn eine Zelle antippen musst. Du findest den Schlüssel zu allem, du entspannst dich, und du kannst alle Lösungen dieser Welt einfach in dich einfließen lassen, du kannst die Welt erfassen, indem du nur danach greifst, du kannst deine Umwelt formen, indem du sie antippst, oder nicht einmal das. Alle deine Gedanken erreichen die Menschen, die dir wichtig sind, die sich zu dir umdrehen, du kannst mit ihnen kommunizieren, weil nichts mehr zwischen dir und der Welt steht, du kannst sie erkennen und sie dich, es gibt keine Unterschiede mehr, keine Hierarchien, keine Armen und Reichen, keine Könige und Untertanen, keine Fremden, denn du kannst sie alle sein, du kannst alle Sprachen sprechen, du kannst sie mit einem Blick erfassen, denn du hast dich von allen Hindernissen befreit und ruhst in vollkommener Sicherheit, sodass neue Wörter einfach in dich hineinfließen und neue Gedanken bilden und dich mit allen verbinden, und du weißt, alles wird sich fügen, wie du es bestimmst, alles wird in dir verschmelzen mit einem Wimpernschlag.

Er bemerkte, wie sein Mund Worte in einer fremden Sprache formte, wie er mit noch fest geschlossenen Augen Kontakt aufnahm. Die Lider spannten mehr und mehr über den Augäpfeln. Langsam atmete es in ihm. Da war Licht, warmes Rot über ihm, ein Wald aus pulsierenden Verästelungen, feinster Sauerstofftransport, kapillare

Landschaft. Da waren Geräusche in der Ferne, da war die Welt. Er entschloss sich, alle Kraft zu bündeln, und er öffnete die Augen und schaute in blau-weißes Licht. Die Schwester kam herbei und verstand ihn nicht, was sprechen Sie für eine Sprache?, fragte sie auf Persisch. Haben Sie Schmerzen?, fragte sie. Dieses Wort Schmerzen war wieder da, es war noch nicht gelöscht, aber nein, überhaupt keine Schmerzen, sagte er. Er sah an die Decke, erkannte die Neonröhre, weiße Wände, die Schläuche um seine Nase, das Piepen der Monitore. Er spürte den Zugang im Arm, durch den eine Infusion hineinfloss. Ein Blick auf die Apparate informierte ihn darüber, dass er am Leben zu sein schien. Alles noch mal gut gegangen, sagte die Schwester. Er wollte sie umarmen und küssen und ihr sagen, dass sie sich nicht um ihn zu sorgen brauchte, dass sie sich nie wieder zu sorgen brauchte, er hatte es alles gesehen, er hatte es erlebt, es musste die Narkose gewesen sein. Was ist das, was sie mir gegeben haben? Sie hatten einen Herzinfarkt. Sie sind im Krankenhaus in Teheran.

In seinem Kopf flammten viele Worte auf, Ruhe, Kontrolle, Glück, Freude, Liebe, Stolz. Und dahinter, weit weg, wieder dieses eine: Schmerz. Ganz weit weg konnte er einen dumpfen, festen Griff fühlen und seinen Körper darin. Die Blutdruckmanschette pumpte sich auf, umklammerte Khosrows Arm und ließ ihn wieder los. Du wirst eines Tages hier sterben, dachte er, eines Tages wird dein Körper hier schwer in der Erde liegen.

2001: Das Gesetz hatte sich geändert. Doppelstaatsbürgerschaft wurde nun hingenommen, »bei Staatsangehörigen von Ländern, die ihren Bürgern regelmäßig die Entlassung aus der Staatsangehörigkeit verweigern. Das gilt gegenwärtig für Afghanistan, Algerien, Eritrea, Iran, Kuba, Libanon, Marokko, Syrien und Tunesien.« Pouya erhielt die Einbürgerungsurkunde und einen deutschen Pass.

Brandenburg 2015

Identitätsprobe

An einem Abend kurz vor Ende der Probezeit saß ich mal wieder länger als gedacht in der Klinik und wertete die Fragebögen der Neuzugänge der Station aus. Aus einem Diagnoseinventar:

Einige Menschen machen manchmal die Erfahrung, neben sich zu stehen oder sich selbst zu beobachten, wie sie etwas tun; und dabei sehen sie sich tatsächlich so, als ob sie eine andere Person betrachteten. Kennzeichnen Sie bitte mit Ihrer Antwort, wie häufig Ihnen dies passiert.
0 % 10 20 30 40 50 60 70 80 90 100 %.

Einige Menschen erleben gelegentlich, dass sie in den Spiegel schauen und sich nicht erkennen. Kennzeichnen Sie bitte mit Ihrer Antwort, wie häufig Ihnen dies passiert.
0 % 10 20 30 40 50 60 70 80 90 100 %.

Einige Menschen stellen manchmal fest, an einem vertrauten Ort zu sein und ihn dennoch als fremd und unbekannt zu erleben. Kennzeichnen Sie bitte mit Ihrer Antwort, wie häufig Ihnen dies passiert.
0 % 10 20 30 40 50 60 70 80 90 100 %.

Die Fragen berührten mich auf eine unangenehme Weise. Während ich nach Feierabend im Arztzimmer saß und die Sonne hinter dem Wald verschwand, kam ich mir an diesem Ort selbst vor wie eine Schauspielerin. Ich fragte mich, wann mich endlich jemand durchschauen und merken würde, dass ich trotz Studium und Praktika hier gar nicht sein dürfte. Ich rechnete damit, dass die Tür aufgehen und eine echte Psychologin hereinkommen würde. Eine, die genau wüsste, was hier zu tun war, und die sich hier selbstverständlich einfügte und beim Essen an den richtigen Stellen lachte. Ich wartete darauf, dass ich irgendwann auffliegen würde, und schlussendlich würde mein Leben mir zwischen den Fingern zerrinnen.

Dann ging wirklich die Tür auf.

Die Oberärztin streckte den Kopf herein und zitierte mich in ihr Zimmer, sie habe mir noch etwas zu sagen.

»Nehmen Sie ruhig auf meinem Sessel Platz«, lachte sie schnippisch. Ich setzte mich vorsichtig auf den Rand. Es fühlte sich an, als würde ich etwas Verbotenes tun, so wie früher, als ich heimlich im Chefsessel meines Vaters saß. Die Oberärztin lehnte derweil an ihrem ergonomisch geformten Stehhocker und tippte beiläufig in den PC. Sie drehte sich in Richtung Fenster.

»Wissen Sie, Sie können hier durchaus weit kommen. Aber was das Klima auf der Station angeht ... Versuchen Sie, das mit Wohlwollen zu sehen, oder fragen Sie sich ... Horchen Sie mal in sich hinein und fragen Sie sich ...« Eine Wespe surrte am gekippten Fenster. Ich konzentrierte mich auf das Gesicht der Oberärztin.

»Überlegen Sie doch mal ...«, sie blickte mich an, »wo der Ärger, wo dieser Ärger in Ihnen herkommt und wo der eigentlich hingehört.« Die Wespe krabbelte am Fensterrahmen entlang. »Nutzen Sie das! Nutzen Sie diese Kräfte!« Sie platzierte den Satz vor mir wie ein benutztes Geschenk und schob den Stehhocker in meine Richtung. Ich lehnte mich tiefer in den Stuhl hinein.

»Wissen Sie ...« Ein Blick ins Leere. Ich wandte mich der Wespe zu. Schätzte ihre Größe ab, größer als eine Biene, definitiv, aber immer noch kleiner als eine Hornisse. »Die Leute hier. Hier ist tiefster Osten!« Das Geschenk platzte auf. »Hier wählen die Leute AfD. Die haben mehr Zeit ihres Lebens in der BRD verbracht als ich, aber die verstehen natürlich überhaupt nicht, was bei ihnen selbst abgeht. Und Gott sei Dank gibt es die Anderen, die schuld sind, die Ausländer, und Sie, Frau Karkhiran, stoßen das natürlich an, mit Ihrem Namen und Ihrer Herkunft. Die merken das natürlich. Sie sind für die eine von denen, eine Stellvertreterin sozusagen ...« Ich atmete. Aus und wieder ein. »Ich will Ihnen mal was erzählen, ich komme ja auch aus dem Osten. Ich bin 2009 hier gewesen und habe mich im Bus wahnsinnig erschrocken vor einer Frau mit Kopftuch, dit is 'ne richtige Türkin, hab ich mir gedacht, selbst ich!« Ich schielte Richtung Tür, stand langsam auf. Sie schaute auf ihren Bildschirm. Aus dem Augenwinkel sah ich, wie sich ihr Lächeln zu einem Kräuseln verspannte. Ich ging zur Tür. »Frau Karkhiran, ich kann Sie ja verstehen. Vor zehn Jahren wäre ich hier noch im Dreieck gesprungen! Aber man kann nicht alles verändern, ohne sich zu schaden. Also wissen Sie, das ist eine Mentalitätsfrage. Mich macht auch vieles so rasend, aber man muss sich auch mal distanzieren können, verstehen Sie? Das müssen Sie lernen! Und ich sag Ihnen, meine arabischen Kollegen, die sind noch viel schlimmer. Die fühlen sich sofort in ihrer Ehre gekränkt, wenn man sie kritisiert.« Ich legte meine Hand auf die Türklinke. Mein Schlüssel baumelte in der anderen. »Was die Leute da unten in diesen Ländern ausgesetzt sind, ich sag Ihnen, das ist in den Menschen drin, die haben das Temperament, diese arabischen Männer, die sind einfach ganz anders als wir, ganz anders. Was macht Ihr Vater eigentlich? Haben Sie Kontakt? Er ist sicher auch sehr froh, in Deutschland zu sein.«

Ich umklammerte die Türklinke. Mein Körper bewegte sich nicht. Ein arabisch aussehender Mann antwortete in mir. Dosiert entspannt. Bloß keine Wut. Ich überlegte, welcher Teil von mir dieses Temperament hatte. Die Wespe surrte weiter. Die Oberärztin tippte wieder mit gekräuselten Lippen in den PC. Ihre Augen wurden schmal. Ich blickte zu Boden. Die Wespe flog durch den Spalt.

An diesem Abend lief ich nach der Arbeit durch den Wald, es gab viele Kastanienbäume in der Nähe. Ich probierte die Telefonnummer aus Gießen, die ich noch im Kopf hatte. Von Fewens Mutter bekam ich eine amerikanische Handynummer. Ich rief an und erkannte ihre Stimme sofort. Fewen sagte, sie habe mich die letzten fünfzehn Jahre immer mal wieder im Internet gesucht.

»Die Jenny, kennst du die noch? Die hat jetzt zwei Kinder. Ist schon seit zwölf Jahren mit dem gleichen Typen zusammen. Meine Schwester wohnt jetzt in Hamburg, hat 'ne Tochter. Und mein Vater ist wieder zurück nach Afrika gegangen, Gott sei Dank. Ich hab mich ja nie mit dem verstanden. Der ist wie so 'ne giftige Person, weißt du? Von manchen Leuten kriegst du halt immer nur schlechte Energie, gelle?«

Ich erzählte ein bisschen. Ich merkte, wie sehr ich sie vermisst hatte, obwohl ich, seit ich erwachsen war, nie wieder daran gedacht hatte, nach Gießen zu fahren.

»Ja, ich weiß, wie du meinst.«

Jetzt wohne sie wieder für eine Weile in Deutschland bei ihrer Mutter, bevor sie zurück nach Atlanta fliege, aber gerade sei sie zu Besuch bei einer Cousine in Stockholm. Sie habe eine Tante, die bei einer Airline arbeite, sie könne im Prinzip fliegen, wohin und so oft sie wolle, und besuche fast das ganze Jahr über irgendwo auf der Welt Verwandte aus Äthiopien, die seien mittlerweile überall verstreut.

»Ich wollte mal wieder irgendwohin, wo kein Dosenpfand ist«, lachte sie.

»Was machst du jetzt?«

»Ach dies, das. Bisschen hier arbeiten, bisschen da, weißt du, wie ich mein? Und du?«

Ich erzählte ihr von meiner Arbeit. Dass ich in Berlin lebte und dass mein Vater in Iran geblieben war. Dass ich immer eine Zeit lang irgendwo lebe, bis ich eines Tages feststelle, dass sich alles fremd anfühlte, »weißt du, wie ich das meine?« Dass ich manchmal das Gefühl hätte, ich sei durchsichtig wie ein Gespenst.

Wir redeten eine Weile und versprachen uns, uns irgendwann zu treffen, wiederzusehen. Ich ließ mich ins Laub fallen und schaute in die Baumkronen, bis es dunkel wurde. Ab und zu sah ich dem Rettungshubschrauber nach, wie er das Krankenhaus anflog und wieder abhob. Niemand sah mich, und es hatte etwas Beruhigendes. Ich hing in Gedanken an den Kufen und überflog den Wald. Weiter als über den Waldrand hinaus konnte ich mir die Welt nicht vorstellen.

Teheran 2008

Nullerjahre

»Wir waren draußen, Rudabeh und ich. Es ist meine Pflicht, auch hinzugehen, alle sind unzufrieden, diesmal sind sie zu weit gegangen.« Khosrow schreit in den Telefonhörer. »Es ist nicht wie bei euch, weißt du. Narges hat schon fast drei Monate keinen Lohn mehr bekommen. Die Menschen haben Hoffnungen gehabt. Es war wahnsinnig voll, alle waren auf der Straße, Männer, Frauen, junge Menschen mit grünen Kopftüchern und Armbändern. In ganz Teheran sind sie rausgekommen. Wir sind marschiert. Journalisten waren da, auch aus Deutschland, sie haben Bilder von mir gemacht. Es war eine gute Stimmung, aber angespannt. Die Basiji, die sind von der Regierung, weißt du, die haben sich unter die Demonstranten gemischt. Einmal haben sie ein Mädchen mitgenommen, sie haben sie aus der Menge in eine abgelegene Straße gezogen und verbrannt, so sind die. Ich konnte kaum noch was sehen vor lauter Menschen. Dann haben welche angefangen zu schreien. Sie haben vor meinen Augen jemanden aus der Menge einfach totgeschlagen. Auf meiner Brille war roter Nebel. In meinem Kopf war Lärm. Ich habe Rudabehs Hand gegriffen und sie in einen Hauseingang gezogen. Als es dunkel wurde, sind wir ganz leise durch die Straßen geschlichen, das Blut auf dem Asphalt war grau wie Staub, die Scherben glitzerten wie schmutzige Sterne im Boden. Rudabeh drückte meine Hand und sagte, lass uns nach Hause gehen.«

Und seine Tochter, die er nie sieht, schreit: »Was machst du für

Dummheiten, was suchst du in deinem Alter bei einer Demo, sei vernünftig, weißt du, wie viel Sorgen ich mir mache? Willst du unbedingt Probleme?«

»Noch ein paar Jahre, dann wird es besser. Wir müssen nur ein wenig Geduld haben!«

Khosrow hatte es im Gefühl. Irgendwann würden sich Veränderungen nicht mehr aufhalten lassen. Die jungen Menschen, die vielen arbeitslosen Absolventen, die Armut, es könne ja nicht ewig so weitergehen. »Das sagst du jedes Mal«, antwortete seine Tochter kurz angebunden wie immer. Das sagte er jedes Mal. Er konnte nur zusehen, wie das Land langsam ausblutete. Er würde ihr gerne sagen, dass eine Nation mit über achtzig Millionen Menschen, mit einer Fläche fünfmal so groß wie Deutschland nicht einfach in vierzig Jahren zerstört, eine 4000 Jahre alte Kultur nicht einfach ausradiert werden könne, aber seine Tochter musste auflegen, ein andermal.

Berlin 2011

Erinnerungen an einen letzten Besuch in Berlin

Als ich fünf Jahre vor meiner Reise meinen Vater nach drei Jahren ohne Besuch in Berlin wiedersah – er kam sehr unregelmäßig, wenn es gerade »passte« und er etwas in Deutschland »zu erledigen« hatte –, war ich immer noch am Studieren. In der S-Bahn auf dem Weg nach Mitte lehnte ich meinen Kopf an die Scheibe und starrte ins Fenster hinein. In der Scheibe kamen die Bäume auf mich zu und entfernten sich in doppelter Brechung gleichzeitig von mir, und ich fuhr rückwärts dem Ziel entgegen. Ich spürte am Motor, wie sich mein Zug dem Hauptbahnhof näherte. Ich wusste nicht, was überwog: das Ankommen oder das Unterwegssein. Ein Treffen mit einer Person, die fast nur aus Erinnerung bestand, deren Bild sich in großer Entfernung zu einem fiktiven Erinnerungsfoto geformt hatte, das ich immer mit mir herumtrug, aber nie anschaute.

Ich formte mit der Hand einen Schirm über meinen Augen und blinzelte in die immer langsamer vorbeiziehenden Baumreihen vor dem Zugfenster, ein Film, der langsam anhielt und die Zeit verschluckte. Slow Motion bis zum Stillstand.

Fast lief ich an ihm vorbei. Erst als ich einen Windhauch in meinem Nacken spürte, wie von einem Geist, drehte ich mich um und sah ihn an eine gläserne Aufzugtür im Berliner Hauptbahnhof gelehnt. Er trug eine cremefarbene Rentnerjacke, die Uniform der Menschen, die mit dem Ort, an dem sie sind, verschmelzen wollen.

Zu Hause angekommen, streckte sich mein Vater auf dem Sofa aus. Er wollte in meiner WG keine Umstände machen. Aus Unsicherheit machte ich einen Tee. Ob er etwas essen wolle. »Nur eine Kleinigkeit«, sagte er. Ich stand fremd in meiner eigenen Küche und öffnete mechanisch das Zellophan einer Nudelsuppe. Ich goss Wasser über die trockenen Nudeln und beobachtete das Stillleben auf unseren Tellern. Das Nudelquadrat stand wie eine Hochhausruine im Sud. Ein getrocknetes Pilzstückchen wurde eine Blume, das Suppengebäude weichte an den Kanten auf, sackte im Fundament zusammen und verschmolz mit dem Pulver. Ein warmes Gefühl blühte zwischen uns wie zauberhafte Instant-Ramen.

Tausendmal hatte ich das Wiedersehen durchgespielt. Wie sah mein Vater jetzt aus, wie würde der Weg zu ihm sein, welchen Eindruck würde er haben von mir, von Berlin, von meiner Wohnung. Dann: Wie fuhr der Zug, welches Ticket brauchte er, wo waren die Aufzüge, wo die Toiletten. Es schien, als habe mein Vater mit jeder Reise, mit jedem Flug, mit jedem Grenzübertritt von seiner Welt in meine etwas zurückgelassen, als hätte sich eine hauchdünne Schicht von ihm verflüchtigt. Immer durchscheinender, dünnhäutiger, gläserner stand er dort. Wartend, nicht verloren, nur mit einer Pause von ein paar Jahren. Als habe er die Unterwelt durchstreift und sei an Land gespült worden, während ich weitersuchte.

Eigentlich wusste ich gar nicht genau, warum er gekommen war. »Ich wollte dich sehen!« Und natürlich Geschäftstermine mit irgendwelchen Leuten. Er erzählte nicht davon. Und wer von seinen alten Freunden aus der SPD noch da war, vielleicht schaute er mal beim Reitenspitz vorbei, der habe es weit gebracht. Wofür interessierte er sich eigentlich? Ich erinnerte mich nicht, dass wir etwas zu besprechen gehabt hätten. Ich hatte wenig Lust, mich mit der Familie zu beschäftigen, die meilenweit von mir weg war und der ich sicher niemals irgendetwas wirklich Bedeutsames aus meinem Leben erzählen würde. Ich hörte von anderen aus iranischen Familien, deren Väter nach Scheidungen auf wundersame Weise verschwanden. Als hätten sie sich sukzessive aufgelöst. Als würde sich etwas an ihrer Substanz nach dem Kappen der Verbindung unweigerlich auflösen, oxidieren, die Konturen in ihrem Gesicht verwischen, bis sie sich nicht mehr erkannten im Spiegel. Als seien sie längst zu Staub zerfallen. Als kämen sie von so weit her, dass sie nur als Erinnerung taugten, als wären sie gefangen in der Entfernung, im Nebel, und dazu bestimmt, so lange unterwegs zu sein, bis man sie für Fremde hielt.

Als ich am zweiten Tag seines Besuchs nachmittags aus der Uni kam, erwartete mich mein Vater am Alexanderplatz mit einem ernsten Blick. Ein Kakao in seiner Hand, von müden Augen lustlos zusammengerührt, das Pulver nur halb aufgelöst, der Becher nicht mal drei Viertel voll. Er hielt ihn fest, wie eine Opfergabe. Ich war ein paar Minuten zu spät, was er sofort entrüstet kommentierte: »Warum bist du so spät?« Er hatte sich einen Plan des U-Bahn-Netzes und eine Tageskarte besorgt. Er sei inzwischen beim Roten Rathaus, bei der amerikanischen Botschaft und in der SPD-Bundeszentrale gewesen. »Was hätte ich sonst tun sollen. Du bist anscheinend zu beschäftigt, um deinen Vater zu begleiten.« Ich war einigermaßen überrascht, dass er sich bewegte, als lebte er schon ewig hier, und auch noch verlangte, dass ich selbstverständlich meine Vorlesung abkürzte, um ihn überallhin zu begleiten. »Was diese Stadt alles erlebt hat!«, seufzte er alle paar Minuten. Am Vormittag sei er sogar zum KZ Oranienburg gefahren. Vor zwanzig Jahren sei er schon einmal dort gewesen. »Damals gab es ein Schachspiel, das die Häftlinge gemacht haben. Ich habe es nie vergessen. Ich habe es gesucht, aber es war nicht mehr da!«

Es sei doch nicht etwa gestohlen worden, habe er die Museumsmitarbeiterin gefragt. Nein, nein, es sei im Keller, man habe leider wenig Geld für die Instandhaltung der Ausstellung, da habe man es weggeräumt, habe sie kleinlaut geantwortet. Er habe nicht fassen können, wie die Menschen dort in unmittelbarer Nähe wohnten, wie sie dort auf ihren Balkonen die Blumen gossen, abhakten, sich arrangierten.

»Lass uns etwas Richtiges kochen!«, schlug mein Vater vor, als er an einem anderen Abend in meiner Berliner WG am Küchentisch saß. »Ich koche Lammfleisch für dich!« Ich ging mit ihm am Kottbusser Tor in einen türkischen Supermarkt, und er griff zielsicher ein paar Zutaten. Wir standen nach dem Einkaufen schweigsam am Bahnsteig nebeneinander mit den Händen voller Plastiktüten. Lächeln auf seinem Gesicht.

Die Küchenschränke klappten auf und zu, mein Vater wirbelte durch meine WG-Küche, im Handumdrehen schienen sich alle Utensilien zu bewegen, es ging so schnell, dass sie sich von selbst neu anzuordnen schienen, und jeder, der hereinkam, wurde Teil dieses Tanzes aus Tellern, klappernden Schranktüren und Aromaströmen.

Mein Vater begann, das Lamm zu kochen. Nach drei Stunden hatten sich die Gewürze zu einem Amalgam aus Aromen verbunden. Wärme breitete sich aus. Der Duft legte sich auf alles wie eine Nebeldecke. Am Ende verwechselte ich Pfeffer mit Nelken. Mir war, als erblühten Knospen im Zeitraffer. Die Küche wurde ein Blumengarten, und er erzählte von seinem Tag, den er wieder ohne mich verbracht hatte.

»Ich bin offizieller Vertreter für Oettinger in Iran!«, lachte mein Vater, als wir am nächsten Tag in Neukölln zusammen in einem Café saßen. »Wusstest du das?« Er habe viele Kontakte geknüpft, man müsse wegen des Embargos eben kreativ sein. Er trug wieder sein kariertes Jackett, das meine Mutter vor langer Zeit für ihn ausgesucht hatte, nachdem er seine erste Stelle als Ingenieur angetreten hatte. Ich erzählte ihm, dass ich in diesem Café oft gesessen hätte, um meine Hausarbeiten zu schreiben. Und er sagte, mit einem Espresso in der Hand: »Wie wunderbar, was meinst du, sollte ich nicht ein Café wie dieses kaufen?« Da hatte er sich gerade brandneue Zahnimplantate machen lassen (sie würden keine fünf Jahre halten) und strahlte übers ganze Gesicht. Ja klar, dachte ich. Hatte er überhaupt irgendeine Ahnung, wovon ich die letzten Jahre gelebt hatte?

»Diese Prohibition, die Leute sind erfinderisch!« Das deutsche Bier, gebraut nach dem Reinheitsgebot und völlig legal nach Iran importiert, diente nach der Einfuhr lediglich als Grundlage für die heimlich konsumierten alkoholischen Getränke, und mein Vater bediente sich einer Gesetzeslücke. »Warte noch ein bisschen, dann wird es besser. Dann kommst du nach Iran, und wir kaufen noch ein Grundstück für dich in den Bergen. Dort kannst du immer Urlaub machen. Ich denke, noch ein, zwei Jahre, dann wird sich die Lage entspannen.« Ich wollte ihm glauben, aber ich wusste, dass aus Enthusiasmus schnell wieder Verzweiflung werden konnte. Letztlich würde er sich auch mit dem Import des alkoholfreien Biers kaum über Wasser halten können.

Am Checkpoint Charlie machte er ein Bild von mir. Ich stand da wie ein Soldat in meinem grünen Parka, und ich machte ein Bild von ihm neben dem Studenten in Soldatenuniform, der dort verkleidet stand, um die Touristen zu erheitern. Ich erinnerte mich wieder an ein Foto von seinem Militärdienst in der Wüste. Die Fototafel, unter der mein Vater nun etwas unsicher für das Foto posierte, zeigte das traurige Gesicht eines jungen GIs. Zwischen ihm und meinem Vater hatte ein ganzes Leben Platz. »Was diese

Stadt alles erlebt hat«, seufzte mein Vater wieder. Auf dem Bild stand er wie allein. Ich dachte, diese Soldaten müssen ausgesehen haben wie verkleidete Menschen. Wie Weihnachtsmänner mit Gewehren.

Teheran

Herr Doktor

Nach seinem Besuch in Berlin wurde es entgegen allen Beschwörungen meines Vaters nicht besser, sondern immer nur schlimmer. Die strahlenden Zahnimplantate bekamen Risse und brachen eins nach dem anderen in sich zusammen. Als in Iran wirtschaftlich schließlich gar nichts mehr ging, hatte mein Vater wieder angefangen zu studieren. »Stell dir vor, Nilufar, es hat tatsächlich geklappt«, lachte er aus vollem Hals, als er die schwere Aufnahmeprüfung bestanden hatte, »ich dachte schon, die sortieren mich aus, aber die kamen nicht an mir vorbei.« Er sprach nicht nur Deutsch, sondern kannte sich außerdem mit den Gepflogenheiten des Landes und sogar mit der Geschichte der Parteien aus, das habe in der Prüfung überzeugt, und er wurde einer von acht Studenten, die aus dem ganzen Land ausgewählt wurden, um an der Uni Teheran Politik und Wirtschaft mit Schwerpunkt Deutschland zu studieren. Da war er schon Ende fünfzig. Er würde nie Professor werden können, da er zu alt war. »Macht nichts, darum geht es nicht«, sagte er. Dieses Medizin- und Ingenieurwissenschaften-Studieren sei ein Phänomen von Entwicklungsländern. Er wolle sich mit der Kultur beschäftigen, das sei wirklich wichtig für die Menschen.

Nach seinem Master in Sozialwissenschaften an der Uni Teheran bewarb er sich tatsächlich auch noch für die Promotion. Als mein Vater an der Uni Isfahan für die Doktorarbeit angenommen wurde, bedeutete das, dass kurzerhand die Kontakte zu Hassan, der dort lebte, wieder aufgewärmt werden mussten, denn er würde zwischen Karadsch und der Uni Isfahan in 500 Kilometer Entfernung Woche für Woche pendeln. »Muss das sein?«, sagte meine Mutter damals. »Immer braucht er irgendein Projekt. Er ist fast 60! Wozu das Ganze?« Auch Pouya schlug die Hände an die Stirn, als ich es ihm erzählte. »Er wird tatsächlich noch Doktor«, rief er fassungslos, »wie hat er das nur angestellt!«

Khosrows Herz pumpte immer angestrengter, stundenlange schnurgerade Fahrten in der Sonne durch die Wüste. Der weiße Peugeot ächzte. Die einst strahlenden Zahnimplantate, ein minderwertiges Fabrikat, waren nur noch brüchige Krater.

Khosrow wischte sich den Schweiß von der Stirn. Jetzt nicht müde werden. Nicht die Lider herunterklappen lassen. Er fuhr immer weiter, hangelte sich mit seinem Blick an der endlosen Autobahn entlang, einem neuen Anfang entgegen, nachdem er wieder einmal gescheitert war. Endlich würden all die anderen auch zu ihm Herr Doktor sagen müssen. Normalerweise war Pouya derjenige, den sie beim Teetrinken respektvoll Doktor nannten, zu ihm sagten sie nicht mal Herr Ingenieur. Dass er nicht geschafft hatte, was dem viel jüngeren Pouya in Deutschland gelungen war, nagte an ihm, seit er nach Iran zurückgekehrt war. Es passte ohnehin nicht zu ihm. Er wollte sich auf die Philosophie konzentrieren, wie sollten Ingenieure diese Kultur retten? Vielleicht könnte er Dozent werden. Er konnte immerhin besser Deutsch als die meisten. Er dachte an Hegel und Kant und lenkte sich von der Wahrheit ab. Die Wahrheit war eine glühende unerbittliche Sonne in der Wüste. Die Wahrheit waren Trümmer, halb fertige Bauwerke in den Boulevards, unbezahlte Rechnungen, teure Lebensmittel, Armut, Inflation. Die Wahrheit war, er würde niemals irgendwo ankommen. Er würde an diesem Land scheitern wie alle. Khosrow schlug sich mit der flachen

Hand gegen die Wange und trat das Gaspedal durch. Er war kurz
vor Ghom. Noch dreieinhalb Stunden bis Isfahan.

Bei dem Gedanken an das Promotionsvorhaben meines Vaters
dachte ich kurz an sein schwaches Herz. Obwohl es ausgeschlossen
war, dass er jemals eine Stelle als Professor an einer Uni bekommen würde, war mir klar, dass es für ihn keine Alternative wäre,
einfach als Rentner zu Hause zu bleiben. Wahrscheinlich hatte er
nicht mal eine Rente. Seit er zur Promotion angenommen worden war, würde sich die Familie beim Teetrinken endlich anhören
müssen, was er zu sagen hatte, auch wenn es sich in seinem Fall
um schwer verständliche philosophische Exkurse über Hegel und
Kant aus zahnlosem Mund handelte. Kaum jemand würde es wagen, einen Doktor zu unterbrechen.

Er war sehr stolz und erzählte auch mir oft und gerne von seinem späten Studium. Sein Jahrgang machte sogar einmal eine
Exkursion nach Essen, es war für viele die erste Auslandsreise. Sie
wurden mit großem Interesse in Deutschland empfangen. Außen-
minister Frank-Walter Steinmeier kam, und viele Deutsche seien
erstaunt gewesen, dass die iranischen Studentinnen keine Burkas
getragen hätten. Bis zur letzten Minute hatten wir gehofft, dass
mein Vater mitfahren könnte. Die anderen hätten ihn, der so
lange in Deutschland gelebt hatte, sehr gern dabeigehabt. Leider
bekam er als Einziger die Förderung des DAAD nicht. Es tue
ihnen sehr leid, aber die gebe es nur für Studenten bis 35 Jahre, da
könne man leider nichts machen.

Ein Foto mit seinem Parteikollegen Steinmeier, auf das er sehr
stolz gewesen wäre, existiert nicht.

Rasender Stillstand

Mein Vater fand sogar eine Stelle als Dozent an einer Hochschule für höhere Beamte, mit der er sich eine Zeit lang über Wasser hielt, und zu Hause gingen die Diskussionen los, wie er es wohl mit dem Regime halte.

»Natürlich bin ich nicht damit einverstanden, was die Regierung macht, aber wenn ich es nicht mache, unterrichtet sie einer von diesen Spinnern, die keine Ahnung haben. Von irgendwas muss ich leben. Ich kann ihnen wenigstens etwas über Deutschland und über Geschichte erzählen. Wir leben hier, was sollen wir machen? Schau dir die Französische Revolution an, Nilufar. Veränderungen müssen aus der Gesellschaft kommen. Der Schah wollte dem Volk mit den Amerikanern zusammen Reformen überstülpen, weißt du, das hat nicht funktioniert, dann die Revolution, und alles wurde noch schlimmer. Das Land muss sich von innen heraus verändern. Deshalb muss man die Leute ganz genau kennen. So ist das in der Politik. Du musst die Leute kennen.«

Für ein Semester wurde mein Vater, der offizielle Vertreter von Oettinger Deutschland in Iran, jeden Morgen von einem Fahrer abgeholt und eineinhalb Stunden nach Teheran gefahren, wo er den angehenden Staatsdienern etwas über deutsche Wirtschaft beibrachte.

Er habe an der Hochschule solche und solche getroffen, sei auf viel Interesse gestoßen, »aber du kannst denen nicht trauen, Nilufar, das ist nicht wie in Deutschland«. Manche inszenierten ihre Religiosität wie auf einer Bühne, erzählte mir mein Vater, und dass sie sich an ihrer Frömmigkeit messen ließen. Was sich wirklich in den Köpfen der Konservativen abspiele, was die Menschen wirklich glaubten, wisse niemand, aber er habe am meisten Angst vor denen, die an gar nichts mehr glaubten, und das seien nach seinem Gefühl die meisten. »Alles muss sich verändern. Das gesellschaftliche Leben, alles. Es muss eine andere Sicherheitspolitik geben. Ich habe da ein interessantes Seminar an der Uni besucht. Leider sind fast alle Texte auf Englisch, ich kann sie nur auf Deutsch oder Persisch lesen. Ich muss sie immer mit Google übersetzen.«

Während mein Vater tagsüber deutsche Wirtschaft und Kulturgeschichte lehrte, tranken abends Leute auf Partys hinter verschlossenen Türen deutsches Bier, dem in Deutschland in einem aufwendigen Prozess der Alkohol entzogen und dann in iranischen Privatwohnungen selbst gebrannter Alkohol wieder beigemischt worden war. Einige Zeit später würde er nur noch verschämt abwinken und am liebsten vergessen, dass er sich jemals auf den Job eingelassen hatte, denn die Verwandten fingen an, ihn schief anzuschauen. Was er nur mit den Beamten zu tun habe? Es war ihm im Nachhinein peinlich, denn entgegen seiner Hoffnung wurde der Alltag jeden Tag ein bisschen unerträglicher, sodass sich die Grenzen dessen, was er in Kauf zu nehmen bereit war, kaum noch verschieben ließen. Als raste das Land auf einen unausweichlichen Stillstand zu, als sei er am Ende eines langen Staus angekommen, wie kurz vor Teheran, wenn zur Rushhour gar nichts mehr ging, und er für einen Moment das Gefühl hatte, dass sein Leben aus endlosen Umwegen bestand. Dass er sein Leben nur im Warten auf ein Leben in besseren Zeiten tatsächlich spüren konnte und nicht im Leben selbst.

Die Vertretung für Oettinger behielt er jedoch weiter. Es schien, als würde selbst das Bier beim Überschreiten der Grenze etwas von seiner Substanz verlieren müssen, um seine wahre Wirkung entfalten zu können.

Ja. Liebe Nilufar,

1989 als die DDR am boden war habe ich eine Firma gegrundet und habe ein Buero in Hessen gemietet. Ich war gluecklich, weil ich Selbstaendig war. In Diese Zeit war Rudabeh nach Deutschland gekommen und hat erzaehlt, dass ihre Man Arbeitlos ist. Ich habe eine Liste von Motoren ihr gegeben etwas 4 tonnen und das war der Anfang. Rudabeh hat die lieste nach Teheran gebracht und ich habe das gekauft nach Iran geschickt. Ein Monat Spaeter hat der Motoren Haendler mur gesagt, dass in Gotha 8 Stueck grosse Motoren gibt. Ich habe auch gekauft und nach Iran geschickt. In dieser Zeit hat Hashemian mich gebeten mitzumachen und habe gesagt O.K., Ja ich war sehr sehr Fleizig und war ich Tag und Nachr in DDR, Holand, Denemark, Schweden, Finnlanf, Frankreich, Italien.

Ich kannte viele Haendler in Europa u d immer telefoniert ... Die haben mir liste von Motoren geschickt und wenn technich O.K waren haben aus Iran geld geschickt. Ich hatte gekauft, Transpirt Otganisiert und weg geschickt.

Bie ende neunzieger wueden die Restpisten immer weniger und hatten wir ein grosse Schulden wegen unsere Haus gehabt. Ich kamm nach Iran und und Hashemian und die andere sind eigene Weg gegangen und bliebe ich allein ... Dann eines Tagws habe ich auf den Markt JEVER aljoholfreies Bier gesehen und habe Kontakte mit Brauerei OETTINGER aufgenommen u d bin ich deren Vertreter im Iran. Wegen politische und wirtschaftlische Probleme laufen derzeit die Geschaefte sehr schlaecht.

Daher habe ich um die Zeit ausnutzen zu koennen habe ich angefangen zu studieren. Jetzt scheibe ich eine meine Veroeffentlicheg ueber deutsch russische Beziehu gen in Zentralasien. Jetzt gehe ich essen. 🌺🌻🌹🖤☘️🖤🖤

Teheran 2016

Unterwegs nach Isfahan

Onkel Hassan eilt sein Ruf voraus. Noch am Morgen flüstert mir Narges hinter vorgehaltener Hand zu: »Nilufar, wenn du nicht zu Hassan fahren willst, sag einfach, wegen der Toiletten. In seinem Haus gibt es nur *Iranian Standard*«, und es klingt wie eine Ungeheuerlichkeit. Offensichtlich trauen sie mir nicht zu, mich mit einer Toilette ohne Sitz zu arrangieren. Ich versichere ihr, ich will ihn kennenlernen. Mein Vater lässt mir sowieso keine Wahl. »Keiner kommt mit Hassan klar, der ist einer von denen. Aber seine Kinder nicht, die denken ganz anders als er. Du wirst sie mögen.« Zehn Tage nach meiner Ankunft steigen wir also morgens ins Auto und machen uns auf den Weg zu ihm. Auch Nanejun ist mit dabei. Sie will ihren ältesten Sohn Hassan unbedingt sehen und sitzt seelenruhig zwischen Shirin und mir auf der Rückbank.

Wir fahren Richtung Isfahan, der Stadt in der Wüste, Brunnen, Palmen, eine Oase, 500 Kilometer entfernt von Teheran, schnurgerade geradeaus, die sich verengende Straße vor den Augen wie ein Faden, das Pendel eines Hypnotiseurs, eine Konzentrationsprüfung. Wer es schafft, nicht den Blick abzuwenden vor dem staubigen Nichts, durch schmutzige Windschutzscheiben, ohne dabei müde zu werden, kommt nach ungefähr fünf Stunden ans Ziel.

Pouya gräbt seine Hände immer tiefer ins Lenkrad. »Ich verbiete dir, in Hassans Haus ein Kopftuch zu tragen, Shirin! Ich habe nicht ›Nieder mit Khomeini!‹ geschrien, um jetzt vor diesem Faschisten einzuknicken. Kein Kopftuch, hörst du?« – »Es macht mir nichts aus, Pouya. Ich trage es nur aus Respekt.« – »Respekt vor was, vor diesem Regime?« – »Ist ja gut.« Shirin rollt mit den Augen. Ich versuche wie Nanejun, mich einfach zurückzulehnen, aus dem Fenster zu schauen und mich von der langen, geraden Straße hypnotisieren zu lassen. Mein Vater hat mal wieder vergessen, mich zu briefen, denke ich. Die ganze Zeit denke ich darüber nach, wie ich mich verhalten sollte. Was Alex sagen würde, wenn sie wüsste, dass ich mir ein Kopftuch überziehe, weil ich keinen Ärger machen will. Sie würde mich kaum wiedererkennen. Ein bisschen hoffe ich, dass wir nicht ankommen und einfach umkehren.

Nach vier Stunden Fahrt bleibt unser Auto in einer kleinen Stadt 100 Kilometer vor Isfahan liegen. Wikipedia schreibt: »Natanz oder Natans (persisch نطنز, DMG Naṭanz) ist eine Stadt in der trockenen Landesmitte des Iran, in der Provinz Isfahan, etwa 225 km südsüdöstlich von Teheran. In den Oasen wird Obst angebaut, wobei vor allem die Birnen im ganzen Iran begehrt sind.« Weiterhin, dass die geheime Atomanlage 2002 entdeckt worden sei und dass Israel angeblich Pläne hege, diese unterirdische Anlage mittels taktischer Atomwaffen zu zerstören.

Unser Auto hat drei Männer bis zur Hüfte verschlungen, die Motorhaube eine offene Wunde im Wüstensand, eine verzweifelte Reanimation, während es in der Wüste langsam dunkel wird. In der Autowerkstatt wirken sie allgemein desinteressiert. Rudabeh rückt ihr Kopftuch zurecht. Nanejun bleibt von alldem unbeeindruckt auf der Rückbank des Wagens. »Das hier sind gute Leute«, sagt mein Vater, und er meint »einfache« Leute. Eine Stadt wie ausgedacht. Eine Autowerkstatt, die wie eine Autowerkstatt aussieht. Eine Bäckerei, die wie eine Bäckerei aussieht. Ich rufe meinen kleinen Cousinen hinterher, dass sie nicht auf die Straße laufen sollen.

»Ich sehe was, was du nicht siehst« bis zum Sonnenuntergang (»Das Brot in der Bäckerei gegenüber!« – »Der Rauch vom warmen Brot, das gerade aus dem Ofen genommen wird!« – »Das Nummernschild des Motorrads auf der anderen Straßenseite!« – »Das Hemd von dem Mann in der Bäckerei!« – »Das Weiß in deinen Augen!« – »Der Wüstensand!« – »Der Mond!« – »Die Sterne!« – »Die Milchstraße!«). Keine Drohnen, die die Atomanlage auf einem pixeligen Bild anvisierten, um hier in der Wüste einen Treffer zu landen. Auf was würden sie zielen? Auf die Menschen, die hier vorbeifahren und niemals abgebogen sind? Auf die Bäckerei neben uns? Auf die Autowerkstatt? Auf den Mechaniker auf seinem Mofa, der losgefahren ist, um in der Nacht noch ein Ersatzteil zu beschaffen? Auf mich? Wir spendieren die Nescafé-Päckchen, die wir im Shoppingcenter auf dem Rastplatz gekauft haben. Mein Vater sitzt vor der Werkstatt auf einem Klappstuhl und liest Telegram-Nachrichten aus aller Welt auf seinem Handy. Ab und zu seufzt er: »Ich halte das alles nicht mehr aus.«

Als wir weiterfahren, steige ich zu Shirin und Pouya ins Auto. Lotte besteht darauf, dass ich mit ihnen komme, um weiterzuspielen. Narges quetscht sich in letzter Minute mit dazu und zwinkert. Nanejun döst mit Rudabeh und Mia in Hashemians Wagen. Mein Vater und Fatemeh kommen hinterher. »Nilufar, jetzt mal ehrlich, es ist mitten in der Nacht, wir sind im Auto, du kannst dein Kopftuch abnehmen. Hier draußen ist keine Sittenpolizei.« Shirin nimmt ihren Schal ab, Pouya dreht die Musik auf. Wir hüpfen im Sechsachteltakt über die staubige Wüstenstraße durch die Nacht. Der Mond scheint hell auf uns herab, es dauert etwas, bis ich glaube, dass mich wirklich keiner sehen kann im Licht, dass wir hier unter uns sind, und es dauert noch länger, bis ich den Gedanken überwinde, ich könnte etwas Unhöfliches machen, wenn ich jetzt das Kopftuch runterziehe und meinen Mantel aufmache. Shirin schnippt mit dem Rhythmus der persischen Popsongs, wir unterhalten uns, ohne die Musik auch nur ein bisschen leiser zu machen, das Autoradio ist die Untermalung hier draußen im großen Schwarz, das uns umgibt, und unser Auto jagt über die Straße wie ein Partyblitz. Pouya gibt Gas und grinst. Es dauert nicht lange, bis auch Lotte neben mir eingeschlafen ist.

»Jetzt mal Klartext, Narges, wenn du gehen willst, dann musst du es bald machen«, sagt Shirin und übersetzt es mir anschließend. »Wenn du nicht in ein, zwei Jahren auswanderst, machst du es gar nicht mehr, vertrau mir.«

»Du willst auswandern?«, frage ich auf Englisch.

Narges dreht sich zu mir um: »Ich denke darüber nach.«

»Ich dachte, du bist gerne hier.«

Narges schweigt. Shirin dreht sich jetzt zu mir um. Auf Deutsch: »Sie würde das nie machen«, sagt sie, »dazu ist sie viel zu sehr mit ihrer Familie verbunden. Vielleicht hat sie einen Freund und ist sich deshalb unsicher. Auswandern oder bleiben, das ist das Erste, worüber man sich hier unterhält, wenn man jemanden kennenlernt.«

Narges schaut auf die Straße und ist in Gedanken versunken.

Shirin: »Wenn mein Vater damals geahnt hätte, dass ich nicht vom Medizinstudium zurückkomme und einen Mann in Deutschland heirate. Als ich vor drei Jahren hier war, war ich gerade mit Lotte schwanger. Pouya war bei seiner Mutter, und ich wollte eine Freundin treffen, und mein Vater fragt mich tatsächlich: ›Erlaubt dein Mann dir, dass du jetzt alleine rausgehst?‹ Ich musste Pouya anrufen, als wäre ich ein Kind, mein Vater hätte mir sonst nicht geglaubt, dass ich einfach gehen kann, wenn ich will. Er hätte mich niemals gehen lassen. Du musst eine Entscheidung treffen. Familie oder Zukunft. In Iran lebst du für die anderen. Du trinkst Tee und heiratest und ziehst deine Kinder groß und lässt sie diese Uniformen in der Schule tragen und passt auf, was die Nachbarn über dich reden, und tanzt auf gemischten

Hochzeiten hinter zugezogenen Vorhängen, bis die Polizei kommt, lässt dir die Nase operieren, und wenn dein Vater das letzte Wort haben will, dann schweigst du.«

Gegen Mitternacht treffen wir endlich in Isfahan bei Hassan ein. Um Hassan, den ältesten Bruder meines Vaters, musste ich auf meinem Genogramm so viele Verbindungslinien durchstreichen, als hätte jemand in einem Wutanfall sein Gesicht auf einem Foto mit Kugelschreiber geschwärzt. Ich weiß nichts über seine Familie und habe ihn nie kennengelernt. Er ist Architekt gewesen und sicher schon über siebzig. Jetzt bin ich bei Hassan und seiner Familie, und die einzige Gewissheit, die ich immer hatte, war, dass niemand mehr mit ihm Kontakt hat, denn: Er ist »konservativ«. Ich bin nicht sicher, ob das auch »regimetreu« bedeutet. Mein Vater stellt uns vor, erst er, dann seine Frau und alle seine Kinder mit ihren Familien. Klein wirkt er und eigentlich ganz nett. Ich kann mir kaum vorstellen, dass er, wie Pouya sagt, ein Hardliner ist, aber ich bleibe vorsichtig. Ich sehe den anderen Anwesenden in die Augen, während mich mein Vater jedem einzeln vorstellt, und versuche, die Begrüßungssätze zu wiederholen, die sie nacheinander aufsagen. Jeden versuche ich einzuschätzen: Sind sie religiös? Sind sie Anhänger des Regimes? Ich finde keinerlei Antworten in ihren lächelnden Gesichtern. Selbst mein Vater ist zu allen gleich höflich, aus seinem Verhalten kann ich nichts ableiten, woran ich mich etwas orientieren könnte. Ich bemühe mich wie immer, das Nichtgesagte zu erahnen, aber hier gelingt es mir nicht mehr. Ich finde einfach nicht heraus, was sie womöglich denken. Vorsichtig überreiche ich Hassan die Merci-Schokolade, und er nickt anerkennend. Dabei fällt mir auf, dass ich gar nicht an ein Geschenk für seine Frau gedacht habe, und schäme mich etwas. Dann werde ich von meinem Vater an meinen Platz am Kopfende des großen Teppichs geschoben.

Selbstverständlich findet ein großes Festessen statt, obwohl es schon fast Mitternacht ist. Etwa dreißig Leute sitzen im Rechteck auf dem großen Teppich. Von Nanejun lerne ich, dass es einen Zustand von Müdigkeit gibt, der sich halb bewusst in Wartestellung vollzieht, sodass man etwas abwesend doch gut am gesellschaftlichen Leben teilnehmen kann. Ich verharre also, bis alle fertig sind, im Schneidersitz neben Hassan, der ein Stückchen vom Brotfladen abreißt und mir höflich zunickt.

»Glaubst du an Gott?«

»Ich bin mir nicht sicher.«

Dann fragt er etwas, das ich nicht verstehe. Hashemian grinst, Hassans Sohn Said rollt mit den Augen. Mein Vater schaltet sich ein und übersetzt, während er selbst nach Worten sucht: »Ob du eine ... eine Tendenz hast.«

Fast alle Frauen der Familie, Tanten, Töchter, Cousinen, das müssten so ungefähr zehn oder fünfzehn sein, tummeln sich inzwischen in der Küche. Irgendwie wäre ich jetzt lieber dort, ich scheine den Einsatz verpasst zu haben, bei dem ich mich hätte davonstehlen können. Sie waren anscheinend davon ausgegangen, dass ich nicht beim Abräumen helfen würde, da ich Gast des Hauses bin und wahrscheinlich auch, weil ich keine große Hilfe wäre. Was auch stimmt. Die Kinder laufen lachend und quietschend durch die Wohnung, eins läuft immer vorneweg, alle anderen hinterher. Wenn sie alle sieben Zimmer des Hauses durchhaben, kommen sie zurückgerannt, klatschen sich ab und rennen wieder los. Es dauert eine Weile, bis sie die leeren, traditionell nur mit Teppichen, ohne Tische und Sitzmöbel eingerichteten Zimmer durchquert haben, sodass in regelmäßigen Zehn-Minuten-Intervallen ein Schwung Kinder hineinkommt, wieder Fahrt aufnimmt und weiter rennt. Von fern hören wir ihr Lachen, wie es anschwillt und wieder abnimmt und von den Teppichen verschluckt wird.

Hassan holt einen Ringordner mit Klarsichthüllen. Darin abgeheftet sind Farbausdrucke von allerlei italienischen Bauwerken, die Farben mittlerweile etwas verblichen. Hassan scheint diesen Ordner zu besitzen, seit er in den Siebzigerjahren in Italien die Architektur der alten Meister studiert hat. Er sei tief beeindruckt von ihrer Baukunst gewesen. Man sieht dem Ordner an, dass er ihn in der langen Zeit oft hervorgeholt hat. Dieser Ordner aus Studienzeiten enthält wohl die für ihn wichtigsten Dokumente, abgesehen natürlich vom Koran.

»Sag mir, hast du jemals etwas so Wunderschönes gesehen?«, fragt er und hält mir ein Foto von einem barocken Gebäude hin, das ich nicht kenne.

»Ich glaube nicht«, sage ich etwas ratlos, mein Vater blickt aus einer Ecke verstohlen zu mir herüber. Ich kann immer noch wenig antworten, aber verstehe so ungefähr, was Hassan sagt. Ich war tatsächlich noch nie in Mailand oder Rom, sehe nur das Bild, und dass es sich offensichtlich um ein sehr komplexes Bauwerk mit vielen Verzierungen handeln muss, auch wenn ich auf dem blassen Foto fast nichts richtig erkenne.

»Es ist wirklich sehr, sehr schön«, sage ich.

»Das ist es!«, sagt Hassan. »Siehst du, diese Schönheit, die jeder sehen kann, kann nicht vom Menschen allein geschaffen worden sein.« Mein Vater rutscht in seiner Ecke auf dem Teppich hin und her.

»Sicher.«

»Als ich diese Bauwerke in Italien gesehen habe, wusste ich, dass Gott existiert! Schau sie dir an.« Er deutet auf das Foto. »Kein Mensch könnte so was sonst zustande bringen, da bin ich mir ganz sicher.«

Mein Vater ruft Hassan zu: »Nilufar ist übrigens Psychologin!« Ich interpretiere das als Rettungsversuch.

»Ja«, sage ich, »Psychologie.«

»Sag mir, wenn du keine Tendenz hast, welche Tendenz hat die Psychologie bezüglich Gott und Religion?«

»Bei uns ist sie eher naturwissenschaftlich orientiert«, sage ich ausweichend.

»Aha. Womit genau beschäftigt sich die Psychologie?«

»Nun, also, mit Menschen in erster Linie. Mit menschlichem Verhalten, zum Beispiel in sozialen Situationen, oder auch mit psychischen Störungen …« Mein Vater rückt an uns heran, das, was er übersetzt, ist ungefähr dreimal so lang wie die kurzen Sätze, die ich kleinlaut von mir gegeben habe.

»Aha, aha. Dann ist die Psychologie der Religion gegenüber ablehnend?«

»Nein, nein.« Ich wende mich direkt meinem Vater zu.

»Die Psychologie ist eine empirische Wissenschaft. Das heißt, man versucht, unvoreingenommen zu beobachten oder zu messen und mit den Ergebnissen zu arbeiten. Es ist also gar nicht ausgeschlossen, dass Gott und Religion eine wichtige Größe im Leben der Menschen darstellen.« Die Psychologie sei allem gegenüber, was Menschen beschäftige, grundsätzlich aufgeschlossen, alles werde mit Interesse und ohne Vorurteile erforscht. Auch ich sei deshalb an allen Kulturen mit ihrem Glauben und ihren Traditionen selbstverständlich sehr interessiert, daraus ergebe sich immer eine Möglichkeit, dazuzulernen und die Menschen besser zu verstehen. Natürlich wolle ich sehr gerne erfahren, wie die Menschen in Iran lebten und was ihnen wichtig sei. Ich schaue meinen Vater fragend an. Er schaut fragend zurück und bleibt kurz regungslos. Dann dreht er sich Hassan wieder zu, um zu übersetzen, und redet ungefähr eine Viertelstunde ohne Unterbrechung. Hassan nickt zwischendurch anerkennend. Ich bleibe stumm daneben. Sein Gesicht hellt sich auf, er wendet sich mir wieder zu.

»Ich freue mich sehr, dass wir uns unterhalten haben.«

Er dankt mir, dass ich ihn besuchen gekommen sei und mit ihm ein Gespräch geführt habe. Er würde sich sehr freuen, wenn ich den Islam für mich entdeckte. »Wenn du den Islam einmal kennengelernt hast, ist es wie eine Explosion«, übersetzt mein Vater mit dem Rücken zu ihm und rollt mit den Augen. Und weiter, dass er gleich morgen in die Stadt fahren wolle, um mir Bücher zu besorgen, die es sich zu lesen lohne, er wolle gerne unterstützen, dass ich mich mit der persischen Kultur beschäftige, und freue sich über so viel Interesse.

»Hassan, dieser religiöse Spinner. Der ist der Erste, den sie verhaften, wenn es mit diesem Regime vorbei ist.« Mein Vater und ich sitzen nach dem Essen auf der Terrasse und schauen in den Garten. Das Haus hat Hassan selbst entworfen und am Rand von Isfahan gebaut, nur ein Stockwerk hoch, aber mit sieben großen Zimmern, mehreren Bädern und einem großen Garten, in dem Granatapfelbäume wachsen, wie auch an der Straße, die in die Stadt führt. Wir sind allein hier. Mein Vater sagt wieder »Elahi Shokr«, so wie ich ältere Menschen in Deutschland »Allmächtiger!« habe sagen hören, und seufzt mit leerem Blick in den großen duftenden Garten hinein. So sitzen wir eine Weile schweigsam nebeneinander.

Zwei Tage später, als wir wieder bei Rudabeh zu Hause sind, bringt mir mein Vater tatsächlich zwei Bücher mit, die Hassan für mich ausgesucht hat, eines in persisch-französischer und eines in persisch-englischer Ausgabe. Sie haben dicke, verzierte Ledereinbände und dünne Seiten. Ich vermute einen Koran, schlage das Buch auf und sehe, es ist *Der Diwan* von Hafis. Mein Vater sagt etwas verschämt, ich solle mich für den Anfang an Goethes *Westöstlichen Diwan* halten, das sei für den europäischen Geschmack leichter verständlich.

Ich beginne zu lesen und finde die alte persische Liebeslyrik von Hafis tatsächlich interessant. Überhaupt Lyrik, ich kann mich nicht daran erinnern, in Deutschland je einen Lyrikband gekauft zu haben. Sie ist mir hier allgegenwärtig. Rudabeh und Narges spielen traditionelle Instrumente und holen sie bei Geburtstagen hervor, dabei werden manchmal Gedichte gesungen, nicht rezitiert. Es hat hier einen gewissen Coolness-Faktor. Ich lese über Weingelage und Gärten, erst kann ich gar nicht glauben, dass das wirklich da steht, es kommt mir profan vor, über betrunkene Gelüste zu schreiben. Ich schäme mich für irgendetwas, aber ich weiß nicht, was.

Teheran

Nachmittage

Die Tage zwischen den Verwandtenbesuchen verbringe ich tagsüber oft bei Rudabeh und Hashemian vor dem Fernseher. Rudabeh holt mir sogar den Heimtrainer aus Hashemians Arbeitszimmer, damit ich etwas zu tun habe, bis mich Narges abends in ein Café oder einen Park mitnimmt, nachdem sie von der Baustelle gekommen ist. In Berlin würde ich an so einem Tag Fahrrad fahren, und angeblich gibt es hier sogar Parks, zu denen nur Frauen Zugang haben, wo sie unter Ausschluss der Öffentlichkeit Fahrrad fahren dürfen. Was für ein Aufwand, denke ich und sinke noch tiefer in die Couch. Ich schalte hin und her zwischen BBC Farsi, staatlichem Fernsehen und persischen Satellitensendern aus Amerika. Hashemian ist auf dem geschwungenen Sessel eingeschlafen. Es ist Nachmittag, ein sanfter Luftzug geht durch die Wohnung. Der Vorhang bewegt sich vor dem Fenster, er ist stets geschlossen. Ich habe nicht mal gewagt, in die Nähe des Fensters zu gehen. Dahinter die Stadt, verschlossen, mir immer noch fremd, und ich denke, was sie mir wohl alles nicht zeigen, und mich stattdessen lieber hier mit Nanejun rumsitzen lassen, während die anderen arbeiten. Eine Freundin erzählte mir in Deutschland von den ausufernden heimlichen Partys, die angeblich hier überall gefeiert werden. Sie sei selbst dort gewesen und habe viele Drogen genommen, wie alle. Die Leute auf der Party seien betont locker gewesen, so als hätten sie alle Konventionen, mit denen sie lebten, im Exzess völlig abgestreift. Trotzdem habe es gewirkt, als würden sie viel mehr von diesem System in sich tragen, als sie glaubten. Wie viel System hat mein Vater wohl in sich? Er ist entweder wichtig »unterwegs«, oder er schweigt, und ich frage mich, mit welchem Recht er mir hier jede Entscheidung abnimmt. Ich fühle mich wie ein Kind, das im Einkaufszentrum vergessen wurde. Ich wünsche mir, ich könnte einfach rausgehen und herausfinden, was es draußen noch alles gibt, aber ich befürchte, dass mir das meiste verborgen bleiben wird.

Also liege ich weiter auf der Couch und beobachte eine Frau mit langen, glatten, gebleichten Haaren und einem Gesicht mit großen schwarz umrandeten Augen und einer sichtbar chirurgisch verkleinerten Nase im Fernsehen. Sie streicht sich selbst durch die Haare, über die Wangen, die Oberarme, den Bauch, die Hüften, die Schenkel. Die Hände mit den roten Acrylnägeln greifen eine Sprühflasche. In Großaufnahme ein Sprühstoß aus der Flasche in Zeitlupe, Millionen feinster Tröpfchen im Scheinwerferlicht vor dunklem Hintergrund. Die Fettzellen explodieren, die Körperteile schrumpfen dampfend auf die Hälfte der Größe zusammen. Großaufnahme: ein lachender Mund, rot mit Lipgloss. Zähne, glückseliges Lächeln.

Ich zappe ins staatliche Fernsehen: Eine andere junge Frau steht in einem schlecht animierten Raum, der wie eine Küche aussieht. Die Frau ist so verhüllt, als würde sie auf die Straße gehen. Sie trägt einen beigen Mantel und ein Kopftuch, unter dem nicht ein einziges Haar zu sehen ist, obwohl sie zu Hause ist. Es betritt eine zweite, ältere Frau den Raum. Sie ist exakt so verhüllt wie die erste Frau, nur in einem dunkleren Beige. Die ältere Frau reicht der jüngeren Frau eine Konservendose. Die jüngere Frau öffnet die Konservendose mit einer beiläufigen Handbewegung und blickt auf eine leuchtend rote Substanz.

Aus der Konservendose strahlt ein Lichtkegel in das Gesicht der jungen Frau.

So sitze ich hier noch eine Weile und zappe mich weiter durch das Satellitenprogramm. Das Fenster ist weit offen, ich schaue dem Vorhang zu, wie er sich weiter nach innen wölbt und an den Rändern den Blick auf ein Stück vom Nachbarhaus und etwas Himmel freigibt. Wie ein Schleier.

Ich habe meinen Vater nie beten sehen. Ich dachte, er macht das nicht, weil er einfach mein Vater ist. Wenn wir mit den älteren Verwandten, die unentwegt zu Besuch kommen und von denen ich nicht einmal weiß, wer sie eigentlich sind, Tee trinken, betet manchmal einer von ihnen im Nebenzimmer oder schläft auf dem Sessel ein. Die Frauen halten ihre Blumen-Tschadors vors Gesicht und grinsen mich an. Sie schneiden mir unentwegt Apfel- und Pfirsichstückchen und stellen immer die gleichen Fragen. Bei einer der Teerunden muss ich mir die Fragen mit einem anderen entfernten Cousin teilen, der ebenfalls zufällig gerade zu Besuch im Land ist. Ein mittelalter Mann, der in Schweden lebt und zweimal geschieden ist. Auch Ingenieur ist er nicht geworden. Er scheint irgendwie übrig geblieben zu sein, zumindest kann ich ihn nicht einordnen. Das Interesse an ihm lässt nach. So bleiben die Onkel und Tanten die meiste Zeit an meinen Lippen hängen und möchten wissen, was ich arbeite und wie es meiner Mutter geht, obwohl ich kaum antworten, sondern eigentlich immer nur lächeln kann. Dass sie immer noch alle nach meiner Mutter fragen, denke ich. Obwohl mein Vater danach noch zwei weitere Male geheiratet hat. Ich versuche, nebenbei mehr über den Cousin zu erfahren, der sich schweigend an seinem Teeglas festhält. Es scheint ihn zu überraschen, dass ich mich im Gegensatz zu den Tanten für ihn interessiere. Ich frage ihn unbeholfen, was er so macht, als würde ich versuchen, mit jemandem Small Talk zu machen, der zufällig neben mir an einer Bushaltestelle steht. Ich weiß nichts über ihn, noch nicht einmal, dass auch Mitglieder der Familie in Schweden leben. Er seufzt leise, und statt mir zu antworten, lächelt er mich an: »Nilufar, ich kannte dich schon, da warst du erst so groß.«

»Ich warte lieber, bis sie wieder weg sind«, sagt Narges, als ich sie nach einem der Besuche in ihrem Zimmer am Schreibtisch finde. Ich habe zu diesem Zeitpunkt fast zwei Stunden Teetrinken hinter mir. »Ich habe keine Lust, dass sie mir Fragen stellen. Egal, wie erfolgreich ich bin, nichts ist gut genug. Die geben erst Ruhe, wenn ich einen Ehemann habe, dann ist das nicht mehr ihre Baustelle. Ein paar von den Älteren finden mich nicht fromm genug und haben immer irgendwas auszusetzen.«

»Glaubst du denn an Gott?«, frage ich schüchtern. Ihre Antwort überrascht mich.

Sie wisse auch nicht, wie sie das erklären solle, sagt sie, »aber Gott ist immer bei mir«. Dann schaut sie mich lange an: »Wie geht's dir?« Ich nehme in Gedanken die Hände von meinem Gesicht. »Ich weiß nicht«, sage ich. Ich schaue sie an und sehe in eine friedliche leere Landschaft.

Im Museum

Nach dem Wochenendbesuch bei Hassan schleppt Hashemian mich zu Wochenbeginn in ein paar Shoppingmalls und danach ins Schah-Museum. Ich habe mittlerweile vergessen, welcher Wochentag das in Deutschland wäre. Was mein Vater den ganzen Tag macht, weiß ich immer noch nicht so genau. Es kommt mir auch nicht in den Sinn zu fragen. Vielleicht hat er Geheimnisse, denke ich, aber wahrscheinlich nicht.

Das Museum scheint einer der touristischen Hotspots zu sein und ist ziemlich gut besucht. Eine ältere Dame aus einer Schweizer Frauenreisegruppe wird vom Wachmann schüchtern darauf hingewiesen, Abstand zu halten. Sie ruft, »it's all so beautiful!«, und umarmt ihn, da schaut er betreten zu Boden. Hashemian lacht sich über so viel Taktlosigkeit kaputt. In den Vitrinen funkelt der Reichtum untergegangener Dynastien. Auf den Gemälden versuche ich, Gesichter zu erkennen. Ich finde Prinzessinnen mit Oberlippenbart und zusammengewachsenen Augenbrauen, Männer mit schwarz umrandeten Augen und mit Blumen posierend. Weinkelche, mit Schleier bedeckte Häupter und offene Blusen. Wieder beschleicht mich das Gefühl, all die Schmuckstücke in den Vitrinen, die Bilder, die mich ansehen, alles, was mich hier umgibt, das kann nicht echt sein, das ist alles gar nicht wahr. Die Blumensprache, Kommunikation zwischen Liebenden, Zuneigung, wenn nichts ausgesprochen werden kann. Ich finde sie überall auf den Bildern, ich finde sie in den Ornamenten in den Hallen traditioneller Gebäude, in den Blicken der abgebildeten Personen, die

Blumen als Symbole halten, in den Blicken der Frauen, mit denen ich Tee trinke, deren Worte ich nicht verstehe, aber denen ich mich verbunden fühle, als gehörte ich zu ihnen. Blumensprache in meinem Kopf, wenn ich daran denke, worüber ich nie mit meinem Vater spreche, welche Fragen ich nie stelle. Blumensprache für die heimlichen Ausflüge mit fünfzehn, die Nächte in Clubs mit meinen Freundinnen aus der Neubausiedlung. Blumensprache für das, was ich selbst meinen Freundinnen gegenüber nicht ausspreche, wenn ich sie hübsch finde, während sie von ihren Boyfriends erzählen, wie die Nähe zu ihnen etwas Besonderes ist, anders, zarter als zu den Typen, mit denen wir ausgehen. Die Gesichter auf den Bildern im Museum wirken nicht unsicher oder schamvoll, sie blicken mir direkt in die Augen und zerschmettern jede Distanz. Am Ende kaufe ich die Fotos von den Juwelen als Postkarten für Alex, um ihr zu zeigen, dass sich diese Reise irgendwie gelohnt hat.

Nach dem Museum meldet sich mein Vater bei Hashemian. Er reicht mir den Hörer: »Bleib, wo du bist! Ich komme dich holen.« Obwohl ich ihn nie sehe, scheint er immer genau zu wissen, wo ich gerade bin. Hashemian übergibt mich an einer Straßenkreuzung, er habe noch was zu erledigen, und endlich laufe ich neben meinem Vater in Teheran über die Straße. Er strahlt. »Das ist die Uni«, sagt er und zeigt auf die andere Straßenseite. Ich bin froh, mal etwas vom Studentenleben zu sehen. An der Gebäudewand ein großes Bild von Khomeini. Cafés, die tatsächlich richtigen Kaffee verkaufen, kleine Geschäfte mit Klamotten, Kopftüchern, Zeitschriften, Schmuck, Khomeini-Wackelbildern. Und fliegende Händler, die alles verkaufen, vor allem Abschluss- und Doktorarbeiten. Er freut sich über die deutschen Bücher, die er aus der Buchhandlung abgeholt hat. Seinem Lieblingsprofessor statten wir auch noch einen Besuch ab, er serviert uns einen Tee und fragt meinen Vater nach seiner Doktorarbeit. Das sei nicht einfach, in Iran eine der begehrten und knappen Stellen zu bekommen, mein Vater sei einer seiner besten Studenten gewesen. Er lehrt ab und an in Wien und fragt mich auch nach meinem Studium und dem Thema meiner Abschlussarbeit. Nachdem ich ausgeholt habe, unterbricht mein Vater mich nach einer scheinbar festgelegten Zeit, wechselt das Thema, und dann reden sie wieder über Politik. Ich habe offenbar immer noch keine Ahnung, wann hier wie viel Gespräch von mir erwartet wird. Das scheint auch zu dieser Sprache zu gehören, die ich viel zu schlecht beherrsche.

»Ein sehr nettes Gespräch, er hat sich wirklich gefreut, dich kennenzulernen«, bekräftigt mein Vater, als wir wieder draußen sind. »Trink doch hier kurz einen Kaffee, ich muss noch ein paar Bücher holen.« Ich bin zur Abwechslung gar nicht sauer darüber, dass er sich schon wieder entschuldigen lässt. Ohnehin komme ich mir in diesem Land die ganze Zeit beobachtet vor. Dann sitze ich das erste Mal seit meiner Ankunft allein in einem Café. Sofort bekomme ich ein schlechtes Gewissen. Mache ich nicht allen wahnsinnige Umstände? Hashemian und mein Vater müssen die ganze Zeit auf mich aufpassen, Hashemian hat sich für diese Tage sicher Urlaub nehmen müssen.

Ich blicke auf echten Bohnenkaffee mit einer Milchhaube. Der erste seit meiner Ankunft. Dazu ein Törtchen mit Beeren und Schokolade, das aussieht, als hätten sie ein Miniaturschloss vor mir abgestellt. Ich traue mich kaum, es mit meinem Teelöffel niederzureißen. Narges kommt bestimmt oft hierher. Es sei sehr »modern«, sagt mein Vater. Ich sehe Frauen mit lässigen Leinenschals über ihren kurzen Haaren. Ich sehe die Schatten der Pärchen auf dem Sofa, wie sie gestikulieren. Ich verstehe nicht, was sie sagen, ob es ein Flirt ist oder eine Unterhaltung über eine

Vorlesung. Sie vollziehen eine Pantomime, ihre Schatten an der Wand sehen aus wie Scherenschnitte, als sei das hier alles Theater, alles ein Spiel, als sei ein Café in diesem Land nicht real. Es kam mir echter vor, wenn ich dieses Land in Deutschland durch die Scheibe unseres alten Röhrenfernsehers sah. Ob ich eine von ihnen sein könnte, frage ich mich, als ich den Kellner anlächle und *merci* sage, mit der Betonung auf der ersten Silbe, so wie Narges es macht. Ob ich entweder eine der kurzhaarigen Frauen hier sein könnte, die abends mit einem Messengerbag in ein U-Bahn-Abteil steigt und nach Hause in eins der modernen Viertel im Norden fährt, oder eine andere aus dem alten Stadtviertel Teheranpars, wo Fatemehs Mutter wohnt, der die Nachbarn manchmal etwas gekochtes Lammfleisch vorbeibringen, wie es Tradition ist. Ob mich vielleicht die Nachbarin kritisch beäugen würde, weil meine Haare so kurz sind oder mein Kopftuch verrutscht. Dann geht es in meiner Vorstellung nicht mehr weiter, der innere Bildschirm zeigt nur Leere. Ich beobachte die Milchschaumblasen beim Zerplatzen, ich verharre mit meinem Blick auf der Schokoladenglasur, ich lasse meine Augen über die unverputzte Backsteinwand fahren und weiß, dass ich denken soll, dass das hier Starbucks sein könnte. Die rote Backsteinwand könnte einer New Yorker oder Münchner Filiale nachempfunden sein. Aber es fühlt sich immer noch an wie Teheran, das in meinem Kopf erst seit ein paar Tagen wirklich existiert. Der kunstvolle Miniaturkuchen vor mir glänzt so sehr, als sei er eine Requisite aus Plastik, die jemand auf den Tisch gestellt hat, damit ich in die Illusion, dies sei mein Leben, eintauchen kann. Aber ich bin hier fremd. Ich rühre weiter in dem Rest Milchschaum in meiner Tasse, wie ich es in Berlin mache, wenn ich mich nicht entscheiden kann, ob ich gehen oder noch etwas bestellen soll, aber keins von beidem will.

Ich denke nicht ein einziges Mal daran, wie es wäre, hier mit

Alex die Straße entlangzulaufen, es kommt mir einfach nicht in den Sinn. Ich kann mir nicht vorstellen, dass sie hier neben mir sitzen und einen Kuchenteller in der Hand halten könnte. Überhaupt, sie mit einem Kopftuch zu sehen. Es kommt mir vor, als wäre das gegen die Schwerkraft. Ich ahne, dass ich mich in Deutschland neben ihr nur etwas weniger allein gefühlt habe. Hier war ich noch kein einziges Mal allein. Auch der Kellner schaut aus der Ferne immer wieder herüber, als müsste er auf mich aufpassen. Ich finde es nicht mal schlimm. Bis jetzt hatte ich fast vergessen, dass es diesen Zustand überhaupt gibt. So gerne habe ich mich in die warmen Worte fallen lassen, die Floskeln, die die Menschen an mich richten, weil sie denken, ich sei eine ausländische Touristin, die sich in ihr Land verirrt hat. Ich bin nur eine ausländische Touristin, denke ich. In diesem Moment, als der Milchschaum längst kalt ist und ich merke, dass Alex niemals darüber nachdenken wird, wie es ist, hier zu sitzen, bin ich einsam. Ich bin ein stummer Scherenschnitt neben dem wild gestikulierenden Pärchen.

Weil ich nicht weiß, was ich machen soll, bleibe ich noch eine Weile sitzen, wische auf meinem Handy herum und lese die alten WhatsApp-Nachrichten, die mein Vater und ich uns vor der Reise hin und her geschrieben haben. Aus dem Nichts waren immer mehr Textnachrichten gekommen. So viel schrieb er sonst selten, und ich erkannte unsere Sprache wieder, die ich mit ihm sprach, das gebrochene Deutsch, das ich besser beherrschte als den hessischen Dialekt.

Ich hatte damals nicht gedacht, dass er so viel antworten würde, nachdem ich ihn beiläufig gefragt hatte, ob er auch politisch aktiv war zum Beispiel, oder was er vermisst hatte. Ich schämte mich, überhaupt solche Fragen zu denken, denn ich fürchtete, sie könnten ihm unangenehm sein. Überhaupt hatte ich mich nie getraut, meinem Vater Fragen zu stellen, als wäre es ein ungeschriebenes Gesetz, dass man nicht über die Vergangenheit spricht, weil einen das sowieso nicht weiterbringt.

Hallo meine Liebe Nilufar,

Natuerlich waren bei mir politische Gruenden sehr gross gewesen. Damals wegen Probleme hatte ich mich von der organisierte Oposition zurueck gezogen. Ich habe immer in Deutschland und auch Iran in der Oposition gewesen. Ich dachte dieses Regiem nicht in der Lage waere lange zu regieren, aber was wir unterschaetz haben waren die Unterstutzung des Regiems international, Krieg gegen Irak, die sehr das Regiem geholfen hat stabil zu werden und auch andere Gruenden.

Pouya war fast wie ich. Er hat keine Zukunft in Iran gehabt und habe ich ihn geholfen nach Deutschland zu kommen.

Ja als ich in Deutschland gewesen habe ich alles vermisst

Ich bin Grundsaetzlich sehr Heimatsgebunden. Hier ist das Leben wirklich Schwer, aber trotzdem ist mein Heimat. Viele sibd anderes, wie Pouya oder der Nimah.

Ich lebe mit Fatemeh und haben kaum Kontakten Aber wenn ich lese oder in alte Doerfer gehe lehrne viel und das reicht uns.

Natuerlich abgesehen von dir, fuer mich warst du immer wie das ganze Welt wichtig.

Der Hassan ist ei Fenomen fuer sich. Er lebt in Vakuum. Er war und ist Immernoch phycisich Krank.

Was ich immer vermisst habe waren meine Mutter, die ganze Famillie, die Staete, Traditionen und ...

Ich Deutschland mochte ich immer die Originele sehen, nicht etwas, was alle alle sehen oder reden. In Iran in Doerfer sind die Leute noch Original, deren Essen, Kleider, Haeuser, Traditionen nich wie in Teheran, wo alle, fast alle keine Idendidaeten haben.

Hier ist momentan nicht einfach zu leben. Aber wir haben eine gewisse Verantwortung gegenueber die Menschen und gegenueber der Zukunft. Wir sind kuenstler, die trotz Diktator, Armut ... hier leben zu koennen und manchmal macht spass.

Es fühlt sich seltsam an, nun in dem Land zu sein, das mir in den Nachrichten meines Vaters wie ein anderes Universum erscheint. Ich möchte meinen Kaffee und das Stück Kuchen bezahlen, aber ich merke, dass ich gar kein Geld habe. Der Kellner winkt nur ab und lächelt. Es zieht mich nach draußen. Ich will mich vergewissern, dass ich nicht träume, und trete aus dem Café hinaus auf die Straße.

Mein Vater will eigentlich nicht, dass ich in Teheran allein U-Bahn fahre. Ich könnte einen ganzen Tag lang hier stehen und die Leute beim Ein- und Aussteigen an der vollen U-Bahn-Station vor der Uni beobachten. Wieder denke ich, ich könnte sie alle sein. Ich stelle mir vor, ich fahre statt ihrer in ihre Wohnungen, ich setze mich an ihre Küchentische, auf ihre Teppiche, ich trinke Tee mit ihren Familien und spreche mit ihnen ohne Stocken, ohne das Übersetzen im Kopf. Ich sehe, wie sich die Türen eines Zuges öffnen, wie die Leute einsteigen und losfahren. Zwischen mir und dem Zug voller Menschen ist eine Lücke im Boden wie eine Schlucht, und ich bleibe regungslos auf dem Bahnsteig stehen.

Während ich die Leute beobachte, stelle ich mir vor, wie sich heimlich Gedachtes in Teheran noch heimlicher anfühlt. Ein Foto auf dem Sideboard in Rudabehs Wohnzimmer kommt mir in den Kopf: Narges als Uni-Absolventin mit einem Blumenstrauß und einem bunten Kopftuch. Wie wäre mein Leben verlaufen, wenn ich auf diesem Foto gewesen wäre? In Gedanken photoshoppe ich mein Gesicht in ihres unter das rot gemusterte Kopftuch, lasse ihre Augen hell werden und halte ihre Blumen. Ich stelle mir vor, ich sitze im Auto und telefoniere heimlich, ich mache mit meinen Freunden Picknick im Park. Dann spüre ich den Wind, als der Zug einfährt, und ich fühle mich, als hätte ich nie etwas Verboteneres gemacht. Ich steige wie Narges in das Frauenabteil. Eine Händlerin mit einem Bauchladen geht durch die Reihen und bietet Taschentücher an, sie lässt sie blitzschnell wieder verschwinden, als sie sich beobachtet fühlt. Eine Station weiter steige ich wieder aus. Wie Narges würde ich hierherfahren, um einen Kaffee zu trinken. Ich würde meine Freundinnen an die Hand nehmen und durch die Straße schlendern. Ich würde mit ihnen reden, als würde ich sie ewig kennen. Würde ich ihnen von Alex erzählen?

Ich weiß nicht, wie viel Zeit wir auf der Fahrt nach Hause schon im Stau verbringen. Im Smog verliere ich jegliches Zeitgefühl. Ich lehne mich an die Nackenstütze, während mein Vater neben mir weiter flucht, und sauge die schwere Luft dieses Landes ein. In ihr schwingen Wärme und Abgase. Ich habe aufgehört, darüber nachzudenken, was ich da einatme, ob etwas davon vielleicht für immer in meinem Körper bleibt. Der Verkehr, der die Menschen hier verbinden, das Land versorgen, voranbringen soll, hat ein Eigenleben entwickelt. Er ist so zähflüssig und um sich greifend, dass jegliche Kontrolle unmöglich geworden ist. Die Autoströme entfalten eine schwarmartige Dynamik, spülen die Menschen über die Grenzen ihrer Stadt hinaus und ziehen sie wieder zurück. Wie Plankton treiben sie im ewigen Chaos dieses Landes. Hilflos schwirren sie im Transit, versuchen, mit dem Strom zu schwimmen, nicht aufzufallen, nicht in den unerbittlichen Sog des Regimes zu geraten und so zu tun, als würden sie ein halbwegs normales Leben führen. Sie versuchen, ihre Ziele zu erreichen, bis sie irgendwann unweigerlich scheitern. Die Fahrbahnmarkierungen, zu Relikten verkommen wie alte Höhlenmalereien, sind mittlerweile völlig begraben unter den Rädern, drei bis vier Autoschlangen auf zweispurigen Straßen. Die Menschen im Stau fluchen, winden sich und haben am Ende doch keine andere Chance, als sich dem absurden System zu ergeben.

Partys

Am nächsten Morgen steht Rudabeh schon wieder früh mit Shirin in der Küche. Selbst Nanejun ist schon wach, als ich runterkomme. Rudabeh hat lange als technische Zeichnerin gearbeitet, und ihre ehemaligen Kolleginnen kommen zu Besuch. Eine reine Frauenparty. Ich stelle mich einfach dazu und bereite mit den beiden alles für die Feier vor. Rudabeh röstet Auberginen über der Gasflamme, ich sehe, wie die Schale abplatzt. Frau Karimi, eine Nachbarin, habe einmal Mirza Ghasemi serviert, erzählt Rudabeh. »Sie hat doch tatsächlich die Schale dran gelassen. Unglaublich!«

Rudabehs Freundin ist zum Helfen gekommen, und die beiden zeigen mir, wie man die Auberginen röstet und dann die Haut abzieht. Mia und Nanejun verlesen Reis in einer großen flachen Schüssel. Zwischen den beiden liegen fast 80 Jahre Altersunterschied. Ihre Hände treffen sich manchmal zwischen den Reiskörnern.

»Unser Dreh für das Hochzeitsvideo lief so ab«, erzählt mir Shirin in der Küche, während sie Obst und Gebäck zurechtlegt. »Ich wurde drei Stunden lang geschminkt und fertig gemacht, habe das Brautkleid angezogen und bin mit der Frisur und Pouya ins Auto gestiegen. Das Kopftuch hat nicht über meine Frisur gepasst, aber sie drücken da ein Auge zu, wenn sie sehen, dass es eine Hochzeit ist. Dann sind wir in den Hochzeitspark gefahren. Du gehst rein, an jedem Baum steht ein Pärchen in voller Montur und macht Fotos. Da drin brauchst du kein Kopftuch anzuziehen. Wir waren also den halben Tag in dem Park, dann gab es auch noch ein Making-of, und du bekommst alles auf DVD, das erwarten die Leute auch so, das gehört dazu. Du gehst also in einen Park, in dem du alles darfst, was du sonst nicht darfst, und da drin gibt es nur Pärchen, die heiraten und sich fürs Foto an den Händen halten und küssen. Und Kameras. Und viele Blumen. «

Bevor die Party beginnt und ich wieder nicht weiß, wie ich mich zurechtmachen soll, schlägt Shirin vor, mich einmal richtig zu schminken, und verpasst mir Rouge, Lippenstift und Eyeliner. Und ich frage mich: Warum trage ich eigentlich immer Schwarz? Bin ich nicht immer sehr ernst? Als ich mit meinem Party-Make-up zurück ins Wohnzimmer komme, wird es von allen kommentiert und beklatscht. Am Ende gefällt es mir sogar, ich denke an die Bilder im Blumenpalast und an die Farben der Kleider im Schah-Museum. Plötzlich habe ich das Gefühl, dass es in Europa nur fünf Farben gibt.

Dinge, die sich genau einprägen: das Einreißen der verkohlten Schale beim Rösten der Auberginen, wie Rudabeh sie sorgfältig häutet. Ich schneide die Gurkenstückchen, »riz-riz«, wie man hier sagt, was so etwas meint wie »klein-klein«, eine Lautmalerei. Die Wiederholungen klingen rhythmisch in der Sprache, wie die endlosen Muster der Kacheln in den Moscheen, wie die kalligrafischen Variationen in der Schriftkunst, wie ein wiederkehrendes Thema in einer Melodie. Es ist vielleicht das, was die Sprache für mich wie Musik sein lässt. Bis jetzt fand ich so was abgedroschen, ich kannte nur europäische und amerikanische Literatur und Kunst. Aufklärung, Klarheit, Reduktion, Minimalismus, Konzeptkunst, Duchamp, Foucault. Hier sind Mosaike, Malereien, so endlos, dass sie vor den Augen verschwimmen, hier ist Rudabeh, die, seit sie denken kann, die Auberginen perfekt über der Flamme röstet und anschließend die Haut abzieht, hier ist meine Oma, die jedes Reiskorn in der Schüssel untersucht, weil es so ist, weil es einen bestimmten Zweck erfüllt, vielleicht aus Tradition, vielleicht auch, um ein Stück aus sich herauszutreten und sich möglicherweise mit etwas Höherem zu verbinden.

Ein weiteres Muster: die Festtafel, zu kunstvoll fast, um davon zu essen. Die Feier. Selbstverständlich kommen alle nachmittags zur vereinbarten Zeit, 15 Uhr, die obere Etage ist selbstverständlich für die Frauen reserviert, selbstverständlich tragen alle beste Kleidung und Schmuck. Die meisten von ihnen sind älter, um die fünfzig oder sechzig, ein paar jüngere Kolleginnen sind ebenfalls mitgekommen, sogar ein vier Wochen altes Baby. Einmal schickt Rudabeh Hashemian, um etwas von unten zu holen, und da die obere Etage ab jetzt strikt nur Frauen zugänglich ist, traut er sich nur verschämt bis zur Türschwelle. Alle machen Witze darüber. Ein festes Schema, wie eine Miniaturmalerei, eine Zeremonie, ein Gebet. Die Frauen nehmen Platz und trinken Tee. Ich lasse mich neugierig mustern, mittlerweile schon geübt darin, lasse mich immer die gleichen Sachen fragen und erzähle immer das Gleiche. Irgendwann dreht jemand die Musik lauter. Fast alle stehen wie auf Kommando auf und tanzen. Auf meinem Handy finden sich danach Videos von Narges im orangen Kleid, mit ihren Armen macht sie Drehbewegungen und leuchtet wie eine Fackel. Von Shirin, mit einem grünen, mit Münzen behangenen Tuch um die Hüften, die sich anfeuern lässt und tanzt, während die anderen klatschen. Wie oft habe ich Frauen in Deutschland nur für Männer tanzen sehen, mit Blick über die Schulter und der Frage auf der Toilette, kann ich das so anziehen? Als ich das Video später Pouya zeige, sagt er, so habe er Shirin noch nie tanzen sehen, ihm fällt fast der Kaugummi aus dem Mund.

Ein paar lassen sich mitreißen, zwei alte Damen mit grau melierten Haaren und Seidenbluse tanzen auf Narges zu, lassen die

Hüften kreisen. Ihre Arme, dabei weit ausgebreitet, greifen die ganze Welt. Dann tanzt Narges zu einem Lied aus dem Norden. Ich glaube, es ist ein Hochzeitstanz. Ein Messertanz, bei dem eine Frau dem Bräutigam das Messer zum Schneiden der Hochzeitstorte vorenthält und gegen gebügelte Scheine nach langem Hin und Her herausgibt. Als Narges fertig ist, füllt sich die Tanzfläche wieder. Ich werde kritisch beäugt, ob ich auch tanzen kann. Ich kreise mechanisch mit Armen und Hüften. Die anderen scheinen einverstanden. Ich tanze irgendwann wie von selbst, wie eine Schauspielerin, die singt, mit aller Unvollkommenheit, und es ist mir egal. Die anderen klatschen begeistert. Im Laufe des Abends drehe ich noch ungefähr fünf Videos von den tanzenden älteren Damen. Das Baby wird beim Tanzen herumgereicht. Es hat ein Glitzerstirnband um den Kopf und befindet sich in Schockstarre. »Das vergeht«, sagt Narges, »bei uns tanzen sie, bis sie neunzig sind.«

Alex habe ich noch nie tanzen sehen. Einmal in Berlin war ich bei einer iranischen Bekannten zu ihrer Geburtstagsparty eingeladen; ich war seit meiner Kindheit auf keiner iranischen Party in Deutschland mehr gewesen. Donya, die Gastgeberin, öffnete in einem roten Etuikleid, goldenen Ohrringen und Pumps, sie sei noch dabei, alles anzurichten, ob wir einen Tee möchten, »bitte bedient euch doch vom Büfett«, sie habe Sushi kommen lassen, »wie schön, dass ihr gekommen seid«.

Ich stand mit Alex unsicher neben dem Essen. Ich kannte kaum jemanden. Mir kamen wie bei Hassan Frauen in langen Kleidern mit hochgesteckten Frisuren entgegen, ein paar Kinder liefen in einer Reihe durch alle Zimmer und quiekten dabei, eins immer vorneweg, die anderen lachend hinterher. In der Mitte ein DJ. Ich versuchte, das Loch in meiner Seidenbluse zu verstecken und nahm ein Sushiröllchen. Ich überhörte einige Unterhaltungen über Möbel, Teppiche und Urlaube und deren Preise, und der Griff um meinen Pappbecher wurde fester. Ich schlenderte den Kindern hinterher, die in Formation durch die Zimmer rannten. Alex rührte sich nicht vom Fleck. An einer Fensterbank mit Gebäck ließen sie mich zurück, ich schaute aus dem Fenster, hörte dann Bad Homburg.

»Kommst du auch aus Hessen?«

»Du auch? Ist ja irre.«

»Kennst du Donya gut? Ich bin zum ersten Mal hier.«

»Ja schon, ich wollte hier ein paar Leuten Hallo sagen und auch mal bisschen dancen. Ich bin Soraya.«

Ich lächelte und schaute aus dem Fenster auf die Spree. Ich erinnerte mich an ein Mädchen Soraya, mit dem ich mal in der Siedlung gespielt hatte, als ich vier war. Wir hatten uns beide Haarspangen mit Glöckchen in die Haare gemacht.

»Schöner Name«, sagte ich. »Was machst du in Berlin?«

»Ich bin Architektin, freiberuflich.«

Als ich mich wieder dem Inneren des Raums zuwandte, stand vor mir ein Pärchen.

»Hier, von Soraya entworfen.« Eine andere Nilufar tauchte aus dem Nichts auf, hielt Soraya ihr Handy hin und zeigte das Foto einer Villa. Ihr Mann im Poloshirt mit aufgestelltem Kragen kaute auf einem Grissini und unterhielt sich mit jemandem am Tisch. Es ging um Immobilien in Kanada und natürlich um Autos.

Wenn das alles mein Vater mitbekommen würde, dachte ich. Im Laufe des Abends lernte ich zwei weitere Nilufars kennen, beide Zahnärztinnen. Unser gemeinsamer Name schien wenigstens ein geeigneter Aufhänger für ein Gespräch zu sein.

»O Salam, wie ist dein Name?«

»Nilufar.«

»Oh, wie wunderbar, meiner auch!« Sie lächelte und griff nach meinem Unterarm.

»Du bist Iranerin?«

»Ja, mein Vater. Wie bei Donya.«

»Was, wirklich?«

»Ich bin sogar in Teheran zur Schule gegangen«, sagte Donya.

»Das ist ja kaum zu glauben, wie witzig. Sieht man gar nicht.« Die übliche Reaktion, sobald ich meinen Namen sage.

»Die Eltern freuen sich ja immer, wenn die Kinder hell sind.« Sie kicherten verlegen, Alex stand der Mund offen.

»Lass uns doch ein bisschen tanzen«, sagte ich zu Alex und zog sie beiseite Richtung Tanzfläche. Ich beobachtete die glitzernden Kleider, die Hochsteckfrisuren, eine Nilufar tanzte mit weit schwingenden Armen und nach oben gerecktem Kinn. Wir sahen den anderen noch etwas zu und trauten uns dann beide nicht.

Auf Facebook sah ich ein paar Wochen später regelmäßig die Videos und Artikel, die eine der Nilufars teilte. Sie schien immer im Businesskostüm unterwegs zu sein. Ich hatte nicht geahnt, dass unter dem Lippenstift und der mattierten Haut so etwas Schmerzhaftes lag wie in den Videos, die sie postete. Ich las die Einträge. Ich teilte sie, und sie likte sie, und ich fühlte mich ihr näher als auf der Party, auf der wir uns gegenübergestanden hatten. Da hatte sie auf mich gewirkt wie eine Statue, deren Gedanken nicht zu erahnen waren.

»Hier ist noch eine Einladung für eine Party, diesmal ein Kindergeburtstag«, verkündet Hashemian beim Frühstück einen Tag später. Wieder eine Nachmittagsparty, ausschließlich für Frauen, aber einen Kindergeburtstag stelle ich mir wahnsinnig anstrengend vor. Da es sich nur um einen Arbeitskollegen handelt, der offenbar von meinem Besuch Wind bekommen hat, hoffe ich, die Veranstaltung auslassen zu können. »Wir müssen da zusammen hin, sonst ist sein Kollege beleidigt«, sagt Rudabeh. Immer ist in diesem Land irgendjemand »sonst beleidigt«, denke ich, aber ich habe nicht wirklich eine Ausrede. Also fahren wir zu einem der größten und luxuriösesten Hotels der Hauptstadt. Die Feier schlägt alles, was ich jemals bei MTV Cribs gesehen habe, als das noch im Fernsehen lief. Ich schätze die Kosten, die für die Kinderparty ausgegeben worden sein müssen, auf mehrere zehntausend Euro. Das einjährige Zwillingspärchen wird fotografiert und beschenkt. Sobald ich ein einziges Dattel-Petit-Four von der Platte genommen habe, wird von den Hotelangestellten eine neue Platte gebracht. Das Penthouse füllt sich langsam. Alle Mütter sind professionell geschminkt, und ich sehe viele operierte Nasen. Die Kleider hinterlassen größtmögliche Eindrücke, Sexyness scheint oberstes Gebot zu sein. Die Kinder spielen, während die Frauen Small Talk betreiben wie bei einem Dinner im Weißen Haus. Dieser Kindergeburtstag ist ein gesellschaftliches Event. Aufgrund eines religiösen Feiertags wird keine Musik gespielt, aber eine Unterhalterin singt rhythmisch in ein Mikrofon und preist Gott und die Zwillinge. Im Gebetsraum, wo wir unsere Jacken lassen, beten nur zwei gelangweilt aussehende ältere Frauen, sonst ist dort niemand.

»Wahrscheinlich haben die Kinder erst in einem Monat Geburtstag«, raunt Rudabeh mir am Tisch zu. Den religiösen Feiertag habe der Kollege wohl genutzt, um Eindruck zu machen.

Rudabeh überreicht ein Geschenk und bleibt dann mit mir allein am Tisch sitzen. Ich beobachte die Frauen, wie sie mit ihren kleinen Kindern auf dem Arm mehr oder weniger offiziell netzwerken.

Die Glasscheibe hinter mir trennt mich im zwanzigsten Stock von der Stadt, von der Inflation, der Religionspolizei, dem geschäftigen Treiben im Basar, den Menschen auf den Baustellen, den Kindern in ihren Schuluniformen, dem berüchtigten Evin-Gefängnis für politische Gefangene. Wie in diesem Land, das so von Gegensätzen geschüttelt ist, morgen alles anders sein kann, denke ich. So sehr droht es unter der instabilen wirtschaftlichen Lage zu kollabieren. Wie hier das Haus, in dem wir uns befinden, vielleicht morgen leer steht, wie das Brot unerschwinglich wird, wie Bomben fallen, während die unfassbaren Schätze jahrtausendealter Dynastien in Glasvitrinen strahlen und es dieses Land morgen vielleicht nicht mehr gibt.

Narges setzt sich mit hartem Blick zu uns. Sie kommt von der Arbeit und trägt das Kleid, das sie schon auf Rudabehs Party anhatte. Sie muss hungrig sein, aber von dem Essen rührt sie nichts an. »This is one option for women in Iran«, flüstert sie mir zu. »This party is politics.«

Als wir wieder nach Hause kommen, frage ich Narges, ob sie auch mit Freunden feiern geht. Sie würde schon, wenn sie nicht von morgens bis abends arbeiten würde, lacht sie, und dann auch noch mehrere Monate ohne Lohn. Seit dem Embargo komme es immer wieder vor, dass manchmal einfach kein Lohn ausgezahlt werde, das gehe hier aber allen so. Ich sehe sie immer kurz abends gegen sieben, wenn sie von der Arbeit kommt. Dann sitzt sie ein, zwei Stunden mit uns im Wohnzimmer und versucht, die Augen offen zu halten. Wenn ich morgens aufstehe, ist sie längst aus dem Haus. »When I go to work, like this«, sagt sie, zieht das schwarze Kopftuch tief ins Gesicht, bis keine Haare mehr zu sehen sind, steckt beide Enden des Tuchs unterm Kinn mit einer Sicherheitsnadel fest und grinst. Mit einem der drei Autos der Familie steht sie jeden Morgen und jeden Abend im Berufsverkehr ungefähr zwei Stunden im Stau. Sie lacht.

Als leitende Bauingenieurin führt sie ein Team, das fast komplett aus Männern besteht. Sie bauen ein Gebäude für irgendeinen Regierungsapparat. Wenn eine Kontrolle durchgeführt wird, verstecken sich die illegalen Arbeiter aus Afghanistan in einem Loch unter Brettern. Sie steht obendrauf und erklärt den Kontrolleuren freundlich, aber bestimmt, dass alles absolut in Ordnung sei. Etwas in ihren Augen ist so durchdringend, dass die Kontrolleure umfallen wie Dominosteine und sich jedes Mal wieder aus dem Staub machen.

Ich stelle mir vor, ich bin Bauingenieurin, ich habe viele Freunde, mit denen ich meine Erfahrungen teilen kann, fast zwei Drittel des Landes sind in meinem Alter oder jünger. Ich ziehe mein Kopftuch tief ins Gesicht, wenn ich zur Arbeit gehe. Ich habe es weit gebracht, ich arbeite hart. Ich leite ein Team, das nur aus Männern besteht, und ich werde respektiert. Ich fühle die Sehnsucht der Leute um mich herum. Ich gehe jeden Abend nach Hause zu meinen Eltern, teils weil Wohnungen unerschwinglich geworden sind, teils weil es einfach so ist, teils weil ich spüre, dass Menschen sich gegenseitig brauchen. Da ist Geborgenheit. Da ist in all der Erschöpfung ein Augenzwinkern, ein heimlicher Chat im Taxi, eine Leerstelle wie die Verpixelung, mit der die Nachrichten gefiltert werden.

Die meisten ihrer Freunde spielten mit dem Gedanken auszuwandern, sagt Narges. Gehen oder bleiben. Es gebe tausend Gründe dafür, aber sie zögere, sie könne sich nicht vorstellen, in einem fremden Land ohne ihre Familie zu sein.

Bowling Iranian Style

»Berim Park«, gehen wir in den Park, sagt Pouya diesmal. Eigentlich handele es sich bei dem »Park« um ein Einkaufszentrum mit einer Art Freizeitpark für Kinder im obersten Stockwerk. Weil ich Angst habe, etwas zu verpassen, gehe ich mit. Wir stehen vor einer Shoppingmall, die ungefähr so groß ist wie das KaDeWe, und bahnen uns den Weg durch vier Etagen mit Boutiquen, eine Etage davon ausschließlich für Manteaus. Im fünften Stock kommen wir durch ein Drehkreuz in eine Art Mini-Las-Vegas. Shirin: »Vor zwölf kommen wir hier nicht raus.« Zwischen den verschiedenen Spielarealen und Buden finden sich Eis- und Hotdog-Stände, Kinderschminkstationen, Flipperautomaten und Kinderanimateure. Shirin sagt, dass viele hierherkämen, weil es ein sehr modernes Einkaufszentrum sei. Ich sehe Frauen mit offenen Mänteln, wenig Kopftuch und sehr viel Make-up. Offenbar ist dies einer der Orte, an dem man ansatzweise versuchen kann, ein normales Leben zu führen, aber die Freiheit ist nur einen Saum breit, reicht nur bis zu den Neonlichtern in der Deckenverkleidung. Nichts dringt von außen herein, eine Spielwelt, ein paar Tausend Quadratmeter Illusion. Ich werde müde vom Geflacker, aber Shirin und die Kinder nehmen gerade erst Fahrt auf.

Nachdem wir die Karussells abgearbeitet haben, gehen wir zur Bowlingbahn. Die Mitarbeiterin trägt Nasenpflaster und Ohrringe. Shirin kommt mir mit Bowlingschuhen, einer Schirmmütze und einem sackartigen Überzug entgegen. »Zieh das hier an. Der Islam ist sonst in Gefahr«, lacht sie. Ich werfe mir den

Kittel über und fixiere mit der Schirmmütze mein Kopftuch, damit es beim Bowling auch wirklich nicht rutschen kann. »Das ist wieder irgend so eine Vorschrift.«

Ich sitze eingepackt am Rand und gucke zu, wie die anderen in ihrer Schutzkleidung spielen. Die Erwachsenen amüsieren sich, und die Kinder werden langsam müde. Ich schaue mir die iranischen Namen auf den Monitoren an, die die Spieler und deren Punkte anzeigen, und übersetze sie in Gedanken. Himmel, sanfte Brise, Meer, Regen, Welt, Schatten, Sohn der Sonne, Wie der Mond, Süß, König, Ruhe, Schön wie eine Blume, Im Gebet kniend, Der Erhabene, Narzisse, Diener Gottes, Der ein langes Leben hat, Versprechen, Der Gesegnete, Der Starke, Wunsch, Sage, Gazelle, Der Suchende, Schön, Der Glückliche, Die Entschlossene, Der Großmütige, Der Hilfsbereite, Der Strahlende, Der Gelobte, Der Zufriedene, Der auf dem rechten Weg, Stimme, Sonnenaufgang, Hoffnung, Freiheit.

Während Shirin mit den Kindern zu Ende spielt, setzt sich Pouya seufzend zu mir an den Tisch vor der Bowlingbahn. Er wirkt müde, wie ich. Vielleicht ist es das kalte Kaufhauslicht, vielleicht altert man auch einfach schneller in diesem Land. Ich versuche, den Moment zu nutzen, um mit ihm über meinen Vater zu reden. Es fühlt sich ein bisschen wie Hinterzimmerpolitik an, denke ich.

»Warum ist es so schwer für euch, miteinander zu reden?«

»Das ist eine lange Geschichte.«

»Es war so eine Frühlingsstimmung, als wir Hassan besucht haben, aber er macht alles schlecht. Ich verstehe nicht, warum er sich kaum mit mir beschäftigt und immer unterwegs ist. Er wollte doch, dass ich komme.«

»Ich habe ein paarmal probiert, mit ihm zu sprechen, aber er meidet mich auch. Er will nicht mit mir reden. Ich habe ihn zu Nowruz sogar angerufen, er hat nicht mal abgenommen.«

Shirin drückt sich in die Bank, ruft dabei den Kindern irgendwas hinterher und schiebt Pouya unsanft zur Seite:
»Das ist wieder typisch für diese Familie! Immer diese schlechte Stimmung. Ständig redet irgendjemand nicht mit den anderen. Ich komme da nicht mehr mit. Komme ich nach ein paar Jahren nach Iran, erfahre ich auf einmal, jetzt haben die Streit, die sich noch beim letzten Besuch in den Armen lagen, und immer müssen sie dann den Kontakt abbrechen, du bist für mich gestorben, bla, bla. Was ist bloß los mit dieser Familie? Ohne Streit können sie nicht leben, sie brauchen immer etwas, worüber sie sich aufregen können.«

Pouya weiß, wie unmöglich der Kontakt zu meinem Vater sein kann. Er bemüht sich trotzdem immer wieder, mich zu beschwichtigen.

»Er redet wieder mit Hassan. Findest du das nicht schräg?«, frage ich Pouya. »Ich kann mir nicht vorstellen, dass er auf einmal religiös geworden ist. Ich verstehe ja, dass er sich irgendwie arrangieren muss, aber so eine konservative Frau? Wer weiß, was er mir alles nicht erzählt.«

»Ich würde mir eher eine Hand abhacken, als wieder hier zu leben, wo dieses Virus grassiert, dieser religiöse Fanatismus«, sagt Pouya leise. »Er hat damals selbst zu mir gesagt, wenn du jemals einer von denen wirst, kenne ich dich nicht mehr, verlass dich drauf. Aber das war vor zwanzig Jahren. Vielleicht denkt er sich seinen Teil und spielt einfach nur mit.«

»Ich verstehe einfach nicht, was manchmal in ihm vorgeht.«

»Nilufar, für dich ist das eben anders. Du bist seine Tochter. Du bist die nächste Generation, und du lebst in Deutschland. Du kannst diese Geschichte mitnehmen und weiterleben. Dieses Regime, wenn du damit aufgewachsen bist, wenn du mitgekriegt hast, wie Menschen im Gefängnis landen, wie viele Menschen gestorben sind, dieser ganze Wahnsinn, was diese Verbrecher aus dem Land gemacht haben, und wie alle darunter gelitten haben und immer noch leiden. Man kann hier nicht leben und einfach so darüber reden. Wenn du mich fragst, er hätte dieses Land einfach aus seinem Gedächtnis löschen und Deutscher werden müssen.«

Ich schaue an dem Überzug hinunter, den ich tragen muss, und kämpfe mit den Tränen.

»Aber das ist doch auch dein Land.«

»Mein Land gibt es nicht mehr. Es gibt nur entweder – oder. Entweder man ist dagegen, oder man ist Teil dieser Verbrecherbande, dazwischen gibt es nichts. Ich habe dieses Land deshalb verlassen. Mein Land ist wie ein Toter im Jenseits, den man auf der anderen Seite des Flusses beweint, während man sich nur an die schönen Sachen erinnert und die schlechten unter den Teppich kehrt. Es gibt nur das, oder du gehst mit all diesen Verbrechern unter. Ich habe das erlebt, als ich hier gelebt habe. Du machst mit, oder du bist tot. Es gibt keine Kompromisse, es gibt nur Leben oder Verderben und nichts dazwischen, nicht für mich. Nicht in diesem Leben.«

Endlich brechen wir auf, es ist weit nach Mitternacht und der Verkehr um diese Zeit einigermaßen erträglich. Für die Dauer einer Ampelphase lasse ich mich in die Vorstellung fallen, dass wir für einen Moment eine Familie sind. Wenn wir zu sechst in eines der Autos gequetscht sind und sich Pouya und Shirin lauthals streiten, wenn jemand die Musik aufdreht, deren Rhythmus uns davonträgt, wenn wir an halb fertigen Bauwerken vorbeifahren, die dort stehen wie geplatzte Träume, wenn Fatemeh mir unentwegt Obstschnitze hinhält und aus dem Fenster heraus auf eins der alten armen Viertel der Stadt schaut, aus dem sie stammt, wenn Narges heimlich Nachrichten schickt an jemanden, von dem sie niemandem erzählt, weil es verboten ist, selbst wenn mein Vater schwitzend neben mir den Kopf schüttelt und flucht. Vielleicht sind das die Momente, in denen wir wirklich existieren. Vielleicht können wir nur zusammen sein, solange wir uns im Transit bewegen und nirgendwo ankommen. Als seien wir in diesem Land zwischen den Autos irgendwie getragen, auch wenn wir kaum vorwärtskommen. Solange wir uns vorankämpfen, mit Tausenden um uns herum, träume ich von etwas, obwohl ich weiß, dass es kein Ankommen in der Zukunft gibt. So treiben wir in unserer Familie zwischen den Kontinenten. Eine Odyssee. Uns bleibt nur, immer wieder aufzubrechen.

Bei Mehdi

Zweieinhalb Stunden Stau, Benzin-Gas-Gemisch aus Millionen weißer Autos füllt die Stadt und bildet eine Glocke aus Smog. Unterwegs zu meinem zweitältesten Onkel, durchqueren wir die halbe Stadt. Von oben ein Meer aus weißem Schild, gleichmäßig langsam, kein Gefühl zu fahren, sondern eher darin zu schwimmen. Es muss aussehen wie eine langsam wandernde Schneeschicht. Fasziniert von dieser Parade, halte ich mein Handy fast pausenlos aus dem Fenster.

Unter den Dächern der Autos verrutschte Kopftücher, Arbeitskleidung, Handys. Der Verkehr rollt wie eine Unschuldslawine, als Täuschung für heimliche Gespräche. Zwischen Straße und Zuhause, lästiger Transit, Freundschaften, Beziehungen, Sehnsüchte. »Wir leben im Auto«, sagt Narges. »Ich liebe Terafik« – traffic –, sage ich, ich filme jede Autofahrt, kann mich nicht sattsehen. Mein Handyspeicher füllt sich mit mehreren Stunden Videomaterial vom Teheraner Straßenverkehr. Eine Endlosschleife aus Weiß mit roten Lichtern, eine Blechmeditation.

»Da drüben in der Straße haben Mehdi und ich ein Haus gebaut«, sagt mein Vater. Und ein paar Straßen weiter: »Dort haben Hashemian und ich eins gebaut.« Und bevor ich eine Frage nach den Häusern stellen kann, die wir irgendwann mal gehabt haben: »Das ist alles vorbei. Alles weg.«

Er erzählt mir, dass Mehdi, Hashemian und er oft zusammen auf Geschäftsreisen gewesen waren. »Das waren Zeiten! Einmal waren wir alle zusammen in Dubai, und Hashemian hat extra

persisches Essen einfliegen lassen. Wir haben so viel Geld ausgegeben.«

»Kannst du die Kinder nicht wenigstens anschnallen?«, zischt
Pouya. Shirin hält ihre kleinere Tochter auf dem Schoß fest, Lotte
sitzt in der Mitte, wir sind eine Menge Menschen im Auto. Als
Pouya Rudabeh nach einem Kindersitz fragt, macht Shirin nur
eine abwehrende Handbewegung. »Pouya! Wir nehmen sie einfach auf den Schoß wie alle anderen hier auch.« Anschließend
schlängeln wir uns die Stadt hinauf Richtung Norden, die Kinder
quietschen und hampeln, Shirin zupft an Lottes Haarspange. Ich
kann die Zeichnungen und Graffiti an den Wänden kaum voneinander unterscheiden, die Zeichnungen verflechten sich mit
den alten Busspuren, Richtungspfeilen und durchgezogenen Li-
nienbegrenzungen auf dem Asphalt, durch die wir mitten hin-
durchschneiden, sie hypnotisieren mich. Das Auto sucht sich seinen Weg, wo Platz ist, die Markierungen auf der Fahrbahn sind
Hieroglyphen aus früheren Zeiten. Zahllose hupende Fahrzeuge,
Motorroller, die sich durch das Stop-and-go schlängeln, ab und
zu aus den Reihen ausbrechen und an uns vorbeirauschen. Ich
sitze an die Tür gedrückt, halte meine Hand aus dem Seitenfens-
ter. Nur ein paar Zentimeter trennen mich von den jungen Männern mit Zigarette im Mundwinkel und ihren Freundinnen auf
dem Rücksitz, vielleicht kommen sie von der Uni, vielleicht sind
sie auf dem Weg zu einer heimlichen Party, vielleicht haben sie
überhaupt kein Ziel. Ich berühre sie fast im Vorbeifahren und
hefte meine Fragen und meine Gedanken heimlich an sie. Das
Benzin-Gas-Gemisch steigt mir in die Nase und füllt langsam
meine Lunge, mir wird schwindelig, ein kurzer Brechreiz, die
roten Bremslichter in der Dämmerung schieben sich durch den
Spalt meiner Lider, ein glühender, pulsierender Sonnenuntergang,
der sich über meinen geschlossenen Augen spannt, dann dämmere

ich für einen Moment weg. Wir schlängeln uns durch Kurven. In meinem Kopf verbinden sich die Linien zu Sinuskurven, die von tausend weißen Autos, gelben, manchmal grünen Taxis und Rollern geschnitten werden.

Im Norden Teherans werden die Straßen verzweigter, der Verkehr lichter, die Häuserfassaden glänzender und prunkvoller. Eine immense Kraft packt mich aus dem Nichts und zieht mich nach vorne, dann zieht es mich wieder zurück und drückt mich in den Sitz. Lotte schreit. Vor uns zischt ein Roller vorbei, ohne Vollbremsung hätte unser Wagen das junge Pärchen voll erfasst und die zwei Körper durch die Luft geschleudert, lebensgefährlich. »30 000 sterben jedes Jahr«, sagt mein Vater. Als ich Hashemian einmal frage, ob es eigentlich auch Elektroroller gibt wegen der Umwelt, schaut er mich halb erstaunt, halb betrübt an und entgegnet: »Iranians never think about the future.«

Hashemian flucht und ruft dem Paar etwas hinterher, Pouya auf dem Beifahrersitz, kreidebleich, dreht sich nach hinten: »Was habe ich dir gesagt!« Shirin presst die Lippen aufeinander und bleibt stumm. Ich höre sie noch aus der Ferne lachen, die beiden, die eben knapp dem sicheren Tod entkommen sind, sie brausen davon in irgendeine Gasse. Das Letzte, das ich sehe, sind die verboten wehenden Haare des Mädchens im Wind, lange braune Locken, wie der Feuerschweif eines Kometen kurz vor dem Verglühen. »Was alles hätte passieren können!« Ich versuche, Lotte zu beruhigen, die fast bis nach vorne gerutscht ist, um die Stimmung zwischen Pouya und Shirin nicht noch weiter eskalieren zu lassen. Niemand sagt so was wie: »Was sind das bloß für Leute, die sich selbst so in Gefahr begeben und noch dazu das Leben einer ganzen Familie aufs Spiel setzen, die sich darüber lustig machen, dass kleine Kinder im Wagen gerade so mit dem Schrecken davongekommen sind«, als wäre es völlig normal.

Ich habe noch nie eine Aktion gesehen, in der Menschen derart der Gefahr ins Gesicht lachen, während ich im Auto sitze und vor Angst sterbe. Dennoch, wäre es wirklich das Schlechteste, mit wehendem Haar, verliebt, ohne an morgen zu denken, ohne Sicherheitsgurt, unterwegs ins Nirgendwo, von einem Auto erfasst zu werden, durch die Luft zu fliegen und noch im Flug auf diese Stadt zu spucken, bevor der unvermeidbare Aufschlag kommt? Ist das ein Teil von Jugend, der mir unbekannt ist, weil ich noch nie in einer Welt ohne obligatorisches Anschnallen, ohne sichere Zukunft und grenzenlose Verfügbarkeit gelebt habe? Irgendwie fand ich es romantisch, anders konnte ich mir das Lachen der beiden und diese provozierende Rücksichtslosigkeit nicht erklären.

Obwohl sie längst auf und davon sind, lässt mich der Gedanke an das Pärchen auf dem Roller nicht los. Ein Teil von mir wird von ihnen mitgeschleift. In Gedanken schwirre ich mit ihnen durch die Gassen Teherans, reiße mir das Kopftuch herunter und bremse alles aus, was sich mir in den Weg stellt, alle Gedanken, die andere über mich denken könnten, alle Erwartungen der Familie, der vorgeschriebene Lebensweg, die Angst vor Enttäuschung, das endlose Teetrinken, das Wählen-Müssen, das nicht Gesagte über mich. Ein Teil von mir klemmt sich eine Zigarette in den Mundwinkel und tritt das Gaspedal durch, pulsiert im Rhythmus der Straßenverkehrssinfonie aus Lichtern und Hupen, der meinen Körper durchströmt, lässt sich mitziehen von den jungen Leuten auf ihren Rollern, ist neugierig, wo die Reise endet, wo sie hingeht, denkt überhaupt nicht über das Ziel nach, spürt nur den Wind in den Haaren und den Smog in der Lunge. Ein Teil von mir lacht diesem absurden Land ins Gesicht und fährt einfach davon, hat keinen Funken Zukunft im Körper, keinen einzigen Gedanken an ein Früher, an »was wäre gewesen, wenn ... «, an eine Herkunft, sondern ist die pure, reine Gegenwart. Dieser Teil von mir fürchtet nicht den Tod, nur die Grenzen des Stillstands.

Pouya entfernt noch im Auto die Etiketten der Merci-Schokolade, damit niemand sieht, dass er sie vor knapp zwei Wochen nach der Ankunft in Teheran am Flughafen gekauft hat und nicht in Deutschland. Ein Cousin, Abgeordneter der Familie aus der anderen Welt, lotst uns zur Einfahrt mit einem golden verzierten Tor. Nach Jahren Funkstille werden die diplomatischen Beziehungen wieder aufgenommen. Aufstieg, Fall, Geld, Gefängnis, verletzter Stolz und Kompromisse schweben über uns. Eine Ewigkeit lang hat sich das Verlorensein in der Familie über Kontinente hinweg ausgebreitet wie eine Pandemie. Der Peugeot Pars bewegt sich wie ein sediertes Tier durch den Staub. Die Kinder auf dem Rücksitz in Lackschuhen und knisternden Kleidchen, mit Haarspangen wie kleine Orden. Alle treffen sich jetzt bei Mehdi, da es die gemeinsame Mutter noch gibt, da die Jahre niemandem das Erhoffte brachten, da Besuch aus Deutschland da ist.

Es scheint in diesem Land nichts Besonderes zu sein, dass man wie Mehdi eines Tages aufwacht und die Welt eine völlig andere ist, in der man nicht mehr Freund, sondern Feind, nicht mehr oben, sondern unten ist. Nur die Wohnung sieht immer noch so luxuriös aus wie die eines Diplomaten.

Meine Spiegelung auf der Aufzugtür, geteilt in zwei Hälften, mein Atem beschlägt auf dem Metall. Ein Nebel aus tausend Wassertröpfchen zeichnet mein Gesicht weich wie tausend Atemzüge die Zeit. Ich fahre mit der Delegation im goldenen Aufzug hinauf, zwei breite Schultern vor und hinter mir, die Rücken durchgedrückt, als warteten oben Kameras darauf, jede Pore zu durchleuchten. Als ich hinaustrete, ein Spalier wie bei einem Opernball, Gesichter professionell geschminkt, Abendkleider, Köpfe neigen sich, Blicke heften sich an meinen Rücken, ich schüttle Hände in einer festgelegten Reihenfolge, als habe es nie Spannungen, nie eine Revolution gegeben. Marmorne Wände, goldene Spiegel. Unter strahlendem Licht gehe ich über einen

Teppich aus Blumen. Nach mir treten die Brüder hervor, zielsicher die Gesten, Hand auf die Schulter, Küsse auf die frisch rasierten Wangen, Seite an Seite, Händeschütteln, für Minuten gehalten im Blitzlicht der iPhones. Aus dem Licht des Kronleuchters tritt ein alter Mann mit einem Lächeln hervor, das von seinem Gesicht Besitz ergreift wie eine längst vergessene Ahnung. Mein Onkel Mehdi. Ich erkenne ihn nicht.

Mehdi verlässt nur noch selten das Haus, die Lebensmittel werden teuer, die Währung verfällt. »Das ist dein Onkel, auf dessen Schoß du einmal saßt, du warst erst so groß.«

»Das ist Nilufar, die Tochter von Khosrow, sie ist Psychologin und spricht Englisch und Französisch.«

Auf Mehdis Empfang werden mir wie üblich die Anwesenden offiziell vorgestellt.

»Das sind Sanaz und Sarvenaz, die beiden jüngeren Töchter von Hassan, sie sind Elektroingenieurinnen.«

»Das ist Taraneh, die Frau von Hassans ältestem Sohn. Sie ist Mathematikerin und hat gerade ihr zweites Kind bekommen.«

»Das ist Mahsa, sie hat einen Master in Iranistik und einen achtjährigen Sohn.«

»Das ist Navid, der Schwiegersohn von Mehdi, er handelt mit Chemikalien.«

»Das ist mein Cousin Afshin, er ist Goldhändler im Basar.«

»Das ist Arash, der jüngere Sohn von Hassan, er muss nächstes Jahr zum Militär.«

»Das sind Amir, der Cousin von Nanejun, und seine zweite Frau. Er war Handwerker, und sie hat Teppichknüpfen in Isfahan gelernt.«

»Das ist Saba, deine Cousine zweiten Grades.«

»Das ist Ebrahim, einer der Brüder von Nanejun, mit seiner Frau.«

»Das ist Peyman, er ist nach Dänemark ausgewandert und zu Besuch.«

»Das ist ...«

Eine Hand führt mich zu meinem Platz, wo ich in der Mitte der Frauen in geblümten Tschadors auf einem goldverzierten Stuhl platziert werde. Jeder meiner Blicke wird verfolgt. Sie schneiden mir das Obst und reichen mir Süßigkeiten, welche ich vor mir auf einem Kristallteller ablege. Zu meiner Rechten sitzen die Mütter in Cocktailkleidern mit ihren Kindern, sie tauschen kleine Geschenke aus, Goldarmbänder und Ohrstecker, links sitzen die Männer, haben ihre Jacketts über die goldenen Stuhllehnen gehängt, Teegläser in der Hand, ohne je davon zu trinken, sitzen mir höflich zugewandt und drehen sich doch immer wieder zueinander, unter den langärmligen Hemden spannen sich Schultern, glitzernde Schweißperlen auf ihrer Stirn, Tauwetter. Die Sätze, die sie nicht extra für mich übersetzen, werden länger. Die älteren Frauen in den Tschadors bleiben stumm wie die Bilder an der Wand. Die Tanten deuten meine Blicke, sie schauen in die Runde der Mütter, die ihren Ehemännern die Hand auf die Schultern legen, wenn sie zu wild gestikulieren.

Ich bekomme ein paar silberne Ohrringe mit Strasssteinen geschenkt. Es gibt eine Vorliebe fürs Zeigen. Sonnenbrillen »like TV«, sagt Narges und lacht. Make-up »like different face«, sagt Hashemian und grinst. Mein Vater schnaubt verächtlich. Die hätten alle keine Ahnung, sie seien eben immer in Iran gewesen, modern wollten sie sein. Es darf keine Wut geben an den Esstischen, beim Teetrinken, in diesem Land, denke ich, wo alle immer freundlich und kultiviert sind. Mein Vater beißt sich während der Unterhaltungen auf die Lippe. Jedes verzogene Gesicht, jeder Zweifel, jede Kritik ist eine Abrissbirne in sein Gesicht. »Diese Neureichen«, schimpft mein Vater, »die tun nur alle so, als ob sie Geld hätten, lass dich davon nicht beeindrucken, Nilufar!«

Narges tuschelt derweil mit Shirin unter den Tantenblicken hinter vorgehaltener Hand. Fatemeh beobachtet mich ständig und legt mir immer wieder Obststückchen auf den Teller. Eine unausweichliche Choreografie. Wie kann mein Vater in diesem Land leben, denke ich, wie kann man all diese Konventionen aushalten. Er rührt derweil immer noch mit einem winzigen Löffel in seinem Tee. Seine Kiefermuskeln unter der glänzenden Stirn mahlen im gleichen unerbittlichen Rhythmus. Ich schneide einen Pfirsich, um mich zu beschäftigen.

Warum sprichst du kein Persisch?, werde ich wieder gefragt. Die Tanten schauen mich argwöhnisch an. Ich würde ihnen so gerne sagen, weil mein Vater sich einfach nie darum gekümmert hat, aber dafür reicht mein Wortschatz nicht aus. Wie sie eine der anderen gleichen, ihre geblümten Kopftücher. Statt ihnen ins Gesicht zu sehen, vergleiche ich nur die Muster auf ihren Köpfen. Mehr weiß ich nicht über sie. Mein Deutsch macht mich so unsichtbar wie sie. Nur Alex sagte mir einmal, wie anders ich mich am Telefon anhörte, wenn ich mit meinem Vater sprach, wie ich die Artikel weglieẞ und so redete wie die Kinder aus der Hauptschule. Wenn ich auflege, lege ich das sofort ab wie einen peinlich gewordenen Dialekt. Mein Vater und ich taten manchmal so, als gebe es für bestimmte Themen keine Worte, dann wiederum brauchten wir auch keine, wir dachten uns einfach manches. Wir haben zum Beispiel nie darüber gesprochen, wie er mir einmal nach einem Telefongespräch vor meiner Reise schrieb, ich solle mich lieber nicht politisch äußern. Wir haben nie darüber gesprochen, was passieren könnte, wenn ich es doch täte, und ich habe auch nie nachgefragt. Wir haben auch nie über Alex gesprochen. Es fiel mir einfach nicht ein, solange wir in verschiedenen Ländern waren.

Pouya erklärte ich einmal, als ich im Allgäu zu Besuch war: »Wenn du denkst, es gibt nur rosa und weiße Orchideen, und dann siehst du auf einmal eine blaue Orchidee, dann sagst du ja auch nicht, die muss aber rosa oder weiß sein, sonst ist das keine richtige Orchidee.« Das sei selbst in der Botanik so.

Ich hatte mich auf einen Abend voller Diskussionen eingestellt, aber Shirin grinste nur und rief aus der Küche: »Pouya, komm mal klar, das ist halt ihre Freundin!« Und er sagte etwas gestelzt: »Ja, ich bin nicht damit aufgewachsen, ich habe leider nie wahrgenommen, dass es andere Minderheiten gibt. Können wir sie nicht mal kennenlernen?«

Ich habe mich nie gefragt, was mein Vater dazu sagen würde. Alex' Mutter fragte einmal, ob man bei mir zu Hause eigentlich »Bescheid« wisse, und ich fragte mich, welchen Ort auf der Welt sie meinte.

Wahrscheinlich versuchte mein Vater irgendwie, mich ohne eine gemeinsame Sprache zu verstehen.

Zwischen den Fronten

»Schau ihn dir an, so alt ist er geworden. Er hat noch lange von dir gesprochen, nachdem er uns in Deutschland besucht hatte. Erinnerst du dich?« Mein Vater ist lautlos zu mir an die Sofakante getreten und legt mir die Hände auf die Schultern. Offenbar beobachtet er Menschen genauso gerne wie ich. »Das waren noch Zeiten«, fährt er fort, während er sich neben mir auf das Polster sacken lässt. »Der hat auch irgendwann alles verloren. Er dachte, er braucht seine Nase nur in Akten zu stecken, dass er einfach durchkommt, wenn er nur seinen Job korrekt macht.« Ich nutze diesen seltenen Moment, in dem mein Vater einmal nur mir etwas erzählt, ohne für andere alte Geschichten auszuschmücken. »Was war mit ihm?«, frage ich. Er seufzt einen Moment. »Wie du weißt, Nilufar, ist Mehdi der zweitälteste Bruder. Er wurde zwei Jahre nach Hassan in der Yalda Nacht 1324 des iranischen Kalenders geboren. Er hat mit sechzehn nach dem Tod unseres Vater angefangen, in der Teheraner Stadtverwaltung als einfacher Beamter zu arbeiten. Er hat in der Abendschule Abitur gemacht. Er war sehr fleißig und pünktlich und fing an, sich zu entfalten. So kam er in immer höhere Positionen in der Stadtverwaltung. Nach der Revolution ging er in Ruhestand und hatte mit unserem kleinen Bruder noch weitere Bauprojekte gemacht. Der ist dann nach Kanada abgehauen, weil sich alle verkracht hatten.« Ich erinnere mich an die vielen durchgestrichenen Linien aus meinem Genogramm.

»In dieser Zeit war ich in Deutschland. Zwei oder drei Jahre nach seinem Ruhestand wurde er zurück in den Dienst berufen, hat seinen Job gemacht und wurde schließlich Vizebürgermeister von Teheran. Fünf Jahre war er in dieser Position, bis nach Khomeinis Tod. Aber wie schon gesagt, so läuft das hier nicht. Früher oder später verheddert man sich in diesem Sumpf, alle sind korrupt, damit kam er nicht klar. Sie haben ihn ins Gefängnis gesteckt, angeblich wegen Korruption, obwohl niemand ihm etwas beweisen konnte.« Er sagt das so beiläufig, als wüsste ich, was es bedeutet, im Gefängnis zu sein. »Sie haben ihm am Ende alles weggenommen, bis auf diese Wohnung. Als sie ihn freigelassen haben, hat er sich auf technische Schrauben konzentriert und eine kleine Firma gegründet. Er ist ein typischer Beamter. Gehorsam gegenüber der Obrigkeit, konservativ und sehr ordentlich, ein Opportunist eben. In der Schah-Zeit war er Schah-Anhänger, heute ist er regimetreu, und morgen, wenn dieses Regime nicht mehr existiert, ändert er seine Meinung wieder. Persönlich ist er immer höflich und hilfsbereit gewesen. In seiner Amtszeit hat er zahlreiche Leute eingestellt.«

Ich weiß nichts über diese Familie, denke ich wieder. Mehdi lebe mittlerweile sehr zurückgezogen, ab und zu besuche mein Vater ihn hier in seiner Wohnung oder besser gesagt in seiner Residenz. »Seine Tochter ist Iranistin, sie kennt sich sehr gut mit persischer Literatur aus, ihr solltet euch mal unterhalten, ihr würdet euch bestimmt gut verstehen.« Ich lasse meinen Blick umherschweifen. Mehdis Wohnung ist so eindrucksvoll, dass man hier tatsächlich die iranische Botschaft aus Berlin unterbringen könnte. Mehdi selbst ist groß und hager und sehr ruhig, er wirkt bescheiden. Wie alle Männer hier trägt er selbstverständlich Hemd und Anzug. Nicht mal Pouya hat es gewagt, im Polohemd zu erscheinen. Dennoch scheint Mehdi durch seinen Anzug erst lebendig zu werden. Er ist zurückhaltender als mein Vater, fast schüchtern. Während mein Vater im Verlauf des Abends immer wieder vor den anderen doziert und Pouya wild gestikuliert, lächelt Mehdi manchmal unsicher mit seinem Teeglas in der Hand. Manchmal wandert auch sein Blick suchend durch den Raum. Dann wieder schaut er selbst mit nachdenklichem Blick auf die Diskussion. Ich glaube, mein Vater hat ihm immer vertraut, obwohl er sich offenbar mit dem Staatsapparat verstrickte. Ich frage mich, ob er etwas zu verbergen hat, oder ob alles nur wahnsinnig kompliziert ist. Ab wann man einer von »denen« ist und ab wann wieder rehabilitiert. Was Überleben ist und was Verbrechen. Ob sich das trennen lässt in diesem Land. Ich schaue auf die wie ein Staatsbankett anmutende Runde. Meine Familie. Sie sind tatsächlich einmal alle zusammengekommen. Niemand hätte das vor dieser Reise für möglich gehalten. Ein paar kurze Schlaglichter, in denen ich meine Verwandten leibhaftig vor mir sehe, in denen ich erfahren kann, wer sie sind und was ich von ihnen habe. Vielleicht werden sich einige danach nie wieder begegnen, denke ich. Während ich versuche, Mehdi weiter zu beobachten, treffen meine Augen unvorhergesehen die meiner Tante Sareh, Mehdis Frau, die sich sofort zu mir auf die Couch gesellt und mich in Beschlag nimmt. Ich sei erst so groß gewesen, als sie mich in Deutschland besucht habe, sagt auch sie. Im Gegensatz zu Mehdi ist sie klein, quirlig und laut. Dann stellt sie mir Fragen über Fragen nach meinem Leben, von denen ich mir Mühe gebe, zumindest die Hälfte zu verstehen. Sie nickt anerkennend bei jedem halben Satz, den ich herausbringe, und lächelt, als habe niemand damit gerechnet, mich je einmal wiederzusehen.

Wir sitzen weiter im großen Wohnzimmer von Mehdi und schweigen, während die Männer diskutieren. Ich folge den Regeln und trinke Tee. Wenn ich gefragt werde, erzähle ich, wie gerne ich hier bin und wie freundlich alle Menschen sind. Nachdem über die Hälfte meiner Zeit hier geschafft ist, habe ich langsam Übung im

Konversationmachen. Ich sage diese Sätze hundertmal in wechselnder Intensität, es ergibt sich daraus eine Unterhaltung, die wie Zement alles in meiner Familie zusammenhält. Ich schaue mir die Gesichter der Frauen an, die am Rand sitzen und schweigen. Manche genüsslich und zufrieden, manche nachdenklich. Ich versuche, mit den immer gleichen 20 Worten herauszufinden, was sie beschäftigt, suche unsere Gemeinsamkeiten. Es sind nicht die Interessen oder unser Alltag, es sind unsere Blicke zueinander, unser gemeinsames Sitzen auf der Couch, vielleicht einfach, dass wir zusammen sein wollen. Ich versuche zu verstehen, worüber meine Onkel und mein Vater in der anderen Ecke immer hitziger diskutieren, ich blicke hinüber und hänge an den Lippen, während die Frauen an meiner Seite sich in sich zurückzuziehen scheinen. Mein Vater redet in einem Halbkreis von Brüdern und Cousins wieder von Hegel und Kant, während er mehrere Stückchen Würfelzucker im Glas versenkt. Die Augen um ihn herum werden langsam müde. Trotzdem schafft er es immer wieder, sich in den Mittelpunkt zu rücken. Selbst mit dem abgewetzten Jackett und den ärmlichen Zähnen. Kann das überhaupt alles wahr sein, denke ich.

»Hört sofort auf, über Politik zu reden! Nilufar macht sich schon Sorgen!«, sagt meine Tante mit Nachdruck im Vorbeigehen. Die Körper, die eben noch hektisch ineinander verhakt schienen, formieren sich zu einem neuen Muster, sofort reden alle wieder über das Wetter.

Und schließlich rückt mein Vater seinen Stuhl zurecht, positioniert sich in der Mitte der Cousins und Brüder und erzählt wieder die Geschichte seiner Diplomprüfung. Von seiner Zeit in Deutschland an der FH, als er Ingenieur werden wollte wie alle, von Fenner und Giering und von Herrn Masoud, bei dem er sieben Tage die Woche Würstchen verkaufte, wie man ihn bei der Prüfung habe reinlegen wollen und er sich nicht habe unterkriegen lassen.

Er habe sich beim Dekan über die Diskriminierung beschwert, aber anstatt ihm zu helfen, habe man ihm Giering absichtlich für die Diplomprüfung zugeteilt, der ihn natürlich habe durchfallen lassen. »Es tut mir leid, Herr Karkhiran, aber Professor Giering ist seit zwanzig Jahren mein Kollege«, habe der Dekan nur lapidar gesagt. Er habe dann nur noch eine letzte Chance gehabt, seine Fünf von Giering bei Fenner in der Nachprüfung auszugleichen. Am Tag der Nachprüfung zwei Wochen später habe er vor dem Prüfungsraum auf Fenner gewartet. Er habe ununterbrochen vor der Tür auf die Uhr gestarrt, aber Fenner sei einfach nicht gekommen.

Ich habe die Geschichte inzwischen so oft gehört. Er hat sie mir schon so oft erzählt und dabei gelacht, dass man meinen könnte, alles sei nur ausgedacht. Sicherlich ist alles genau so passiert. Die FH gibt es schon lange nicht mehr, und mein Vater hat Deutschland und mich ein paar Jahre später wieder verlassen. Was jetzt, da mein Vater alt ist und keine Zähne mehr hat, denke ich, was macht diese Geschichte jetzt überhaupt noch für einen Unterschied?

»Wollen Sie mein Leben ruinieren?!«, habe er damals in den Hörer der Telefonzelle geschrien, als der Fenner ihn bei der Nachprüfung habe sitzen lassen. Und wie der Fenner geantwortet habe, dass er sich vielmals habe entschuldigen lassen, er sei krank gewesen, er habe die Sekretärin angewiesen, ihm einfach, wie bei der letzten Prüfung, eine Drei zu geben und das Zeugnis auszuhändigen. »Der Karkhiran hat's drauf«, habe er ihr gesagt, »der wird in den vergangenen sechs Monaten schon nicht dümmer geworden sein.« Wie mein Vater am nächsten Morgen um acht Uhr ins Prüfungsbüro gestürmt sei, wie er der Sekretärin mit einer Anzeige wegen Unterschlagung seines Diplomzeugnisses gedroht habe, wie sie in sich zusammengefallen sei und ihm sofort das Zeugnis gestempelt habe, es tue ihr leid, sie habe diese

Anweisung von Professor Fenner nur für einen Scherz gehalten. Wie er ein paar Wochen später noch einmal zum Giering ins Büro gegangen sei, der süffisant gelächelt und zu seinem Abschluss mit der Note Vier gratuliert habe. Wie er ihm daraufhin stolz seinen Arbeitsvertrag von Siemens Brennelemente unter die Nase gehalten habe (er sei immerhin zwei Jahre Werkstudent bei Philips gewesen, fleißig und dazu nicht blöd), und wie der Giering von seinem Sessel aufgesprungen sei und zum ersten Mal die Fassung verloren habe, wie er geschrien habe: »Wie kann das sein! Wie haben Sie das gemacht, Herr Karkhiran!«

An dieser Stelle verschluckt sich mein Vater meistens lange an seinem eigenen Lachen, bevor er weitererzählt, wie ihm alle seine Kommilitonen gratulierten, wie ihn über Nacht alle in der Fachhochschule gekannt hätten und wie jeder nun über Giering Bescheid gewusst habe, wie sie nach und nach zu ihm gekommen seien, ihm auf die Schulter geklopft und gesagt hätten: »Gut gemacht, Khosrow.«

Ich bin damit beschäftigt, Essen abzulehnen und dann doch zu essen. Der barfüßige afghanische Küchenjunge, der meiner Tante bei diesem Empfang zur Hand geht, erhält von ihr seinen Lohn und verschwindet lautlos. Es gibt das Nationalgericht Ghorme Sabzi, einen Kräutereintopf, diesmal mit Fisch, Safranreis, Auberginen-Schmortopf und Fesenjan, Huhn in Granatapfel-Walnusssoße. Und es gibt Taroof, ein festgelegtes Höflichkeitsritual, »Es ist köstlich!« – »Bitte, iss doch noch was« – »Ich kann wirklich nicht mehr!« – »Ach komm schon, du kannst ruhig noch was nehmen!« – »Wirklich, eine Portion ist doch völlig ausreichend, ich bin schon total satt!« – »Ich bitte dich, nimm noch eine zweite Portion, es ist genug da!« – »In Ordnung, aber wirklich nur ein bisschen!« Ich schlage mich erstaunlich gut. Die Verwandten betrachten mich zufrieden. Viel mehr Aufsehen erregt es, dass ich alleine in Berlin lebe. Die Tanten sind entsetzt. Alleinsein, die größte Strafe, die sie sich vorstellen können. »Pouya hat gerade gesagt, dass du allein lebst, weil du in Berlin arbeiten musst«, übersetzt Shirin und kichert. »Sie haben gefragt, warum du nicht heiraten kannst, er hat das geregelt und ihnen gesagt, du hast keine Mitgift, okay?« Die Tanten scheinen besorgt, aber sagen nichts mehr. Sie servieren stattdessen selbst gemachten salzigen Berberitzensaft. Pouya probiert ein Glas. Sein Gesicht hellt sich auf. »Ist schon okay, ich möchte nicht, trink!«, sage ich, als er mich gequält anschaut. Und Pouya nimmt tatsächlich das letzte Glas und seufzt: »Es tut mir leid, aber es ist einfach so gut. Seit über zwanzig Jahren habe ich das nicht getrunken!« Pouyas Augen leuchten. »Nanejun hat das immer für mich gemacht. Ich dachte, ich würde so etwas nie wieder trinken.« Mit jedem Schluck sinkt er etwas tiefer in die Couch. Seine Gesichtszüge werden plötzlich weich. »Weißt du, Nilufar, ich habe mich damals, als ich nach Deutschland gegangen bin, nicht mal verabschiedet, ich konnte es nicht. Mein Hals war wie zugeschnürt. Khosrow sagte immer, das sei nur die Flugangst, wenn man geht. Aber das stimmte nicht. Ich habe keine Flugangst. Ich ging doch nur den logischen nächsten Schritt. Ein paar Jahre im Park Fußball spielen, Berberitzensaft trinken, meine Mutter, wie sie in der Küche sitzt und den Reis verliest. Dann brach das Chaos aus. Ich habe im Jahr 1979 aufgehört auszuatmen. Ich habe gesehen, wie um mich herum alle von diesem Virus befallen wurden. Erst wehrten sie sich, und wenn sie nicht verhaftet wurden, begannen sie, sich zu arrangieren, und wurden alle zu Schafsköpfen. Sie lachten und sprachen nur noch hinter vorgehaltener Hand. Ich weigerte mich, in einer Lüge zu leben. Es gibt kein richtiges Leben im falschen, schreibt Adorno. Ich habe genug gesehen. Ich hielt den Atem an, bis ich das Flugzeug bestiegen hatte und den internationalen Luftraum erreichte.

Ich dachte mir, mein Land gibt es nicht mehr. Ich war zufällig hier geboren, ich müsste irgendwo auf der Welt eine andere Heimat haben, und sie war auf keinen Fall hier. Ich stellte mir vor, wie ich in Frankfurt ausatmen und durch die Schiebetür gehen würde. Ich wusste, dass es so sein würde. Ich wusste, ich werde im Nichts ankommen, ich werde in der Ankunftshalle vor einem weiten, leeren Horizont stehen wie in einer Wüste, ich werde einfach den Menschen folgen, und es wird nicht mehr falsch sein. Die paar Jahre Kindheit gegen ein ganzes weiteres Leben. Es gab kein Zurück. Jeder Schritt brachte mich weiter weg. Ich dachte, wenn ich mich umdrehe, verbrennt mein Gesicht.«

»Was hast du an Iran vermisst?«, frage ich ihn schüchtern.

»Nichts.« Und es klingt wie »alles«.

»Pouya, bitte trink doch noch ein Glas, ach was, trink noch mehr, du kannst ruhig alles austrinken!« Er scheint die Kontrolle zu verlieren. Die Tanten springen um ihn herum und holen allen Berberitzensaft des Landes, sie füllen sein Glas ununterbrochen mit der Farbe eines sauren Sonnenuntergangs, mit salzig-zuckrigem Blut, als wollten sie ihn mit all ihrer Güte ertränken. Die Säure perlt auf Pouyas Zunge, auf seiner Stirn, das Land steht in seinen Augen wie ein Tropfen des Kaspischen Meeres, von dem mein Vater unentwegt schwärmt. Schiffbruch.

Später stehe ich in der ehemaligen Botschafterresidenz in einer Ecke vor den Büchern meiner Cousine Mahsa, der Tochter von Mehdi, die sie geschrieben und übersetzt hat. Ich staune über all die Titel. Bücher über Hexen, über Brotkultur, hauptsächlich über Frauen. »Manchmal frage ich mich, wie mein Leben verlaufen wäre, wenn ich hiergeblieben wäre«, sagt Shirin, die sich lautlos hinter mich gestellt hat und mir über die Schulter schaut. »Ich hätte hier genauso gut Medizin studieren und bei meinen Eltern bleiben können. Das wollten sie immer. Einmal hat mein

Vater mich vorgestellt und direkt danach: ›Ihr Mann ist Internist.‹ Da war ich so sauer. Ich glaube, mein Vater denkt immer noch daran, was aus mir alles hätte werden können. Meine Mutter hat sich immer untergeordnet und ihn machen lassen. Es hat ihr sicher das Herz gebrochen, als ich gegangen bin. Aber sollen sie denken, was sie wollen. Ich war immer schon so. Ich habe mich durchgesetzt. Aber weißt du, es ist immer so ein Kampf mit Pouya. Er ist so verbissen, für ihn ist alles hier schlecht, er würde am liebsten gar nicht mehr hierherkommen. Er sagt, unser Land gibt es sowieso nicht mehr. Aber ich will, dass meine Kinder mit der Kultur aufwachsen, sie sollen regelmäßig ihre Großeltern sehen. Jedes Mal muss ich ihn überreden. Das kann doch nicht ewig so weitergehen, dass wir unserem eigenen Land so fremd werden. Er sagt, ›Shirin, du musst dich entscheiden, du bist in Deutschland, wir haben unser Leben dort‹, und ich denke, nein, ich muss gar nichts. Ob ich Ärztin bin oder Hausfrau, oder ob ich gerne tanze und mich stärker schminke als die Leute im Allgäu, es ist meine Sache, weißt du, was ich meine? Ich weiß selbst, was ich will, und ich lasse mir das von niemandem mehr nehmen. Das habe ich von meinem Vater.«

»Du musst die Maus wieder zurückgeben«, sagt Shirin ihrer Tochter, als wir gehen wollen. Lotte, die Kleinste, spielt mit einer kleinen Plüschmaus, die einem der anderen Kinder gehört. Da fängt sie an zu weinen. Eine Lawine von Kindern stürmt auf sie zu. Sie haben ihr eigenes Taroof: »Bitte nimm die Maus! Behalte sie!« Pouya macht eine abwehrende Handbewegung, aber dann kommen auch die Eltern der Kinder hinzu: »Bitte, es macht uns wirklich nichts aus! Stimmt's, Kinder? Wir schenken sie Lotte! Bitte, wir bestehen darauf, nehmt die Maus mit!«

Mehdi drückt mich zum Abschied. Vielleicht werden viele Jahre vergehen, bis ich wieder nach Iran komme. Ob man über den Tod hinaus zwischen den Welten hin und her wandern kann, überlege ich. Es scheint mir durchaus schlüssig. Dass die Distanz von hier aus eine andere ist. Ich erinnere mich an den Satz, den mein Vater über Mehdi sagte: »Er ist zwischen die Fronten geraten.«

In den Bergen

Serpentinen

Erst kurz vor Beginn meiner dritten Woche brechen wir in den Norden des Landes in die Berge auf, wo mein Vater sein kleines Haus gebaut hat, in dem er mit Fatemeh lebt, wenn er nichts in Teheran zu erledigen hat. Es ist das letzte Ziel vor meiner Abfahrt.

Während wir aus Teheran heraus Richtung Norden fahren, sitze ich neben Fatemeh, die unentwegt schnattert. Als wir am Azadi-Turm vorbeifahren, dreht mein Vater ein paar Runden um das Monument. Fidel Castro sei schon hier gewesen und andere Politiker, immer wieder regimetreue Demonstranten, die hier ihre Parolen skandierten, das Übliche eben.

Am Straßenrand sehen wir im Vorbeifahren in regelmäßigem Abstand Plakate mit Gesichtern junger Männer. Die Fotos sind fast identisch: frontal aufgenommen, ernster Blick, schmale, eingefallene Wangen, kurze schwarze Haare, wie ein einziges kollektives Phantom.

»Wer sind die?«

»Ach, die sind Märtyrer.«

Eine Plakatarmee säumt unseren Weg, sie schaut mit ängstlichen, verzweifelten, reststolzen, aber meistens doch leeren Augen auf uns herab.

Auf dem Weg aus der Stadt heraus fahren wir an einer langen, bunten Mauer vorbei. Palmen, Stromleitungen und Stacheldraht wechseln sich ab. Der Verkehr ist laut. An der Mauer prangen ähnliche Konterfeis wie auf den Plakaten am Straßenrand. Märtyrer, gefallene Soldaten, überlebensgroß, mit sanften, feinen Gesichtszügen, die im trockenen Klima langsam verblassen. Vielleicht ist das ja eine Gefängnismauer, denke ich. Ich stelle mir Schreie von Gefangenen vor, weil ich finde, dass sie zum Gefängnis gehören, aber ich höre nur die Geräusche von etwas Straßenverkehr an einem sonnigen Nachmittag.

Ich sehe endlose karge Landschaft, Serpentinen, riesige Stauseen. Er hat so oft davon gesprochen, mir den kleinen Ort in den Bergen zu zeigen. »Wenn wir ankommen, dann schlachte ich dir zu Ehren ein Lamm!«, sagt mein Vater stolz, so macht man das hier für Gäste, und er hat schon lange auf diesen Moment gewartet. Mein Vater ist glücklich, endlich aus der Großstadt rauszukommen. Wir kommen einigermaßen gut durch, und ich verliere das erste Mal seit Jahrzehnten wieder beim Kennzeichenraten. Teheran mit den gleichen Nummernpaaren kann ich erkennen. Mein Vater erklärt mir die anderen, die uns auf der Autobahn nach Norden begegnen. Ich lerne die arabische Schreibweise der Zahlen.

»Dieser kommt aus Isfahan. Oder der da, der kommt aus Yazd. Von so weit her fahren sie, um der Hitze zu entkommen, da unten werden es im Sommer fast 50 Grad, du kannst es nicht aushalten. Die sind mehrere Tage hierher unterwegs!«

Am Straßenrand rollen einige Familien ihre Teppiche zum Essen aus. Etwas weiter nördlich, wir sind schon in den Bergen, unzählige Schaulustige an den Stauseen.

»Wenn ein Isfahani Wasser sieht! Die sind so fasziniert, die kommen mitten aus der Wüste. Manche passen nicht auf, machen Selfies und kommen ums Leben«, sagt mein Vater, »und das war's dann.«

Verschleierte Frauen am Straßenrand, die die Hand aufhalten.

»Bettlerinnen aus Myanmar.«

Mein Vater schiebt alte Kassetten ins Radio, ich filme die braunen Berge, die an uns vorbeiziehen.

»Das ist ein sehr bekannter Sänger. Hat dem Regime verboten, seine Lieder zu benutzen. Ein guter Mann. Hat jetzt Krebs.«

Serpentinen durch braune staubige Berge. Eine Parade weißer Autos. Musik aus dem Autoradio. Wir rollen in einer Melodie der Vergangenheit das Gebirge hinauf. Bei einem Stand an der Straße kaufen wir Nüsse und Birnen. An den Moscheen waschen wir uns die Hände. Ich kann zum ersten Mal das Wort »Restaurant« entziffern. Wir nähern uns dem Meer. Die Berge verändern kurz vor dem Kaspischen Meer schlagartig ihre Farbe von Braun zu Grün, als hätte jemand den Filter gewechselt. Mein Vater erzählt, Fluchen, Gesang aus zahnlosem Mund.

Mein Persisch ist immer noch grottig. Als ich klein war, dachte ich noch, dass Narges und ich ganz automatisch dieselbe Sprache sprechen würden, was denn auch sonst. Dass mein Vater manchmal Wörter benutzte, die ich nicht verstand, schrieb ich einfach der Tatsache zu, dass er eben mein Vater war. Je länger er wieder in Iran lebte, desto löchriger wurden die Nachrichten, die mir mein Vater schickte. Daran habe ich mich gewöhnt. Beim Telefonieren blieben wir oberflächlich. Manchmal gesellte sich ein Knacken in die Leitung, ein Zeichen für meinen Vater, womöglich vom Regime abgehört zu werden. Wir wechselten dann sofort das Thema. Unsere Sprache war immer schon ein Gewebe aus seinem im Studienkolleg an der Fachhochschule gelernten Deutsch, das er immer mehr verlernte, und aus Nichtgesagtem gewesen. Unser eigentümlicher Dialekt, den ich nur mit meinem Vater sprach. Uns schienen immer mehr Wörter abhandenzukommen, so als würde mit jedem Jahr aus der Pappelreihe, die ich morgens beim Aufwachen vor meinem Fenster in Berlin sah, ein

Baum verschwinden. Als würde uns jemand die Sätze wie zu enttäuschende Erwartungen aus dem Mund ziehen, als sei unsere Sprache nichts als Wortbruch.

Ich hatte selbst als Erwachsene nie das Gefühl, eine andere Sprache zu sprechen. Eher, dass wir eigentlich dieselbe Sprache sprechen, nur dass die Wörter Umwege machen und sich verändern, bevor sie aus uns herauskommen. Nichts geht beim Lesen automatisch. Mit sieben Jahren die Kleinste in der Volkshochschulklasse lernte ich das Alphabet und schrieb »baba ab dad«. Ich konnte nicht viel auf Persisch schreiben und vergaß bald wieder alles, denn die Erwachsenen, mit denen ich dort saß, waren alle interessierte Volkshochschulgängerinnen und konnten mir nicht helfen. Ein paar Jahre später, vielleicht mit zwölf, saß ich wieder in einem Klassenzimmer und schrieb »baba ab dad«. Um mich herum saßen lauter Erstklässler, die Persisch miteinander sprachen, und ich verstand kein Wort. Mit achtundzwanzig saß ich in einem Unikurs, schrieb »baba ab dad« und lernte, wie eine Siebenjährige Wörter aneinanderzureihen und sie ein Bild formen zu lassen. Kein Gefühl für die gedachten Vokale in der Schrift. Ich erinnerte mich an den Klang, den ich immer im Ohr gehabt hatte, der wie eine Geräuschuntermalung für unser Leben funktionierte. Das Lernen der persischen Sprache war mir zwar nie wirklich geglückt, aber ich hatte längst verstanden, mit Blicken und Ahnungen zu kommunizieren, mit Nichtgesagtem, und es wurde zu einer sehr wichtigen Fähigkeit.

Vielleicht ließ sich diese Sprache gar nicht bewusst lernen, vielleicht waren es die Momente beim Essen oder wenn sich alle nach einem Familientreffen stundenlang verabschiedeten, im Flur noch, während man sich die Schuhe anzog, wenn sie halb angezogen Höflichkeitsfloskeln austauschten. Manchmal dauerten diese Abschiedszeremonien gefühlt länger als der Besuch selbst, so war es selbst in Deutschland, wenn wir bei persischen Bekannten eingeladen waren. Irgendwas in mir wusste, wie das geht, meine Mutter schien es jedes Mal zu überraschen. Wie war es für meinen Vater, eine fremde Sprache zu lernen? Ich liebte den Raum des Nichtgesagten zwischen uns, der alles andere als stumm war. Vielleicht war dort meine Sprache. Sie war eine gedachte, wie eine ausgedachte Welt. Ein Trost, so entkommen zu können.

»Früher gab es hier gar keine Zäune, die Tiere liefen einfach so über die Felder«, sagt mein Vater und zeigt auf die Wiesen im Tal. »Wie die Puten, die laufen immer in der Gruppe den Hügel rauf und wieder runter. Die wissen genau, wo sie hingehören. Die Einheimischen waren einfache Bauern, bevor das hier alles teuer wurde. Sie verdienen sich was dazu, indem sie auf die Häuser im Winter aufpassen. Ich rede immer ein bisschen mit ihnen, frage, ob ich helfen kann. Man muss mit den Leuten reden. Und wenn es etwas zu feiern gibt, schlachte ich ein Schaf und gebe es der Moschee und dem alten Mann, der den Laden unten hat. Das muss man hier so machen. Vom Nachbarn oben haben wir Strom bekommen, der hat uns sehr geholfen. Der ist ein Alteingesessener. Er war Lehrer und hat schon immer oben am Hang das Grundstück gehabt. Der daneben ist stinkreich, aber auch ein guter Mann. Wenn er kommt, bringt er zwei Köche und Personal mit und gibt für zwei Wochen Tausende von Euro aus. Er ist auch schon lange da, wir sind befreundet, und er hat uns mit der Baugenehmigung unterstützt. So ist das hier. Man muss mit den Leuten reden und sich ein bisschen mit ihnen beschäftigen. Das ist genau wie in der Politik. Viele kommen in den Ferien aus Teheran und führen sich auf wie die Könige und fahren wieder nach Hause. Die sind nicht gewöhnt, wie das hier läuft. Die kennen nur die Stadt. Hier auf dem Land funktioniert die Gemeinschaft einfach anders, die haben ihre eigenen Regeln, hier oben brauchte man keine Regierung, als das alles Bergdörfer waren und die

Leute Landwirtschaft betrieben haben.« Dann seien die Teheraner gekommen und hätten billige Grundstücke gekauft. Immer wenn ihnen wegen irgendwelcher Handelsbeschränkungen gerade das Geld ausging, entstanden neue halb fertige Häuser an den Hängen. Die Bauern verdienten sich etwas dazu, indem sie die Rohbauten bewachten. Dieses gehöre einem Unternehmer, »ein guter Mann«, das andere einem Minister, der »zwischen die Fronten« geraten sei wie einige. Mein Vater habe meiner Mutter irgendwann einmal vorgeschlagen hierherzuziehen. »Hier ist es wie in der Schweiz, habe ich gesagt, aber sie war misstrauisch, sie ist nicht ein einziges Mal hierhergereist.« Bei Rudabeh und Hashemian, die sich wie die meisten Teheraner nur in den Ferien blicken ließen und mit den Einheimischen kaum ein Wort wechselten, sei schon dreimal eingebrochen worden. »Man muss die Leute respektieren. Sie passen hier aufeinander auf. Neulich war ich in Karadsch, da rief mich auf einmal mein Nachbar auf dem Handy an, nur um mir Bescheid zu sagen, dass eine Kuh bei uns im Garten steht.«

Als wir nach der langen Fahrt durch die Berge endlich am winzigen Haus meines Vaters ankommen, steht tatsächlich auf der Terrasse ein nagelneuer Grill, eckig, mit Spießen.

»Hier mache ich für dich Kebap«, sagt er.

»Und das Lamm?«

»Das holen wir bei meinem Nachbarn. Es wäre gut, wenn es ein weibliches wäre.«

»Okay.«

Ich bluffe. Wegen mir wird ein Lamm geschlachtet. Muss das wirklich sein? Ich steige zumindest ins Auto ein, vielleicht lässt sich das noch irgendwie hinbiegen, und wir können uns auf etwas anderes einigen, Fleisch vom Metzger oder so, Mirza Ghasemi, zumindest nicht ein Lamm, das extra wegen mir ... Über die

Schotterpisten fahren wir ins Tal. Ein Nachbar kommt uns entgegen. Mein Vater beginnt die üblichen Begrüßungsfloskeln, die ich schon kenne. Hier auf dem Land nehmen sie fast den ganzen Raum in der Unterhaltung ein. Während sich mein Vater aus dem heruntergekurbelten Fenster lehnt, kommt er mir vor, als würde er mit den Bauern im Dorf auf einmal eine andere Sprache sprechen. Ein kaum wahrnehmbarer Spurwechsel, so was kann er gut, denke ich.

»Entschuldigen Sie, Friede sei mit dir, mein Bruder, mögest du nicht müde sein, geht es dir gut, geht es deiner Frau gut, geht es deinen Kindern gut, bitte, wo können wir ein Lamm holen?«

»Hallo, Herr Nachbar, Friede sei mit dir, mein Bruder, mögest du nicht müde sein, bei meinem Cousin kannst du eins holen, er wird dir eins geben, er wohnt da vorne, einmal links abbiegen.«

»Vielen Dank, Bruder, mögen deine Hände nicht schmerzen.«

»Ich bitte dich, was immer du wünschst.«

»Ich opfere mich für dich. Gott schütze dich.«

»Gott schütze dich, mein Bruder.«

Mein Vater klopft an die kleine Holztür des Cousins. Eine ältere Frau mit einem im Nacken zusammengebundenen geblümten Kopftuch kommt heraus.

»Friede sei mit dir, du bist mein Bruder, mögest du nicht müde sein, mein Bruder, was führt dich hierher, mein Bruder, wie geht es deiner Frau, deinen Kindern, wie kann ich dir helfen, mein Bruder, wie lautet dein Wunsch?«

»Friede sei mit dir, liebe Frau Nachbarin, mögest du nicht müde sein, entschuldige, meine Tochter ist zu Besuch, ich möchte ihr zu Ehren gerne ein Lamm schlachten.«

»Aber natürlich, mein Bruder, mein Cousin wird dir eins geben können.«

Ich beobachte die Szenerie durch die Windschutzscheibe. Ich blinzle einmal kurz, meine Augenlider klappen zu und wieder auf, die kleine Bäuerin, die eben noch in der Eingangstür stand, ist blitzschnell einen Hügel hinauf zum Nachbarhaus gelaufen und klopft an eine Tür. »Sie kümmert sich darum«, sagt mein Vater. »Das hier sind gute Leute.«

Wider Erwarten hat sie kein Lämmchen im Schlepptau, als sie den Hügel wieder heruntergelaufen kommt. Kurz atme ich auf. »Bitte entschuldige, mein Bruder, die Tiere sind oben auf der Weide. Mein Cousin wird hinauffahren und dir nachher mit dem Pick-up eins nach Hause bringen, bitte entschuldige.« Ich gestikuliere meinem Vater durch die Windschutzscheibe hindurch mit zusammengekniffenen Augen und einem Stirnrunzeln und schüttele den Kopf.

»Er wird nachher das Lamm bringen«, sagt er demonstrativ in meine Geste hinein und lacht.

»Ist das unbedingt nötig?«, frage ich genervt.

»Aber natürlich, was sollen denn die Leute denken, wenn du zum ersten Mal hierherkommst und ich nicht mal ein Lamm für dich schlachte, das ist doch das Mindeste. Ich habe schließlich extra den Grill anfertigen lassen, damit dir dein Vater Kabap machen kann, wenn du kommst.«

Auf der Rückfahrt sage ich kein Wort und versuche, den Nachmittag über nicht ans Abendessen zu denken. Später kommt der Jeep mit dem Lamm, er habe nur ein männliches gehabt, aber es komme direkt von der Weide oben auf der Alm. Inzwischen ist das Haus voller Gäste. Auch Rudabeh und Hashemian haben im Nachbarort ein Ferienhaus und verbringen wie viele aus Teheran hier Wochenenden und Ferien. Im Haus meines Vaters sind sie zum ersten Mal.

»Möchtest du dabei sein?« Ich entscheide mich dagegen aus Angst, nachher nichts essen zu können. Auf Blut reagiere ich empfindlich, und ich tröste mich damit, dass das Lamm ja immerhin bis jetzt sein kurzes Leben bei guter Luft und frischem

Gras auf einer unendlichen Wiese verbracht hat. Nichts essen zu können, wäre das Schlimmste, was mir passieren könnte, ich würde es einfach nicht aushalten, bis in die Nacht hinein von der Familie Essen angeboten zu bekommen und ablehnen zu müssen, niemand wäre diesen Kräften gewachsen. Ich werde ins Schlafzimmer geführt. Dort treffe ich auf Shirin und Pouya und die beiden Kinder, alle kauern vor dem Bett und starren auf den Zeichentrickfilm im Fernsehen daneben, *Die Eiskönigin* auf Persisch, wegen Mia und Lotte ist die DVD immer dabei.

»Sie sollen nichts mitkriegen«, sagt Shirin und lacht. Pouya drückt seine Tochter an sich, schweigt und macht ein Gesicht wie bei einem Luftangriff.

»Ich glaube, Fatemeh macht extra Sojafleisch für dich«, sage ich.

Er sei auch mit Reis und Gurkenjoghurt zufrieden, antwortet er einsilbig. Nach einer halben Stunde heißt es, wir dürfen rauskommen. Die Party ist in vollem Gange, mein Vater zerteilt den Körper und bestückt die Spieße, Fatemeh kniet auf der Terrasse über dem Kopf des Tieres. Ich beuge mich über sie und schaue mir über ihre breite Schulter hinweg verstohlen die beiden Hörner an, die halb geschlossenen Lämmeraugen, die Zähne. Ihre Hände, wie sie flink den Kopf des Tieres vom Fell befreien, mit unzähligen kleinen Handgriffen, so schnell wie eine Martial-Arts-Künstlerin, als hätte sie diese Fertigkeit, den Schafskopf zuzubereiten, niemals gelernt, sondern geerbt. Als meine Oma uns damals in Deutschland besuchte, fand ich einmal in unserer Küche den bearbeiteten Schafskopf im Spülbecken und habe mich ziemlich erschrocken. Meine Oma schaute mich erstaunt an, als hätte ich mich gerade vor einem Stück Pfannkuchen geängstigt, und mein Vater lachte, denn er aß für sein Leben gern Schafskopf und war überglücklich, dass seine Mutter ihm sein Lieblingsgericht zubereitete, auf das er in Deutschland Gott weiß wie lange hatte verzichten müssen. Auch Shirin war entzückt, sie berichtete mir von einigen Diskussionen mit Pouya zu Hause wegen seiner vegetarischen Lebensweise, zumindest auf Hähnchen für sie und die Kinder habe man sich jetzt einigen können, ohne dass es seinerseits zu einer langen Predigt beim Essen komme. Sie habe als Kind immer am liebsten Hirnsandwich gegessen, mit einem kleinen Streifen selbst gemachter Mayonnaise, das sei eine Spezialität aus ihrer Gegend, ziemlich fettig, aber sehr geschmackvoll.

Mein Vater freut sich, dass alle sein kleines Häuschen bestaunen und sich über das Essen freuen, das Fatemeh serviert. Während die anderen sich laut unterhalten und lachen, drückt er heimlich eine Tablette aus der Packung und spült sie mit etwas lauwarmem Tee herunter. »Seit wann die Betablocker?«, frage ich, als wären die Pillen die Antwort darauf, dass er abgehauen ist.

Nachdem alle gegangen sind, sitzt er einfach neben mir, trinkt noch einen Tee. In ruhigen Momenten kann man es mit meinem Vater wirklich aushalten. Manchmal sitzt er in seinem Sessel und blättert in einer Zeitung oder in einem Buch, ohne dass ihn was ärgert oder er sich provoziert fühlt. Wahrscheinlich hat er es sich so immer vorgestellt. Hier oben in den Bergen wirkt er ruhiger als in der Stadt. Ich verstehe nicht, warum wir diese Momente nie hatten, als er noch in Deutschland war.

»Nilufar, ich sage ihm jedes Mal, er soll sich nicht ständig aufregen«, ruft Fatemeh aus der Küche, ohne ihren Abwasch zu unterbrechen, »ich sage immer, lass die anderen doch denken, was sie wollen! Die anderen haben ein großes Haus, und wenn schon! Wer ist schon dieser Hashemian! Wer ist schon dieser Nimah! Lass sie doch reden.« Mein Vater seufzt. Ich beobachte aus dem Augenwinkel ein paar Kühe auf dem gegenüberliegenden Hügel. »Hörst du das, Nilufar, nachts kommen hier die Schakale.« Auch keine zufriedenstellende Antwort. Was er gerne macht, möchte ich wissen. So als gäbe es hier Freizeit. Wenn mal Zeit ist, trifft man sich mit der Familie, oder man trifft sich mit Freunden, oder man trifft sich heimlich mit anderen Freunden oder fährt in die Berge und trifft sich dort mit der Familie oder mit Freunden. In der Siedlung, in der ich aufgewachsen bin, war das noch kein Thema, erst später in der Schule ist mir aufgefallen, dass es so was wie Urlaub gibt, eine Zeit, in der man alles anders macht als sonst. Ich konnte mir nie was darunter vorstellen. Jetzt weiß er nicht so richtig, was er mir antworten soll. Statt sich mit mir mal richtig zu unterhalten, schickt er mich mit Shirin und Fatemeh auf den Markt, sein Knie tue weh, Meniskus-Komplettschaden vom Fußballspielen damals.

Obwohl er sich ständig entschuldigen lässt, weiß ich irgendwie, dass wir untrennbar miteinander verbunden sind, auch wenn er manchmal so weit weg scheint, als wäre ihm mein Besuch viel zu viel. Immer wenn wir zusammen ein Fußballspiel sahen, spürte ich diese Verbindung.

Ich erinnere mich nur an eines Ende der Neunziger, kurz bevor wir nach Rabenau zogen. Ich schaute damals auf die unbeweglichen Augen meines Vaters und folgte seinem Blick zum Bildschirm: Ali Daei nahm den Pass entgegen, ein langer, schmaler Mann mit schwarzen Haaren und dichtem, breitem Schnauzer. Die dunklen Augen funkelten, seine Bewegungen ein Tanz, nicht unbedingt sehr grazil, aber so selbstverständlich, als seien sie vorherbestimmt. Schnell ging alles, man konnte die Bewegung mit den Augen nachvollziehen und trotzdem kaum beschreiben, eine ganz eigene Repräsentation dieser Szene bildete sich im Gehirn, ohne dass es Worte benötigte. Der Ball landete im Tor, 89. Minute. In diesem Moment muss auch Bagheri, der weiter hinten im Feld hinter seinem Teamkameraden herlief, gewusst haben, dass Raum und Zeit gerade ineinander verschoben waren, auch er konnte dem Ball folgen mit der Gewissheit, dieser Pass würde zu Gold, eine Sicherheit, wie wenn man spürt, dass der eigene Name aus einer Lostrommel gezogen wird, oder kurz bevor man einen Brief mit einer ersehnten Nachricht öffnet und den Satz, den man gleich liest, bereits kennt. Er wusste, er würde noch ein Tor schießen, er überließ dem Moment jede Kontrolle und spürte, wie seine Augen das ganze Spielfeld in sich aufnahmen, wie sich alle Bewegungen seiner Mannschaft zu einer einzigen verbanden. Seine Beine nahmen Fahrt auf, liefen auf dem Gras, als würden sie kaum die Erde berühren, was auch immer mit seinem Körper geschehen mochte, sein Geist vaporisierte im Schall des Stadions, im Flutlicht, in den tausend Augen der Kameras, in jedem Atemzug der weit gereisten Spieler in den grün-weißen Trikots. Die gekrümmte Glasscheibe der Bildröhre wurde ein leuchtendes Wurmloch in die 95. Spielminute. Im dritten Stock der Plattenbausiedlung am Stadtrand kurz vor Gießen-Kleinlinden krallte sich die Hand meines Vaters in die faserige Lehne eines Ohrensessels aus dem Otto-Katalog. Am anderen Ende der Welt fiel das Ausgleichstor für Iran.

Ich dachte danach noch oft an diese Szene.

Wir hatten einen riesigen Röhrenfernseher mit drei Programmen. Manchmal beobachtete ich meinen Vater heimlich, wie er davor im Sessel saß und sich auf die Lippen biss. Meistens setzte ich mich stumm daneben und schaute, was er schaute. Damals schallte die Stimme meines Vaters bis ins Erdgeschoss. Ich würde diese Spielszenen nie wieder aus dem Kopf bekommen. Jahrelang würde ich bei jeder WM die Iranspiele gucken und meinen Freunden erzählen, sie sollten ja kein Spiel der iranischen Mannschaft verpassen, weil die Iraner immer dafür gut seien, in der Nachspielzeit noch ein Ausgleichstor zu schießen. Sie seien nie in die K.-o.-Runde gekommen, aber es gebe immer Überraschungen bei diesem Team, und keine Mannschaft der Welt schaffe es, die Zuschauer besser zu unterhalten als sie.

Der Bildschirm war seit Langem flach. Die schönsten Erinnerungen hat man im Herzen, höre ich meine Mutter wieder sagen, und ich traute mich erst nach über zwanzig Jahren, aus einer Laune heraus Iran–Japan 1997 auf YouTube einzugeben. Ich verbrachte die halbe Nacht vor dem Laptop. Ich durchforstete alle Wikipedia-Einträge, die sich mit den Spielergebnissen der iranischen Nationalmannschaft beschäftigen. Es gab Tabellen für die Dekaden 90–99 und 00–09. Es gab Vorrunden und Qualifikationsspiele. Ich wurde verzweifelter, durchsuchte auch Freundschaftsspiele und Asienmeisterschaften. Es musste Japan gewesen sein. Ich erinnerte mich an die »Nippon«-Rufe von der Zuschauertribüne, aber ich checkte zur Sicherheit alle Gegner aus den Jahren 90–99, USA, Südkorea, Deutschland, Irak, Bahrain. In meinem Kopf wuchs ein Thesaurus, aber ich fand einfach nichts.

Ich habe mich nie getraut, meinen Vater nach dem Spiel zu fragen, es war mittlerweile über zwanzig Jahre her. Er lebte in einem anderen Land. Er hatte sicher lange nicht mehr an dieses Spiel gedacht. Ich hatte Angst, dass er den Moment, in dem er das Spiel mit mir 1997 in Gießen geschaut hatte, vergessen haben könnte, dass vielleicht das Tor auch in einer anderen Minute gefallen sein mochte oder in einer anderen Konstellation. Obwohl ich mein ganzes Leben lang überzeugt gewesen war zu wissen, wie sich das Spiel zugetragen hatte, so sicher, wie ich mit meinem Vater zusammen auf den Bildschirm gestarrt hatte.

Obwohl mir nur dieses Spiel in Erinnerung geblieben ist, erinnere ich mich, wie mein Vater in unserer kleinen Wohnung aufgeregt Fußball schaute, als ich noch klein war. Als er noch an der Fachhochschule studierte, verkaufte mein Vater sieben Tage die

Woche Bratwurst bei Herrn Masoud im Imbisswagen in der Gießener Fußgängerzone. Einmal soll er zu ihm gesagt haben: »Ich
habe jetzt sechs Monate ohne einen Tag Pause für Sie gearbeitet,
es ist mir egal, ob Sie mich feuern, ich gehe diesen Samstag in die
Stadt und trinke bei Tchibo einen Kaffee!« Dort schien die iranische Gemeinde ihre inoffiziellen Treffen abzuhalten. Sie bestand im Prinzip aus anderen Iranern, die sich bei Tchibo um die
Stehtische versammelten und langsam verstanden, dass sie das
iranische Regime nicht mehr würden stürzen können. Ich erinnere mich an Mensaessen und Vorlesungen, in die ich mit hinein-
geschmuggelt wurde, wo ich ganz leise sein musste, denn eigentlich durfte man Kinder damals nicht mit in die FH nehmen, auch
nicht, wenn sie leise waren. Mit elf oder zwölf hing ich selbst in
der hässlichen Gießener Fußgängerzone rum und blickte verstohlen auf die nachdenklich schauenden Männer in Sakkos vor
dem Tchibo, die auf einmal vor mir standen und sagten: »Kennst
du mich nicht, ich kannte dich schon, da warst du erst so groß.«

Auf dem Markt gibt es alles Mögliche für den Haushalt, Stoffe,
Töpfe, DVDs, Klamotten, Badteppiche, das meiste aus China.
Ich stapfe lustlos zwischen den Ständen herum und versuche, mich
von Fatemeh fernzuhalten, um mir nicht noch mehr Sackklamot-
ten andrehen zu lassen. Während ich hinter Shirin zwischen den
Zeltpavillons der Händler herumlaufe, beschleicht mich auf einmal ein Gefühl, das mir den Boden unter den Füßen wegzieht:
Was, wenn es dieses Spiel gar nicht gegeben hat? Wäre das eine
Erklärung dafür, dass sich alles so unecht anfühlt, als wäre ich nur
eine Fremde, die nach Iran gekommen ist, nicht mal die Sprache
kann und ihrer Familie nichts als Umstände macht?
Shirin kauft eine Limettenpresse und erklärt mir, dass es hier
auch ein bisschen touristisch ist. Ich scheine trotzdem die Einzige
weit und breit zu sein, die nicht irgendeine Aufgabe hat. »Geh

doch ein Foto machen, wenn dir langweilig ist«, sagt sie und zeigt auf einen Hügel mit einer Jurte. »Da drin kannst du auch traditionelle Klamotten anziehen.« Ich habe nicht die geringste Lust dazu, mich unterhalten zu müssen und zu erklären, was ich hier in den Bergen mache, wer mein Vater ist, und irgendwas anzuziehen, ich würde mich wahrscheinlich irgendwie komisch benehmen, ohne es zu wissen. Shirin schiebt mich auf dem Hügel kichernd in die Jurte, vor der ein Plakat klebt mit einem Frauengesicht im traditionellen Gewand und einer Lochkamera. »Jetzt geh halt rein!«, sagt sie, und sie klingt tatsächlich wie eine Frau aus dem Allgäu.

Drinnen ein Haufen bunter Klamotten auf einem Schemel vor einer spanischen Wand. Ich greife eine schwere metallene Kopfbedeckung, ein geblümtes Tuch mit Münzen, es raschelt, ich lege es an wie eine Ritterrüstung. Während ich alles über meinen Mantel ziehe und die vielen Haken und Ösen schließe, höre ich aus der Ecke eine alte Stimme. Fast halte ich das Geräusch für ein Radio. Ein hagerer Mann, kaum so groß wie ich, steht tatsächlich hinter einer Lochkamera, um die die ganze Jurte herumgebaut zu sein scheint. Er sieht mich an und hält mir ein Polaroid hin.

»Befarmayid.«

Ich verstehe nicht. »Chi?«

Ich sei doch gerade hier gewesen, hier sei mein Foto. So viel Persisch kann ich. Ich nehme ungläubig das Polaroid, als ich es greife, hält er es eine Weile fest. Eine Tochter gehört zu ihrer Familie, sagt er mir und schaut mich tadelnd an. Er habe eine Tochter, ungefähr so alt wie ich, ein gutes anständiges Mädchen sei sie, fleißig, klug und bescheiden. Er hoffe, sie werde Ärztin oder Ingenieurin und werde einen netten Mann heiraten. Er habe ihr gezeigt, wie man Schafskopf zubereitet. Sie liebe die Berge und die Hühner und Kühe und die Blumen, sie habe seine große Nase und die großen dunklen Augen seiner Frau. Sie liebe auch die traditionellen Lieder und den Nebel, der morgens aus den Wäldern steigt. Sie helfe den Nachbarn. Alle im Dorf sagten nur Gutes über sie, und er sei stolz, eine Tochter zu haben, denn nichts anderes wünsche sich ein Mann. Er hoffe, dass sie niemals weggehe, dass sie auf dem Grundstück nebenan ein kleines Häuschen baue und ein bescheidenes Leben führe und glücklich sei.

Ich sehe in das Gesicht auf dem Polaroid. Narges blickt mich lächelnd an.

Am Abend zeigt Narges mir in Rudabehs Ferienhaus im Nachbarort eines ihrer Bilder. Eine Landschaft mit Haus, eine Art Hütte in Tupftechnik, sehr aufwendig. Das Motiv war vorgegeben, sagt sie, es sieht aus wie ein Musterhaus, ein Heimatbild wie ein Prototyp, das wie ein Gedankennachbild an der weißen Wand hängt.

»Ich male am liebsten Frauen. Ohne Mund und ohne Gesicht«, sagt sie. »Die Frauen haben in unserer Gesellschaft keine Stimme.« Und dann: »Ich denke über Australien nach. Ich muss langsam eine Entscheidung treffen.« Ich bin überrascht.

»Hast du niemanden hier, wegen dem du bleiben willst?« Sie schaut kurz zur Seite.

»Das haben wir geklärt. Von Anfang an. Er wollte weg. Ich will meine Eltern nicht zurücklassen, aber ich habe keine Ahnung, wie ich hier jemals meine zukünftigen Kinder großziehen soll, ich wüsste nicht mal, wie ich jemals Miete bezahlen soll. Ich dachte, ich könnte hier in diesem Land eine Familie haben. Aber fast jeden Tag frage ich mich, wie das gehen soll. Ich glaube, wenn ich hierbleibe, werde ich in diesem Sessel sitzen, bis ich so alt bin wie Nanejun. In Australien hätte ich gute Chancen als Ingenieurin. Eine Freundin von mir ist schon dort. Es gibt dort ein Punktesystem für Immigranten. Man braucht 60 Punkte für ein Arbeitsvisum. Ich hätte 65, ich könnte einfach gehen und Australierin werden.«

Am nächsten Tag laufe ich über die Schotterwege um den Hang, auf den mein Vater das kleine halb fertige Ferienhaus hingesetzt hat. Die Bergprovinz ist zwar weit weg von Teheran, aber auch hier kein Internet ohne Filter. Ein paar Mädchen kommen mir entgegen. Die Älteste mit ihrem kleinen Bruder an der Hand dreht sich immer wieder um und starrt mich an. I'm a legal alien. Äußerlich komme ich offenbar tatsächlich mehr nach meiner Mutter. Selbst im Tschador würde man sehen, dass ich nicht von hier bin. Ihr offener Mund beim Wandern, ein paar Kinder am Wegrand, ein paar Kühe laufen über Felder. Hier sind seit Jahrhunderten die Frauen, die Kopftücher festgebunden gegen den Wind, die Hügel rauf- und runtermarschiert. Die Nachbarn grüßen. Morgens steigt der Nebel aus den Wäldern. »Hyrkanische Wälder«, sagt mein Vater und zeigt auf die Anhöhe vor uns. Man dürfe erst hineingehen, wenn der Nebel über den Berg gezogen sei, sonst gebe es zu wenig Sauerstoff. Meine Hände schwingen neben meinem Mantel, während ich übers Feld stampfe. Das Kopftuch habe ich mir genauso zweimal umgebunden wie eine Bäuerin. Die Ruinen der zwischen die Fronten geratenen Besitzer klaffen im Himmel wie ein Mund voll brüchiger Zähne und warten auf bessere Zeiten. Geblümte Tücher, Röcke und Hosen säumen den Straßenrand. Die Verkaufsstände der hier durchreisenden Turkmenen wehen tausend Farben und Muster in den Wind. Wie gerne will ich im schweren Blütennebel ersticken.

Mit dem Rücken zum Meer

Das Kaspische Meer, das wolle er mir unbedingt zeigen, sagt mein Vater. Ich kenne es aus seinen Erzählungen und weiß, dass es eigentlich ein Binnenmeer ist und für die Anrainerstaaten, diplomatisch ausgedrückt, interessant.

Wir laufen über den Markt in Noshahr. Ich bin in einem Garten Eden, um mich herum stehen Obststände mit Früchten und Süßigkeiten, Sirup, Gemüse, alles, als habe sich eine ganze Armee formiert, um meine Bilder aus dem Gedächtnis nachzustellen. Ein kleiner Junge schneidet und verkauft Fruchtleder. Bei ein paar alten Frauen kaufe ich Granatapfelsirup in selbst abgefüllten Bechern. Ich kann süß und sauer in Handschrift auf den Bechern entziffern. Ich schaue mich um und sauge die Luft ein, nur mein Vater ist damit beschäftigt, das Programm durchzuziehen, von einem Stand zum nächsten zu hetzen. Wir müssen das Auto parken, das musst du sehen, und das, und davon brauchen wir auch noch was, ich will, dass du wirklich alles siehst, und dann wird er zu einem schlanken jungen Mann mit schwarz glänzender Haarmähne, und sein Lächeln gibt eine glänzende weiße Zahnreihe frei. Ein Mann, der seine kleine Tochter in einer Plattenbauwohnung in Gießen auf dem Schoß wippt.

»Da, wo ich herkomme, gibt es ein Meer, das zwischen Europa und Asien liegt. Es ist ein kleines Meer, aber einmalig«, sagt Khosrow. »Rundherum ist alles grün, und die Menschen sind freundlich. Es

gibt auch Berge und Schafe und Wüste. Es gibt Wälder und viele Tiere. All das gibt es in Iran.« Khosrow folgt dem Blick seiner kleinen Tochter, die nur dank seiner Hand, die so groß ist wie ihr Rücken, aufrecht sitzen kann. Sie fährt mit ihren Augen suchend die Wand entlang, acht Quadratmeter im sozialen Wohnungsbau, die durchdrungen werden von Khosrows Blick. Vor seinen Augen bilden sich Serpentinen an der weißen Wand. Die Berge wechseln im maritimen Klima plötzlich ihre Farbe. Vor ihm erblühen die Wälder und Marktstände der Küstenregion, als sei die dünne Kinderzimmerwand eine Staffelei. Khosrow wippt weiter seine Tochter in der Carl-Franz-Straße auf dem Schoß und denkt daran, was er ihr einmal alles zeigen will von dieser Gegend, deren Lage einmalig ist in der Welt, und von der seine Tochter, deren Blick acht Quadratmeter weit reicht, nichts weiß.*

»Schau dir dies an und das«, sagt er, als plötzlich ein Hupen den Film anhält.

Mein Vater steht im Gewusel vor einem Stand und wischt sich den Schweiß von der Stirn. Hinter uns stockt der Nachmittagsverkehr. Ich sehe, wie er unsicher den Blick umherwandern lässt. Wie er den kleinen Jungen am Marktstand anherrscht, dass er das Fruchtleder nicht richtig schneidet, und hilflos die Hände gegeneinander reibt. Ich lege meine Hand auf seine Schulter. »Ich finde es sehr schön hier«, sage ich, ohne zu lügen, »lass uns doch zum Meer gehen.«

Vor ein paar Jahren musste ich die Masterarbeit meines Vaters Korrektur lesen. Zwar hatte ich damals genug mit meiner eigenen Arbeit zu tun, aber ich konnte natürlich nicht Nein sagen. Ich erfuhr, dass in der damaligen bilateralen Welt die Sowjetunion über die wichtigsten Zugänge zur Region verfügte. Nach deren Zerfall wurde das Ganze undurchsichtig, die Europäische Union und die USA verfolgten eine interessengeleitete Politik mit den neuen postsowjetischen Staaten, und der Iran stand im Prinzip an der anderen Seite des Ufers. Es ging um Öl, um Pipelines, die angezapft werden konnten oder durch ein bestimmtes Gebiet verlegt werden durften oder auch nicht. Ich hatte natürlich von alldem keine Ahnung, mein Strom kam aus der Steckdose, und als ich die Arbeit korrigiert hatte, nicht ohne darüber zu staunen, dass mein Vater korrekt mit Sternchen genderte – warum war ich auch vom Gegenteil ausgegangen –, dachte ich so was wie, das Kaspische Meer, soso.

In meiner Kindervorstellung war das Kaspische Meer eine Art türkisblaue Lagune mit Felsen und bunten Fischen gewesen, und alle dort waren glücklich, weil alles dort blühte wie in einem Garten Eden, und man hatte im Überfluss Früchte, Fisch und gute Luft.

Fatemeh und ich gehen zum Strandaufgang, unsere bestickten Baumwollhosen und Mäntel wehen, als wir gegen den Wind laufen, mein Vater hinterher. Dann stehe ich vor dem Meer und weiß nicht, was ich machen soll. Ich schaue einfach darauf. Es ist zu schmutzig hier zum Baden, sagt mein Vater, und sowieso könne man nur mit Kleidung ins Wasser gehen, was niemand tue. Also schaue ich auf dunkle Wellen, die nichts mit einer Lagune gemein haben, das undurchsichtige brackige Wasser verheißt Spannungen, als stünde ich kurz vor einem Sperrgebiet. Es gab irgendwo mal den Versuch, eine Wand durch das Meer zu ziehen, hat mir Shirin erzählt, ein überdimensionales Laken, sodass Männer und Frauen nebeneinander und doch getrennt baden konnten. Man versuchte, das Meer zu teilen, das Foto ging um die Welt. Voll Scham schaut mein Vater zu Boden.

In meinen Gedanken öffnet sich ein Sack voll Wind. Er peitscht und fegt und bläst alles vor sich her, durch die Lüfte, durch die

Städte und Kontinente, über das offene Meer. Es gelang mir früher kaum, der Luftlinie meines Vaters zu folgen, die ich mit dem Finger über die Landkarten malte, die Kondensstreifen am Himmel bogen sich, weichten auf, zerflossen. Es gab kein Ankommen, niemals, nirgends.

»Lass uns doch ein Foto machen«, schlage ich vor.

Mein Vater steht auf einem Felsen und schaut in meine Kamera. Er scheint dort seit Jahrhunderten zu stehen, seine weißen Haare wehen leicht im Wind, er steht zweifelnd vor mir, in seinem Rücken das schmutzige Meer, der Kaukasus, Europa. Er weiß nicht, wohin mit seinen Händen. Er steht da, wissend, verloren, als hätte ihn jemand aus der Welt geschnitten und in eine Collage eingesetzt. Ich sehe das Foto an, sehe, dass ein Teil von ihm schon immer dort auf dem Felsen gestanden und auf mich gewartet hat, schon während er in unserer Plattenbauwohnung neben mir auf dem Wohnzimmersessel gesessen hat, als ich klein war, oder als er mich in den Neunzigern mit dem neuen, fest installierten Autotelefon angerufen hat, während er über neue deutsch-deutsche Autobahnen fuhr.

Auf einem der wenigen Kinderfotos, die mich mit meinem Vater zusammen zeigen – er war tatsächlich zwischen FH und Arbeit kaum zu Hause –, trug ich eine rote Baumwollstrumpfhose, hochgezogen bis zum Hals, sie war noch etwas zu groß. Seine Hand fasste nahezu um meinen gesamten Torso herum und hielt mich, sodass meine noch nicht gehfähigen Füße mit den Sohlen die Tischplatte berührten. Ich schaute das Foto oft an, und obwohl ich mich nicht darauf erkannte – es hätte jedes andere Baby sein können –, schien mein Vater keinen Zweifel daran zu haben, dass er mich festhalten musste. Trotzdem kam mir in den folgenden Jahren alles vor wie ein Schauspiel. Als wären wir gecastet worden, als hätten wir vorgegeben, eine Familie zu sein, obwohl wir nicht recht zueinanderpassten. Etwas in seinem Gesicht wirkte weit weg. Nicht fremd, sondern eher so, als sei das am weitesten Entfernte das, was an ihm vertraut war, und der Rest nur Täuschung. Als hätte mir niemand gesagt, dass wir von weit her kamen, oder als hätte seine Odyssee bereits Spuren hinterlassen bevor sie begann. Ich wartete, dass es weiterging, dass das echte Leben begann, das nicht in Gießen in der würfelartigen Wohnung stattfinden konnte, es war klar, dass das nur die Kulisse für ein Leben war. Ich wartete ängstlich, aber auch ungeduldig auf den Tag, an dem alles zerfallen würde.

Ruinen

Sich hier allein fühlen ist anders, obwohl mein Vater mit mir in dem kleinen, halb fertigen Häuschen in den Bergen im Wohnzimmer sitzt und Tee trinkt. Das Alleinsein, das ich kenne, ist ein Alleinsein bis zur nächsten Bushaltestelle, mit Versichertenkarte, Europäische-Union-Alleinsein, TÜV-geprüfte-Umgebung-Alleinsein. Ich bin zum ersten Mal außerhalb dieser Grenzen. Als wäre ich im Weltraum. Ich überlege ernsthaft, ob ich meinen Weg nach Deutschland wieder zurück finde. Ich spüre Tränen und dann ein Gefühl, als würde ich in eine Wolke sinken, einen Nebel, der mich einlullt wie eine Kohlenmonoxidvergiftung. Ich werde müde, es würde nichts machen, wenn ich nie wieder aus dem Dorf in den Bergen herauskäme, ich lasse mich in die Ohnmacht fallen. Sie schluckt sanft alles, das mich noch mit dem anderen Kontinent verbindet.

Ich sage meinem Vater nicht, dass ich enttäuscht bin von dem Meer, das ich mir immer wie in einem Disneyfilm ausgemalt hatte. Nicht dass er etwas dafür kann. Dass er mir nicht gesagt hat, wie es wirklich aussieht, und dass man nicht reingehen kann. Dass er mir das Formblatt 3 nicht ausgefüllt hat, dass er mich zwischen den mittelhessischen Hügeln vergessen hat, dass er mir nichts von seiner zweiten Ehefrau und Scheidung erzählt hat und dass ich nicht ein einziges Mal an ihn denken kann, ohne mich dafür zu schämen, wie eine undankbare Tochter zu klingen. Ich habe immerhin Handyempfang.

Wie viel Geld bräuchte ich, um spontan einen Flug nach Hause zu buchen? Könnte ich nicht einfach loslaufen und abhauen?, denke ich. Wie soll ich es noch einen einzigen weiteren Tag hier aushalten, wo mein Vater und ich uns kaum noch was zu sagen haben? Ich rufe zum ersten Mal Alex an, als sich meine Reise schon dem Ende zuneigt. Zumindest ist hier oben Ruhe. Eigentlich weiß ich gar nicht genau, was ich ihr eigentlich erzählen will.

»Und, wie ist seine Frau so? Was macht ihr den ganzen Tag? Bist du jetzt in den Bergen?«

»Ja, ich bin tatsächlich in dem Haus, es ist echt winzig, aber es hat einen Garten. Ich mochte seine Frau erst nicht, sie ist den ganzen Tag dabei, irgendwas zu kochen, zu waschen oder zu putzen oder hin und her zu tragen. Ich sitze immer mit ihm auf dem Sofa, und sie bringt die ganze Zeit Tee und stellt irgendwas hin oder räumt irgendwas ab. Das macht mich total wahnsinnig. Ich weiß überhaupt nicht, was ich machen soll. Ich hänge hier die ganze Zeit im Garten ab und pflücke Auberginen oder Minze. Es ist immer das Gleiche, man darf nicht helfen, man macht ja eh alles verkehrt, aber dann gibt es einen Zeitpunkt, an dem man doch mal helfen sollte, und ich bin mir immer nicht sicher, ob der schon gekommen ist oder nicht. Dann sagt Fatemeh solche Sachen wie ›Nilufar ist so ein braves Mädchen, sie zieht sich sogar das Kopftuch an, wenn sie nur in den Garten geht‹. Ich will halt keinen Ärger. Jedes Mal, wenn wir irgendwo hinfahren, erzählt sie irgendwas und will, dass ich alles bestaune, guck mal, wie schön das hier ist oder das, bei jedem Blatt.«

»Ganz ehrlich, ich verstehe wirklich nicht, warum dein Vater das gemacht hat. Das ist doch kein Leben. Er hätte doch wirklich alles haben können. Ich finde das, offen gesagt, total feige, erst seine Familie zu verlassen, und dann kommst du zu Besuch, und er tut so, als wäre nichts. Ich weiß, du willst das nicht hören, aber er hat es doch so gewollt. Er hat sich gegen Deutschland entschieden, weil er egoistisch war.«

»Ich will einfach nach Hause.«

»Es sind ja nur noch ein paar Tage, bis du zurückfliegst, reiß dich zusammen, das wirst du ja wohl aushalten.«

Ich drücke das Handy in meiner Faust, aber es zersplittert einfach nicht.

Wer ist dieser Mann überhaupt?, denke ich. Ich habe nie gefragt, was mein Vater gedacht hat, als er zurück in das leere Haus kam oder im Flugzeug zurück nach Teheran saß. Warum er wieder in dieses Land zurückgekehrt ist und mich in Deutschland gelassen hat. Warum hat er nie mit mir Persisch gesprochen? Hätte er mir von Büchern erzählt, die er gelesen hat? Von dem, was in den persischen Zeitungen stand, für die er manchmal sonntags extra durch die halbe Stadt zum Bahnhof fuhr und die er schweigend las? Hätte es mir Angst gemacht? Ich kriege wieder das Gefühl, dass die Luft dünn wird.

Der Nebel hängt noch in den Wäldern, während Fatemeh am nächsten Morgen das Frühstück wegräumt. Mein Vater scheint in Gedanken versunken, das Kinn mit einer trotzig vorstehenden Unterlippe auf der Brust aufliegend. Die Knie schmerzen. Sein Bauch wölbt sich über der Hose. Das Herz pumpt mit Anstrengung, die Zähne fielen einer nach dem anderen aus, neu gemacht mit billigem Werkstoff, schnell hochgezogene Neubauten. Sie planen neue Ruinen, schießt es mir durch den Kopf. Er sitzt auf dem Teppich mit dem Rücken an die Wand gelehnt, folgerichtig irgendwie, und ich stehe in der Tür des Gästezimmers außerhalb des Karrees, die Teppichfransen berühren kaum meine Füße. So verharren wir als Bild, während Fatemeh weiter mit dem Geschirr klappert und das Brot, den Honig und die Nüsse wieder verstaut, Wasser aufdreht, dampft und atmet und ihre langen Kleider die Oberflächen streifen.

An diesem Tag, ungefähr eine Woche vor meiner Abreise, fährt mein Vater hinunter in die kleine Stadt zur Bank, um meine Ausreisegebühr von etwa 20 Euro zu bezahlen. Was, wenn ich den Zettel irgendwo verliere? Würde eine andere Nilufar anstatt meiner das Land verlassen? Gibt es andere? Ich google meinen Vornamen. Ein paar Wikipedia-Einträge. Ich finde Niloufar Ardalan, eine iranische Fußballspielerin. Ich bin eine berühmte Mittelfeldspielerin. Wikipedia schreibt, sie habe an der ersten Meisterschaft für Frauen der Asian Football Confederation teilnehmen wollen, sei jedoch in letzter Minute an der Ausreise gehindert worden, da ihr Mann nach § 18 des iranischen Passgesetzes nicht die erforderliche Erlaubnis erteilt habe.

Der Beamte hat den Zettel in meinen Ausweis getackert, den ich bei der Sicherheitskontrolle vorzeigen muss und der besagt, ich darf ausreisen, mein Vater hat es erlaubt.

Fatemeh schickt mich nach dem Frühstück in den Garten, damit ich irgendwas hole, vielleicht auch einfach, weil sie einen Moment ihre Ruhe haben will. Ratlos stehe ich vor einem Auberginenbeet. Ich frage mich, wie um alles in der Welt ich in diesem Garten gelandet bin. Von Weitem höre ich ein paar Kühe, die die stummen Ruinen anklagen. Der Wind weht um mich herum, als würde er mir lauter Fragen in einer Sprache stellen, die ich nicht verstehe. Ich stapfe durch das Gestrüpp und streife mit meinem Rock die Tomatenstauden. Ich spüre eine Leere in mir, von der ich dachte, dass ich sie beim Betreten des Flugzeugs abgeworfen hätte. Jetzt fühle ich mich nirgendwo mehr verloren als hier zwischen den Hügelketten im Nebel. Ich bin wahnsinnig enttäuscht. Ich hatte so gehofft, etwas zu finden, Antworten vielleicht, aber auf welche Fragen, und jetzt stehe ich auch noch knöcheltief im

Matsch. Ich beuge mich hinunter zu ein paar Stängeln mit Minze. Es sind verschiedene Sorten, ich wusste nicht, dass es überhaupt so viele verschiedene gibt, und ich probiere von jedem Stängel ein Blatt. Ich befühle die Pflanzen und die samtigen Blätter, ich erforsche mit meinen Augen die Halme wie ein Kind, das zum ersten Mal Blattläuse sieht. Ich knicke ein paar Zweige aus den Büschen, stopfe mir vier oder fünf kleine längliche Auberginen und Tomaten in die Taschen und nehme mit, was ich noch tragen kann. Fatemeh ist überrascht, dass ich die Minze mit heißem Wasser aufgießen will. »Gesund«, sage ich, und sie nickt und dreht sich wieder um.

Im angrenzenden Wohnzimmer am anderen Ende des Teppichs sitzt mein Vater in den Sessel gesunken und blättert eine Zeitung durch. Er findet immer wieder einen neuen Weg, mit diesem Regime zurechtzukommen, denke ich, als sei er eine Figur in einer Seifenoper, einer nie endenden Erzählung mit immer absurderen Twists. Ich bleibe vor dem Bücherregal stehen. Viele deutsche Bücher sind darin. Ich nehme einen Band mit Kurzgeschichten heraus, tue so, als würde ich darin lesen, und stelle ihn dann doch wieder zurück.

»Nilufar, kannst du mir nicht ein paar Sachen übersetzen, du kannst doch Englisch. Es geht um meine Arbeit.« Je mehr ich ihn beobachte, desto mehr spüre ich die Wut in mir aufsteigen. »Weißt du, es gibt sehr interessante Studien über feministische Sicherheitspolitik. Im Westen wird das immer mehr Thema werden. Ich habe gehört, in Mailand führen sie in Zügen nun auch Abteile nur für Frauen ein. Da wird noch viel kommen.« Ich sehe ihn mit seinem Teeglas in der Hand vor mir sitzen und süffisant lächeln, oder nein, nicht süffisant, er sieht eher aus wie jemand, der versucht, ein süffisantes Lächeln aufzusetzen, um nicht schüchtern zu wirken. Was haben Männer doch für ein seltsames Problem mit Unsicherheit, denke ich.

Fatemeh stellt ungefragt ein Tablett mit frischem Tee und Würfelzucker vor meinem Vater ab. Ich bin hin- und hergerissen, ob ich ihr hinterherlaufen und das Geschirr mit abspülen oder mich zu meinem Vater setzen soll. Sie holt einen weiteren Tee für mich, stellt ihn neben das Glas meines Vater und verschwindet wieder.

»Komm, Nilufar, setz dich doch. Fatemeh, bringst du uns noch Süßigkeiten!«

Fatemeh bringt noch zwei Schälchen mit Maulbeeren und Pistazien und lässt sich vor uns auf den Teppich fallen, stützt ihr Kinn auf und liegt irgendwann einfach da wie ein Wal vor meinen Füßen und stöhnt. Mein Vater rührt in seinem Teeglas. Ich kann kaum hinsehen.

»Ist gut, Fatemeh, geh ruhig schlafen, wir unterhalten uns noch ein bisschen.« Sie steht auf und verschwindet ohne ein Geräusch.

Ich zerquetsche eine Tomate in meiner Tasche. Das Fruchtfleisch spritzt durch meine Finger wie arterielles Blut. Diesmal entscheide ich mich für den frontalen Angriff.

»Hättest du nicht einfach mehr Kartoffeln essen können und weniger Reis? Dich ein bisschen mehr anpassen?«

»So einfach ist das nicht«, rechtfertigt sich mein Vater.

»Warum nicht? Du hast doch wenigstens eine Krankenversicherung in Deutschland gehabt, in Deutschland hättest du jetzt Zähne.«

»Bitte, Nilufar, quäl mich nicht!«

Und dann etwas kleinlaut: »Warum setzt du dich nicht zu mir?«

Je mehr ich auf sein Hemd schaue, das sich über dem Bauch spannt, auf seine zerbissene Unterlippe, auf die schmalen Augenschlitze, desto mehr wünsche ich mir, sein Blut zum Kochen zu bringen. Ich bleibe stehen, ich werde zu einer Statue aus Waschbeton.

»Nächstes Jahr werde ich dieses Haus weiter einrichten und verputzen. Ich denke auch über Fischzucht in Kirgisistan nach.

Das ist ein sehr vielversprechender Wirtschaftszweig! Ich muss irgendwie an Geld kommen. Wenn ein paar mehr Firmen sich trauen würden, ein wenig zu investieren. Aber erst die Promotion, dann finde ich vielleicht eine Stelle an einer privaten Uni, wir müssen ein bisschen gucken, wie es mit Fatemehs Mutter weitergeht. Aber das alles hier wird für dich sein, wenn es fertig ist, du wirst sehen, wenn sich die Lage irgendwann entspannt, dann kannst du hier richtig Urlaub machen, und wir können uns die Wälder anschauen und zum Kaspischen Meer fahren und auch in die Wüste, wenn du willst, und du kannst deiner Mutter erzählen, wie es hier aussieht, dass die Luft hier sauber ist und die Menschen freundlich, und dass man hier genauso gut leben kann, wie wir in Rabenau gelebt haben, dass es hier an nichts fehlt, und wenn wir alle zusammen sind, dann schlachte ich ein Schaf nur für dich, und dann koche ich euch Ghorme Sabzi wie früher, als du klein warst, das hast du immer gerne gegessen, weißt du noch?«

Zum Ende fängt seine Stimme an zu zittern.

»Ich kenne dein Ghorme Sabzi gar nicht mehr. Du hast uns einfach verlassen.«

Ich kann fühlen, wie sein Herzmuskel gegen den Betablocker kämpft und verliert. Ich sehe seine Hände kalt und grau werden und zu Staub zerfallen, in einem halb fertigen Haus, in einem zerrissenen Land, in einem Wald ohne Luft, die Hand, die in meinem Pass unterschreiben muss, damit ich gehen kann, dieses Haus verlassen kann, das jemand für mich vorgesehen hat, wie jemand dieses Leben für meinen Vater vorgesehen hatte, in dem er fortwährend damit beschäftigt ist, Ruinen zu bauen, und in dem ich zusehen muss, wie sie zerfallen, während sie noch gebaut werden. Wie er dabei immer wieder übermenschliche Pläne schmiedet, zu nah an die Sonne fliegt und sich verbrennt. Bin ich fast 4000 km gereist, um eine offene Rechnung zu begleichen? Der längste Umweg aller Zeiten.

»Nilufar, ich habe so viel aufgegeben. Ich wollte eine gute Zukunft, ich wollte euch etwas hinterlassen, ein Haus, in dem ihr leben könnt, und Sicherheit, ich wollte, dass du studierst und ...«

»Und dann? Was machen wir dann? Bis das eintritt, was du willst, sind wir alle längst tot! Keiner von uns wird das erleben, ich werde in diesem Land nie mit wehenden Haaren einen Schritt nach draußen tun, wir werden für immer in diesen halb fertigen Häusern sitzen und zugucken, wie das Geld uns zwischen unseren Fingern zerrinnt! Was soll denn noch alles passieren, bis wir mal am Ziel sind? Du kennst mich überhaupt nicht! Du weißt nichts von mir! Ich habe mein halbes Leben ohne dich gelebt, und wir hatten nichts von alldem, was du versprochen hast! Du warst in Deutschland ein Angestellter mit einem komplizierten Namen, der niemals zufrieden war, nicht mit deinem Gehalt, nicht mit deiner Fußballmannschaft, nicht mit deinen Nachbarn ...«

»Ja, was denkst du? Dass ich immer der Ausländer, immer ein Fremder bleiben wollte? Meinst du, das habe ich gewollt, als ich jung war, dass ich zweimal Danke sagen muss, dass mir die Zähne ersetzt werden und sie sich über mich lustig machen oder mich nicht mal zur Wahl gehen lassen, nachdem ich fast zwanzig Jahre lang Steuern bezahlt habe, oder dass ich mir den Namen verstümmeln muss, wie der Pouya, dieser Nassauer, dieser Opportunist?«

»Pouya hat sich angepasst, na und? Der hat einfach seinen Job gemacht und mit seinen Kindern jeden Tag zu Abend gegessen! Und du? Du bist immer nur das Opfer! Du lebst in einer Traumwelt! Anstatt bei uns zu bleiben! Wir mussten alles alleine machen. Wo warst du, als ich Abitur gemacht habe, was hast du eigentlich die ganze Zeit gemacht? Meinst du, ich lege Wert auf ein Haus in Iran in den Bergen? Hast du eine Ahnung, wie mein Leben in Deutschland aussieht? Deine ganzen Versprechungen, deine ganzen Häuser und deine Firma, was hat das alles gebracht außer Schulden? Diese ganzen Träume, wozu? Du warst nicht da. Und

jetzt holst du mich hierher und setzt mir diese Frau vor, die rumläuft wie eine religiöse Fanatikerin und den ganzen Tag nichts anderes macht außer waschen und kochen. Ist das dein Ernst? Hast
du überhaupt keine Prinzipien mehr? Du erzählst mir von Freiheit
und lässt dich dabei den ganzen Tag von so einer bedienen wie
ein Pascha. Was ist bloß aus dir geworden! Redest du mit ihr auch
über Politik oder über Wirtschaft oder über Heinrich Böll?«

»Nilufar. Das ist was anderes. Wir führen eine traditionelle
Ehe. Da hat jeder seine Rolle, ich muss für sie sorgen, alles, was sie
sich wünscht, und sie hat ihre eigenen Pflichten. Sie möchte es so.
Bitte sei nicht unfair.«

»Und was ist mit uns? Willst du vielleicht, dass deine Tochter
auch so rumläuft und den ganzen Tag einem Mann Tee serviert?
Schämst du dich nicht?«

»Ich habe deiner Mutter vertraut. Ich war fix und fertig, als sie
mit dir ausgezogen ist. Ich habe ihr gesagt, dass wir das regeln
können, wenn wir ein bisschen durchhalten, dass wir eine Familie
bleiben können, aber sie wollte nicht. Ich habe sie nie vergessen.
Nanejun spricht immer noch von ihr.«

»Na und, dann seid ihr halt geschieden. Du hättest doch trotzdem in Deutschland bleiben können, anstatt einfach abzuhauen.
Auch ohne Einbürgerung.«

Er beißt sich wieder auf die Unterlippe.

»Ich habe immer gesagt, ich helfe euch, sobald ich etwas auf-
gebaut habe, ich habe Geld zur Seite gelegt und investiert, aber es
wurde hier immer schlimmer. Ich wollte als Ingenieur neu anfangen, und es hat nicht geklappt. Dieses Haus haben Fatemeh und
ich für dich gebaut, um dir etwas zu hinterlassen, und damit wir,
solange wir noch leben, im Sommer keine Miete zahlen müssen.«

»Du hättest wenigstens für mich bleiben können. War ich nicht
genug?«

»Was hättest du von mir gedacht? Ich bin sogar Taxi gefahren, als wir nicht mehr mit Motoren handeln konnten. Alles ist den Bach runtergegangen. Hättest du einen Vater haben wollen, der von Sozialhilfe lebt? So jemand, der zum Staat geht und auf Almosen wartet? Hättest du lieber einen Bettler zum Vater gehabt? Ich hätte mein Gesicht verloren, verstehst du nicht, was das bedeutet?«

»Und wenn schon! Wir haben von Sozialhilfe gelebt, als wir ausgezogen sind und du in Iran warst! Ich hätte ohne BAföG nicht mal studieren können. Der Staat hat alles von mir bezahlt, ich habe von niemandem aus der Familie je einen Cent bekommen, und jetzt erzählst du mir wieder was von einem Haus! Hast du überhaupt eine Baugenehmigung?«

»Du verstehst das nicht, Nilufar. Hier ist das anders, ich bin Iraner! Hier reden die Leute über dich, ich hätte nicht mehr in den Spiegel schauen können. Was glaubst du, was Rudabeh und die anderen über mich gedacht hätten, wenn ich Geld vom deutschen Staat genommen hätte wie ein Parasit, wenn ich in Europa lebe und dort nicht mal meine Familie ernähren kann. Diese Neureichen hier mit ihrer Doppelmoral, die hätten sich doch das Maul zerrissen! Dein Vater, ein Mann ohne Ehre, hättest du das gewollt?«

»Was hast du gegen Rudabeh und die anderen? Sie sind nett zu mir, sie haben hier so viel Zeit mit mir verbracht, sie sind doch auch meine Familie! Wenn sie nicht wären, was würde ich dann hier überhaupt den ganzen Tag machen in diesem verdammten Land, in dem ich niemals leben könnte, nicht mal Fahrrad fahren oder mit offenen Haaren spazieren gehen! Was hast du dir bloß dabei gedacht!«

Er schweigt.

»Du bist viel deutscher, als du denkst. Du hast uns verraten.«

Sein Gesicht friert ein.

Es klopft. Um zwei Uhr nachts steht Fatemeh mit einem Teller Obst in der Tür zu meinem Zimmer. Ich stelle mich schlafend, aber sie setzt sich trotzdem neben mich und fängt an, eine Gurke und einen Pfirsich klein zu schneiden. Ich rühre das Obst nicht an, aber sie bleibt dort und redet, bis ich mit ins Wohnzimmer komme. Ich verstehe auf einmal jedes Wort, vielleicht weil es mitten in der Nacht ist, vielleicht weil ich eine Grenze überschritten habe.

»Ich war Anfang dreißig, da starb mein Mann. Ich war so allein. Ich hatte das Gefühl, als würde ich in eine Wolke sinken und sinken und sinken. Es war hart, mein Leben, ich zog meine Kinder ganz alleine groß, ich zog wieder zu meiner Mutter, und bis die Kinder erwachsen waren, habe ich nicht geheiratet. Wir hatten kaum etwas. Ich war so traurig und hatte niemanden an meiner Seite. Was wissen die Männer. Sei nicht traurig, dein Vater meint es nicht so. Sie werden uns Frauen niemals verstehen.«

Sie redet und redet und schaut dabei die Bücherwand an wie eine Klagemauer und schält kleine Gurken dabei. Die Tränen und der Schleim laufen aus mir heraus, während Fatemeh klagt und mein Vater schnarcht.

»Nilufar, niemand weiß, was aus uns wird, außer Gott. Nur Gott. Er weiß, was passieren wird, wie unser Leben verläuft. Sonst niemand.« Ich sinke wieder in die Wolke, ich habe aufgegeben, sie dazu zu bringen, den Mund zu halten, die Kontrolle behalten zu wollen.

»Und jetzt sind meine Kinder groß. Alt bin ich geworden. Ganz grau bin ich geworden. Ein Gespenst bin ich geworden.«

Ich sehe zum ersten Mal ihre gebleichten Haare, die sie sonst unter dem Tschador versteckt. Ich hatte nicht damit gerechnet, mit diesem leuchtenden Gelb. Ich starre sie an und sehe sie wachsen und wuchern und fühle, wie spröde blondierte Strähnen meine Finger und Arme hochkriechen und mich langsam umschlingen.

Etwas führt meine Hände, ich sehe, wie sie Reis kochen und das Fleisch zubereiten und Gurken schälen, und meine Hände schälen und schälen, und während unentwegt die Streifen der Gurkenschale zu Boden fallen, treten die Adern auf den Handrücken hervor, wird die Haut um die Fingerknöchel furchig, ich sehe meine Hände welken und die Gurkenschalen hinunterfallen.

Ich werde ganz ruhig, nehme eine Gurke und fange wortlos an, sie zu schälen, ich sitze hier, während Fatemeh in einen Klagemonolog verfällt, und sage irgendwann: »Ist gut Fatemeh. Gehen wir zu Bett.«

Ich wasche mir die Tränen aus dem Gesicht und gehe auf Zehenspitzen in mein Gästezimmer. Ich liege dort, ohne meinen Manteau und das Kopftuch auszuziehen, und starre einfach an die Decke. Und ich denke, selbst wenn ich völlig allein bin, hier in den Bergen, was soll's. Soll es mir egal sein, ob ich niemals eine Heimat haben werde, ob ich dieses Land nie wieder verlasse und mich die Landschaft einfach verschluckt. Ich würde einfach hier rumhängen in irgendeinem Wohnzimmer, ich würde Tee servieren oder auch nicht, ich würde ein paar Bücher lesen und mich der Tatsache fügen, dass es niemanden auf der Welt gibt, der bleibt. Ich würde mich damit abfinden, dass wir alle nur Hüllen sind, Gaukler in einer Scheinwelt, und uns langsam auflösen.

Ein paar Stunden später, kurz vor Sonnenaufgang, höre ich Fatemeh im Wohnzimmer beten, allein, mein Vater schläft noch immer.

Den ganzen restlichen Tag halte ich mich im Garten auf. Ich stehe dort und spüre, wie mir dieses Land den Hals zuschnürt, wie die Vergangenheit in meinen Eingeweiden brennt. Ich fühle den Wind und die feuchte Bergluft. Ich möchte schreien, aber ich kann in diesem Land nicht einfach in einem Auberginenbeet stehen und schreien. Ich will schreien für jede gekappte Verbindung, die mich hierhergeführt hat. Für die Leere in mir, die jedes Gefühl aus mir verschluckt, die alle Farben aus der Welt filtert, die mich wie Treibsand hinabzieht, in die mein Blut versickert und die mich als Hülle in der Welt zurücklässt. Ich will schreien für jeden Tag, an dem ich gespürt habe, dass etwas an mir anders ist, an dem ich mich gefragt habe, warum ich verlassen werde, und durch die Gegend laufe wie ein Gespenst.

Und ich sammle all meine Kraft, sauge den Nebel in mich hinein und schlucke ihn hinunter, ich atme den Nebel aus den Bergen, den Smog aus der Stadt und die Asbestluft aus dem Gießener Waschbetonbau und fülle meine Lunge bis kurz vor dem Platzen. Ich drücke all das in mich hinein und schlucke. Ich drücke die Luft in jedes Lungenbläschen. Ich drücke so fest, bis die Adern auf meiner Stirn anschwellen und ein Rauschen in meinen Ohren dröhnt, bis sich eine sanfte Schwärze in mir ausbreitet wie ein Gasplanet und mich langsam vom Boden hebt. Und ich merke, ich bin kurz vor dem Fall.

Wenn der Nebel über den Berg gezogen ist

Wie schon am Tag zuvor hänge ich am nächsten Tag fast nur im Garten rum und weiche meinem Vater aus, der mich jetzt auch ständig ruft und fragt, ob ich nicht etwas essen will. Ob er Kabap machen oder im Ort eine Wassermelone für mich holen soll oder vielleicht ein Eis. Ich bleibe stur im Garten sitzen, pflücke Minze und sehe den Puten hinterher, wie sie schnatternd in einer Traubenformation den Nachbarhügel rauf- und wieder runterlaufen. Der Nebel steigt langsam aus den Wäldern.

»Man muss warten, bis der Nebel ganz über den Berg gezogen ist«, sagt mein Vater wieder, er kommt von der Terrasse hinüber und stellt sich hinter mich zwischen die Pflanzen.

»Ich weiß«, sage ich und lasse ihn stehen.

Als es schon fast dunkel ist, komme ich wieder ins Haus, die Balkontür ist noch immer offen. Mein Vater hat sein Teeglas auf dem Tisch abgestellt und röchelt unter der Schlafapnoe im Sessel. Ohne ein Geräusch setze ich mich neben ihn und beobachte eine Weile seinen Atem, der sich immer wieder mit brachialer Gewalt aus der Tiefe hervorkämpft. Dann nehme ich das halb leere Teeglas und wiege es in meiner Hand. Ich schaue auf die kleinen Bröckchen im Glas, die herumwirbeln wie ein Meteoritenschauer. Wie er den Anblick von fremdem Glück nie ertragen konnte. Jedes Scheitern ist eine Schande. Man spricht darüber so wenig wie über verspieltes Geld. Wie ein einziger Schluck von diesem Land einen benommen machen kann, denke ich und trinke.

Während er weiter im Sessel schläft, streife ich mit der Hand über die Buchrücken im Wohnzimmerregal. Es finden sich noch einige Wörterbücher aus Deutschland. Sogar noch ein Fotoalbum aus Gießen. Ich schlage es auf. Ich im Clownskostüm, Sommerfest im Kindergarten, mit der Schulklasse in der Aula, warum auch immer eins beim Zahnarzt. Alles Veranstaltungen, wo ein Fotograf kam und die Gruppen fotografierte. Eine ganze Seite ich im pinken Jogginganzug mit Minnie-Mouse-Glitzeraufdruck. Wie sehr meine Mutter diesen Jogginganzug gehasst hat. Ich hatte zwei davon und noch einen in Hellblau, weil ich mit fünf nichts anziehen wollte, das nicht pink oder hellblau war und glitzerte. Sosehr meine Mutter auch versuchte, mir Holzspielzeug und naturge-färbte Baumwollstrumpfhosen anzudrehen, ich sah aus, als wohnte ich in einem Barbie-Traumhaus. Ich stellte mich an dem Tag vor die Fotoleinwand mit Blumenranken und weißen Tauben und präsentierte stolz das Foto zu Hause. Ich habe es lange nicht mehr gesehen. Während ich dem fünfjährigen Mädchen in die Augen sehe, frage ich mich plötzlich, wann diese Kälte Einzug in mein Inneres gehalten hat. Wann war ich Teil einer Welt geworden, in der ich wie ein Uhrwerk funktionierte und alle Sehnsucht ver-grub, in der ich für immer fremd war wie mein Vater?

Mein Vater steht plötzlich hinter mir und legt mir kurz mit ge-senktem Kopf die Hand auf die Schulter. Ich spüre, wie meine Augen sich mit Tränen füllen wollen, aber ich kann nicht wei-nen. Stattdessen sage ich zu meinem Vater: »Ich wusste nicht, dass du das noch hast.«

»Ich hatte so oft das Gefühl, nicht fertig zu sein. Ich denke im-mer, wenn ich jetzt sterbe, was würde von mir bleiben? Und ich wollte dir immer sagen, dass du nicht allein bist. Ich wollte, dass du weißt, dass du hier eine Familie in Iran hast, die dich liebt. Sie haben dich nie vergessen.« Dann atmet er schwer und setzt sich wieder in seinen Sessel.

Und ich denke daran, dass ich bald wieder auf einem anderen Kontinent sein werde, und dass wir einmal in denselben Himmel geschaut haben, dass wir beide einmal zusammen mit diesem Nebel unsere Lungen gefüllt haben und den Rauch der Stadt mit ihren weißen Autolawinen zusammen atmeten. Ich denke an meinen Vater und all seine Träume, die er mit nach Deutschland brachte, und wie sie das Einzige zu sein schienen, das uns lebendig machte. Dass der Weg so weit war, bis wir beide wenigstens ein Mal zur selben Zeit denselben Mond hier gesehen haben. Ich schaue ihm dabei zu, wie er eine Zeitung aufschlägt und sein Gesicht dahinter vergräbt. Ich erahne, wie er hinter der Zeitung die Oberlippe einsaugt und das Kinn aufstützt, davor die Titelseite mit der arabischen Schrift, hinter der er sich schon in Gießen immer versteckt hatte. Ich hörte ihn manchmal hinter den Nachrichten im Wohnzimmer seufzen, sein Gesicht sah ich nie, nur die Schrift ohne Vokale, die ich nicht lesen konnte, die Stimmen aus dem Land, die mich in diesen Jahren in Gießen nie erreichten, nur meinem Vater das Gesicht verdeckten, ihn über Grenzen trieben und ihn wieder mitnahmen.

Ich schiebe die Hände in die Taschen und merke, dass ich noch immer eine Aubergine in meinem Manteau habe. Während ich zum Wohnzimmertisch gehe, um sie dort in die Gemüseschale zu legen, steigt langsam Wärme in mir auf. Die Konturen um mich herum verschwimmen. Die Farbe fließt von den Wänden. Ein paar Leute in dunkler Kleidung kommen herein. Sie nehmen die Bilder und kleinen Teppiche von den Wänden. Sie nehmen das Teeservice und die Schalen mit Süßigkeiten und das Obst von den Tischen. Sie nehmen alle Gegenstände aus den Schränken und werfen sie in Kartons. Sie schrauben die Schränke auseinander. Sie rollen die Teppiche zusammen. Sie heben das Bücherregal an. Die Wörterbücher und Studienordner und Fotoalben fallen aus dem Regal. Sie tragen alle Requisiten nacheinander aus dem Haus, bis es vollständig leer ist. Dann reißen sie die Wände um uns herum ein und tragen effizient und präzise das Mauerwerk ab, während mein Vater regungslos auf dem Sessel hinter der Zeitung verharrt. Mit jedem Schritt, den ich auf ihn zugehe, bricht ein weiteres Stück aus der Wand, mit jedem Schritt dringt der Nebel hinein, mit jedem Schritt wird die Bühne unter uns abgebaut und abtransportiert, bis ich in einer Ruine aus Mauerresten vor ihm stehe. Vor mir sehe ich im Sessel mit den barock geschwungenen, golden gepolsterten Lehnen zusammengekauert einen Klumpen Mensch. Ich sehe in ihm einen jungen Mann schlafen, der auf einem Flur in einer Fachhochschule in Gießen wartet. Der mit dem Außenrist einen Pass annimmt, den Ball spielt und der Flugbahn am Horizont nachschaut. Ich sehe die Entschlossenheit, die sich in Hochhausfassaden, in den Augen der anderen spiegelt. Ich sehe den Stolz der Verzweifelten. Ich sehe so etwas wie Liebe. Ich sehe ihm hinter die Lider in große fordernde Augen. Ich spüre eine tief vergrabene Sehnsucht, die er immer versteckte hinter einem Lächeln und die von der Fassade unserer Wohnung in Gießen abperlte und zerrann. Fast ist es, als würde ich bei diesem Anblick zerspringen. Und ich denke, jetzt, hier, in diesem Moment mit mir lebst du, und dann atme ich einfach langsam aus. Ich schaue auf sein Teeglas, das er immer noch fest umklammert hält, und denke: Es tut mir leid.

Teheran

Golestan

Der Nebel hat sich inzwischen fast vollständig verzogen. Die Hügel zeigen ihre Urwälder. Er wolle mir nun endlich das Grundstück zeigen, das er für mich gekauft habe, sagt mein Vater. »Ist noch nicht ganz bezahlt, aber die Nachbarn kennen mich. Hier wohnen gute Leute.« Ich stehe auf dem dürftig umzäunten, mit Geröll versehenen Stück Land und knicke einen Grashalm ab. »Was machst du, wenn Krieg ausbricht?«, frage ich ihn mit Blick auf das Geröll, das gelangweilt hier liegt. »Was sollen wir machen? Dann lachen wir.« Er wolle sich nicht mit solchen Gedanken belasten, es gebe ohnehin keine Antwort auf diese Frage. Dabei lacht mein Vater aus einem Mund brüchiger Zahnimplantate, die Währung ist schon lange zu instabil, als dass man Geld für neue Zähne ausgeben könnte. Und ich lache beim Anblick der Zähne und freue mich irgendwie.

Bis zum Ende der Reise traue ich mich kaum, Fotos zu machen. Immer warte ich darauf, dass noch der Moment kommen wird, in dem wir wirklich da sind, glücklich, am Ziel. Nicht am Bahnhof, nicht zu Hause, nicht am Flughafen. Manche Situationen sind so absurd, sie können nur zustande kommen, wenn eine Kamera draufgehalten wird, denke ich.

Kurz vor der Abfahrt aus den Bergen brenne ich fast ausschließlich Videos vom Straßenverkehr auf DVDs, immer wieder die Autofahrten, durch die Städte, durch Staus, an Bauwerken vorbei, durch die Wüste und durch die Berge in Richtung Norden. Keine Ahnung, warum ich diese Endlosschleifen gefilmt habe. Wir lassen das halb fertige kleine Haus, die Berge und die Wälder, in denen morgens der Nebel aufsteigt, hinter uns und fahren zurück in die Hauptstadt. Ich warte auch am Morgen unserer Abfahrt aus dem kleinen Ort wieder darauf, dass der Nebel über das Haus hinwegzieht und sich schließlich auflöst, aber ich habe das Gefühl, dass wir es sind, die sich hier oben auf dem Berg einfach auflösen. Als seien mein Vater und ich nur Abbilder von Menschen, die hier sonst den kleinen Schotterweg hinunterschlendern. Abbilder, die durch die Abflughallen laufen, in den Zügen sitzen, am Gate Pässe aus verschiedenen Ländern aus der Tasche holen. Als seien wir viele, wie die anderen. Wir bewegen uns im Fluss von Absperrungen und Rolltreppen entlang, für immer temporär, bis Schicht um Schicht unserer Oberfläche oxidiert, bis wir langsam verschwinden.

Ich kann nicht glauben, dass meine Reise fast vorbei ist und ich nicht einmal ansatzweise etwas selbstständig unternommen habe. Wieder in meiner gewohnten Umgebung bei Rudabeh, sagt mir Narges auch nach fast drei Wochen immer noch, was ich anziehen soll, bevor wir rausgehen. Flip-Flops sind im Norden von Teheran okay, auf dem Basar nicht. Enge Hosen mit langem Oberteil, aber bei weiten Hosen geht auch ein kürzeres. »Es darf für Männer nicht reizend sein«, sagt Shirin augenrollend. Ich gebe mir Mühe. Ich überlege, mir heimlich von Fatemeh einen Tschador aus dem Schrank zu nehmen und mich damit aus dem Haus zu stehlen. Ich stelle mir vor, wie ich damit endlich unsichtbar wäre, um all das zu sehen, was sie mir nicht zeigen. Ich stelle mir vor, damit durch die nächtlichen Straßen zu schweben wie in einem Batman-Kostüm. Ich habe kein einziges Mal eine iranische Banknote in den Händen gehalten. Niemand kommt auch nur auf die Idee, mir Geld in die Hand zu drücken. Wann immer meine Augen zu lange beim Einkaufen auf einer Bluse, einer Tasche, selbst einem Karton mit Pfirsichen verharren, es wird gekauft, und schnell begreift mein Vater, dass es für mich unmöglich ist, hier in der Fremde solche Entscheidungen selbst zu treffen. Mein Bewegungsradius ist der eines Kindergartenkindes geworden. Verglichen mit Berlin ist der öffentliche Raum hier für mich ein implodierter Röhrenmonitor aus den Neunzigern. Jedenfalls habe ich irgendwann aufgegeben, tatsächlich selbst etwas kaufen zu wollen. Mein Vater freut sich, wenn er mir Obst zeigen kann, das ich noch nie gegessen habe, und wenn er mir bunte Klamotten kaufen kann, wie man sie hier trägt. Er geht dann mit der Kreditkarte zur Kasse und sagt die Zahlenfolge chehelo-yek shasto-ce, und der Verkäufer tippt die PIN ein und reicht die Karte mit Dank zurück.

Das Unbekannte finde ich in jedem Winkel von Teheran, den ich unter den Augen meiner Verwandten kurz streife. Allein an unzugänglichen Orten unterwegs zu sein, wurde mir über die Jahre als Gefahrenrausch vertraut. Ich konnte nicht mehr in Ruhe nachdenken, ohne mich ab und zu an Orten wiederzufinden, die zu betreten ein Wagnis war. Ich rettete mich in der Pariser Metro einmal vor einer Schlägerei durch eine sich schließende Tür, stolperte über einen Junkie im Frankfurter Bahnhofsviertel und schaute in den Gewehrlauf eines Polizisten in Istanbul, bevor alles gentrifiziert war. Das Halbdunkel ist mir am liebsten. Ich kann nicht nachdenken ohne dieses Losgelöstsein, das ich nur habe, wenn ich unterwegs bin und nicht sicher, jemals wieder zurückzukommen. Jahrelang lief ich so durch Städte. Nur hier war ich kein einziges Mal allein unterwegs.

»Ich stelle mir manchmal vor, wie es wäre, hier zu leben. Ich würde es gerne mal ausprobieren, ich habe ja noch gar nichts alleine unternommen«, sage ich zu Narges, während ich packe. Ich komme mir so blöd vor. Als ob ich ewig hier in Uni-Cafés abhängen könnte.

»Nilufar!« Narges lacht schallend. »Was willst du denn hier? Hier wollen die jungen Leute alle weggehen. Denkst du wirklich, du könntest hier leben?« Ich stelle mir vor, wie sie schimpft: »Denkst du, du kannst hier einfach machen, was du willst?« Aber sie sagt nichts von alldem, sie lächelt nur, wie man ein kleines Kind anlächelt, obwohl ich ein Jahr älter bin. »Ich sag dir mal was. Weißt du, was passieren würde, wenn ich hierbleiben würde? Sobald ich den Mund aufmache, werde ich Ärger bekommen. Ich werde für wenig Geld arbeiten, morgens um sechs zur Baustelle fahren, mich im Taxi von irgendwelchen Männern begrapschen lassen, und alle würden schweigen oder mir sagen, ich soll halt zu Hause bleiben. Und wenn ich meine Klappe zu weit aufreiße, werde ich irgendwo verhaftet und lande im Evin-Gefängnis, wo ich vergewaltigt werde und wahrscheinlich nicht mehr lebend rauskomme. Wenn ich einmal insch'allah eine Tochter haben werde, will ich sie Azadeh nennen, das bedeutet Freiheit.«

Als die Sonne untergeht, sage ich, ich gehe mich hinlegen, ziehe meinen Manteau und Turnschuhe an und stehle mich aus dem Haus. Ich mache mir keine Gedanken mehr, ob ich etwas Verbotenes tue, ob ich meine Familie in Schwierigkeiten bringen könnte, wenn ich jetzt nachts allein unterwegs bin. Ich laufe die Straße runter zu dem Park, in dem ich mit Narges war, bis hierhin hat sie mich an der Hand geführt, sonst hätte ich es bei dem Verkehr nicht mal geschafft, selbst die Straße zu überqueren. Bis auf ein paar alte Männer, die im Licht einer Straßenlaterne Backgammon spielen, ist dort niemand zu sehen. Welcher Wochentag ist eigentlich, wenn der Montag hier der Samstag ist und der Sonntag, also Freitag, frei? Es ist immer noch warm und sehr trocken, nicht zu vergleichen mit Berlin bei 30 Grad, eher so, als würde man vor einem Föhn stehen, aber nicht unangenehm. Ich winke nach einem der gelben Taxis und lasse es erst mal heranfahren, bevor ich mich entscheide, was ich mache. Der Fahrer schaut mich wortlos an. Ich steige hinten ein, und da das Einzige, was mir in diesem Moment einfällt, die Sehenswürdigkeit ist, sage ich: »Golestan.« – »Bashe«, so sei es, sagt der Fahrer und fährt los. Ich bin starr vor Angst. Aber die Stadt ist wunderschön, zum ersten Mal, denke ich. Der Taxifahrer ist mein Gondoliere durch endlich leere Straßen, alte Gebäude, Plätze, Leuchtreklamen, »was diese Stadt alles erlebt hat«, schießt mir in der Stimme meines Vaters durch den Kopf, ein fremdes Land, mein Land, sein Land, nur nicht zur gleichen Zeit, denke ich. Taxi-Driver-Schönheit in diesem ständigen Umbruch, in den Spuren, die die Zeit, das Embargo hier hinterlassen hat. Ich sehe alles hinter von Schmutz getönten Scheiben und bin fast schockiert, als wir tatsächlich ankommen, ich hatte angenommen, dass dieser Moment gerade vielleicht nicht echt ist. Dann gehe ich einfach die Straße entlang, mich in fremden Städten zu verlaufen, hat mich noch nie gestört. Vielleicht gibt es für mich nur diesen Zwischenraum in der Dämmerung, während einige schlafen gehen und andere gerade erst erwachen.

Ich finde einen Park, das erste Mal, dass ich lieber im Dunkeln gehe. Die Umgebung wechselt von Beige zu Dunkelgrün, in der Nacht duften die Blumen und Büsche intensiv, ich bin wie von Geburt an blind. An einem Gebäude mit Kacheln lasse ich meine Fingerspitzen beiläufig an der Wand entlangfahren, da bemerke ich, dass mich etwas begleitet wie ein Schatten, aber es ist ja Nacht, denke ich. Wenn ich laufe, höre ich ein Knacken, wenn ich stehen bleibe, ist es stumm, und nur das Ende meines Kopftuchs bewegt sich ein bisschen im Wind. Es knackt wieder, und als ich schneller laufe und aus den Büschen heraustrete, stoppt mich schließlich das Mondlicht über einem Rasenplatz, die scharfe blau schimmernde Sichel verschafft Klarheit, ich werde verfolgt. Der Blumenpalast schaut aus dem Hintergrund auf diese Szene.

Etwa 50 Meter vor mir steht der Gatekeeper, meine Größe, aber schmaler, in einer Soldatenuniform, und er starrt mich mit offenem Mund an. Ich muss mit dem Märtyrer kämpfen, schießt es mir durch den Kopf, so einen wie dich habe ich auf den Plakaten gesehen, denke ich. Ich warte ab, ob er seine Waffe zieht. Er wartet auch ab, aber ich trage keine. Statt die Hand an das Holster zu führen, kommt er auf mich zu, zuerst ganz langsam, als habe er Angst, gegen eine unsichtbare Glaswand zu laufen. Dann bleibt er direkt vor mir stehen, dreht den Kopf zur Seite, ohne den Blick von mir abzuwenden, und dreht ihn wieder mir zu, als wolle er sichergehen, dass er nicht einfach in einen Spiegel blickt, in eine weibliche *Trompe-l'œil*-Variante seiner selbst. Als er merkt, dass ich trotz seines Tests so regungslos verharre wie ein Baum, nur mein Kopftuch weht weiter im Nachtwind, scheint er sich kurz zu entspannen und sagt dann vorsichtig: »Salam.«

Und ich sage: »Taxi. I need a taxi.«

Ich sollte nicht hier sein, also gebe ich mir Mühe, zumindest klarzumachen, dass ich hier wegwill. »Come«, sagt er und räuspert sich. Er zeigt auf den Weg vor mir. Ich mache große Schritte, er folgt mir, erst mit großem Abstand, dann kommt er mit jedem Schritt ein Stück näher an mich heran. »You come with me«, sagt er und zeigt in die Richtung, aus der wir hergekommen sind. Ich gehe noch schneller, er muss fast rennen, um mit mir Schritt zu halten.

»No, I must go home«, sage ich. Ich hätte diese Reise nie machen sollen, denke ich. Ich bin verloren. Stehe ich in diesem Land nachts einem bewaffneten Mann in Uniform gegenüber, ist der Fall klar, denke ich. Ich ziehe mein Kopftuch tiefer ins Gesicht. Meine Hände sind eiskalt. Und Scham, ich spüre in dem Moment so was wie Scham, dass ich dachte, ich kann einfach so davonlaufen, es mit diesem Vater Staat aufnehmen, der an jeder Straßenecke, in jeder Behörde lauern kann, der diese Regeln macht, ich dachte, ich kann mich dagegen auflehnen wie ein Teenager.

Ich habe nicht ein einziges Mal mit meinem Vater in Deutschland Diskussionen geführt, denke ich. Wenn es etwas in mir gab, das zögerte wegen irgendwelcher Regeln, legte ich das schnell ab, ich kam überall durch, sobald ich einen Schritt aus der Tür unseres Einfamilienhauses machte, um in Clubs zu gehen oder zu rauchen. Jedenfalls gab es nie Stress. Ich habe meinen Eltern gar nicht erst Entscheidungen aufgebürdet, ich dachte, es gibt halt Sachen, die sie nicht verstehen, und habe alles direkt heimlich gemacht, ohne dass sie mir erst mühsam etwas hätten verbieten müssen. Seit ich in Iran bin, habe ich plötzlich das Bedürfnis, mich allem zu widersetzen. Ich will, dass mein Leben explodiert wie ein Popcorn. Was mache ich, wenn mein Vater mich jetzt von irgendeiner Polizeiwache abholen muss? Das ist noch das harmloseste Szenario, das sich in meinem Kopf abspielt. Noch denkt der Uniformierte, dass ich nur eine ausländische Touristin bin. Sollte er herausfinden, dass ich auch einen iranischen Pass besitze, wird es definitiv Schwierigkeiten geben. Ich kann ihn neben mir spüren, sein Jungengesicht, seine Uniform, fast möchte ich sie anfassen, um zu prüfen, ob sie echt ist, Hunderte Augen von Märtyrerplakaten beobachten mich, Hunderte uniformierte Porträts verfolgen mich hier, und mit den Fragen tausender Gesichter, die in Iran die Landstraßen als Foto säumen, blickt er mich an. Ich starre zurück. Je schmaler meine Augen werden, desto größer werden seine.

»You come with me, please«, und es klingt jetzt mehr wie eine Frage.

»No.«

Ich gehe weiter, und auf einmal streift mich die Uniform, beiläufig, ich gehe noch schneller, immer wieder schneidet er meinen Weg, streift meinen Mantel mit seiner Hand, dann mein Kopftuch, meine Hüfte.

Ein Löwe jagt eine Antilope durch die Steppe, kreist sie immer wieder ein, lässt sie müde werden, spielt mit ihr. Eine Hand greift meine Hüfte. Eine Weile verharren wir wie bei einem Stromschlag, unsere Blicke in Schockstarre ineinander verhakt. Eine Kamera fährt 360 Grad um unsere eingefrorenen Körper herum. In meinem Kopf breitet sich Leere aus wie eine weiße Kinoleinwand. Da fange ich an zu tanzen. Meine Hüften bewegen sich, meine Arme schwingen in Wellen, und der Uniformierte folgt meinen immer weiter werdenden Bewegungen, die sich ausbreiten wie Ringe auf einer Wasseroberfläche. Kurz bevor er von meinem Sog verschluckt wird, zieht er die Hand blitzschnell zurück. Ich wirbele herum und starre direkt in seine Augen, bis sein Blick zerplatzt.

»Leave me alone«, höre ich mich mit einer fremd klingenden Stimme sagen.

»Sorry.« Er senkt den Kopf und bringt mich zum Ausgang, ruft ein Taxi und wartet, bis ich eingestiegen bin. Im Auto ringe ich nach Luft.

In einer Einkaufsstraße bedeute ich dem Fahrer anzuhalten. Meine Augen heften sich an die pupillenlosen Augen der Schaufensterpuppen, umrahmt von Blumengärten und Ornamentmustern. Es gibt viele Farben, aus denen man wählen kann, aber letztendlich haben alle Manteaus immer den gleichen Kittelschnitt. Sie sind gemustert und verziert, wie die von Narges, die sie in ihrer Freizeit trägt. Am Flughafen hatte sie einen hellblauen mit einer Borte aus Paisleymustern an, sie sah aus wie ein Krokus. Ich blicke den Schaufensterpuppen ins Gesicht, ihre Köpfe präsentieren die Schals, aber ich versuche, in ihre Augen zu sehen, ihre Münder, ich versuche herauszufinden, was sie sagen könnten, was sie anschauen, aber alle starren nur in die gleiche Richtung, ins Leere. Ich schaue an mir herunter und merke, ich bin jetzt eine von ihnen.

Ich laufe weiter die Straße hinunter, fange an zu rennen, Autos hupen, ich weiche ihnen aus, als wären sie Gewehrkugeln. Die Sonne geht auf, ein neuer Tag bricht an. Ich renne und lache, sodass es von den Häuserwänden widerhallt. Ich reiße mir mein Kopftuch herunter, und meine Haare wehen im Wind. Ich laufe weiter durch alle Viertel, durch enge staubige Gassen, über Stadtautobahnen voller grüner und gelber Taxis, am Azadi-Turm vorbei, und meine Haare werden immer länger und wehen durch alle Straßen und leuchten in allen Farben. Ich laufe immer weiter in den Norden, bis ich wieder vor Rudabehs Tür stehe.

Narges steht im Türrahmen, als ich hereinkomme. Hinter ihr das repräsentative Wohnzimmer, die Schrankwand mit allen Fotos der Familie, die Teppichbilder, die Ornamente und der wehende Vorhang. Die Luft, die hereinströmt, fährt durch ihre Haare. Sie sieht aus wie ein lebendiges Standbild. Eine Weile stehe ich da vor ihr und weiß nicht, ob ich einen Schritt hineingehen soll, ich möchte nicht die Erste sein, die das riesige Wohnzimmer betritt, auch wenn ich wahrscheinlich der heimliche Anlass bin, dass sie sich hier alle treffen. Es wirkt, als sei mir dort seit Jahren ein Platz zugewiesen, lange vor meiner Ankunft, als habe es immer einen leeren gepolsterten Stuhl gegeben, der für mich reserviert wäre, wenn ich einmal käme, irgendwann. Ich stehe noch ein bisschen vor dieser Szenerie und betrachte Narges, wie sie im Türrahmen steht. Ich sehe die Frau, die ich in diesem Haus sein könnte, sie strahlt und leuchtet in ihrem neonfarbenen Kleid. Es bildet sich ein Phosphorrand um die Narges-Gestalt, als würde sie aus der Szene herausgeschnitten. Dann macht sie einen Schritt zur Seite, ich schaue in ein anderes Gesicht, ich hatte Nanejun nicht bemerkt, die wie zusammengefaltet auf dem Teppich hinter Narges im Zimmer sitzt und vor sich hin singt. Ich sehe schwarze Haare und die gleichen dunklen warmen Augen wie die von Narges, gerahmt von den Mustern an der Wand und auf den Fotos. Umspielt vom wehenden Vorhang wie ein Schleier um ihre zerfurchte Haut, blickt sie mich an, ohne eine einzige Frage im Gesicht, als sei das Bild von eben einfach um sechzig Jahre gealtert, und ich denke, ich sehe meine Zukunft hier, eine erzählte Zeit außerhalb meiner Sprache, ein anderes Futur, das Niemals-würde-gewesensein-Können. In diesem Moment zoomt eine Kamera aus der Szene heraus. Von oben sieht man zwei Frauen, die still voreinander stehen, während der Hintergrund immer weiter entrückt. Mein kurzes iranisches Leben zieht in Bildern von Narges an mir vorbei. Dieses Land zerrinnt mir zwischen den Fingern.

»Australien ist so weit weg«, sagt Rudabeh später, so viel Persisch kann ich mittlerweile. Sie könne es verstehen. Sie nimmt ein Foto, schwarz-weiß, dünnes Papier wie aus einer Zeitung. Ein Cousin ihres Vaters, er sei Journalist gewesen, habe immer wieder in Haft gesessen. An seinem achtzigstem Geburtstag habe er sich das Leben genommen. Um frei zu sein. Ihre Augen werden glasig. Ich schaue in einen Ozean, und weit und breit in ihrem Gesicht kein Halt. »Insch'allah«, sagt sie, als wäre es der Lauf der Dinge, dass Menschen aus diesem Land einfach fortgespült werden wie Treibholz.

Abschied

In den letzten Tagen in Teheran kommen noch einige hochbetagte Tanten zu Besuch. Sie drücken gefühlt tausendmal ihre Wangen an mein Gesicht, als müssten sie mich mit Küssen übergießen wie eine Pflanze mit Wasser. Aber am Ende läuft alles sehr sachlich. Die Stimmung bleibt immer betont heiter. Wir essen zusammen und schieben in den verbleibenden Nachmittagen noch ein paar Teebesuche ein, so als würde ich nie wieder wegfliegen. Pouya und Shirin sind wie geplant zwei Tage damit beschäftigt zu packen. Zwei Koffer werden ausschließlich mit Pistazien gefüllt, obwohl sie eher selten welche essen, aber »die Kollegen zu Hause erwarten, dass wir welche mitbringen«. Pouya wiegt insgesamt sechs identische Koffer einen nach dem anderen exakt ab, damit es keine Überraschungen gibt. Narges fragt mich, was ich mitnehmen will, und ich denke, eigentlich brauche ich nichts. Eigentlich gibt es ja alles auch in Deutschland, denke ich, was könnte ich schon mitnehmen.

Anscheinend sind wir doch keine typisch persische Familie, denke ich, es scheint gar keinen Abschied zu geben. Der Moment, in dem wir uns im Haus meiner Tante zum letzten Mal sehen, geht einfach an mir vorbei. Es fallen Begleitsätze wie »das nächste Mal, wenn du nach Iran kommst«, »nächstes Nowruzfest, wenn du kommst«, »wenn wir nächstes Mal Onkel Mehdi, Onkel Hassan oder wen auch immer besuchen« oder »wenn wir wieder in die Berge fahren«. Meistens fügt mein Vater hinzu: »Vielleicht ist es dann besser.« Und ich ergänze in Gedanken seine Worte: »Vielleicht kannst du dann deine Haare im Wind wehen lassen und mich an der Uni besuchen und allein nachts in den Park gehen und tanzen und machen, was du willst, und wir können alle unsere Miete bezahlen und müssen uns nicht schämen.« Vielleicht kann ich dann Alex mitnehmen, denke ich. Dass sich seit fast 40 Jahren keine der Hoffnungen erfüllt hat, ist ihm kein hilfreicher Gedanke. Wir tun am Tag X so, als würde ich schon bald für ein verlängertes Wochenende wiederkommen. Ich stelle mein halb volles Teeglas ab, und beim nächsten Blinzeln wird wieder jemand ein frisches heißes Glas auf den Tisch gestellt haben. Wir tun so, als würde ich ganz selbstverständlich bleiben, genauso wie wir so tun, als wären wir eine eng verbundene Großfamilie. Als gäbe es keine Pässe, in denen unser Name unterschiedlich geschrieben steht. Als würden wir hier alle zusammen ein ganz normales Leben führen, in dem wir zusammen aufwachsen, arbeiten, Fußball gucken, im Stau stehen, Tee trinken und sterben. Als wäre ich schon immer da gewesen. Kein Insch'allah bis zum nächsten Besuch, bis zu dem ein paar der Anwesenden vielleicht nicht mehr da sein werden. Als wüsste niemand, was ein Abschied hier bedeutet.

Nanejun. Ich weiß nicht, wie ich mich verabschieden soll. Ich hätte gerne von ihr alte Geschichten gehört. Mit ihr geredet wie eine Erwachsene. Sie gefragt, wie ihr Leben war allein mit den Kindern, bevor sie eine Großmutter, eine *Nanejun*, wurde. Wie sie gelebt hat, was sie gedacht hat, wenn sie im Park spazieren ging oder gekocht hat oder gearbeitet. Was hat sie eigentlich gearbeitet?

Nanejun war analfabet aber sehr sehr vorschritlich. Sie war nicht religious aber hat immer gebetet nicht fanatisch. Sie hat sich immer um unsere schule und lehrnen gekuemert. Deshalb alle sind zu Uni gegangen. Sie war eine stoltze Frau. Sie hat immer

um ihre kleidung, sauberkeit und hoeflich Keith gekuemmert. Sie war nie ohne eingeladen Zu werden sogar bei eigene Kinder nicht gegangen. Als ich mit deine Mutter
heir Aten wolte, habe ich Sie angerufen uns Sie hat mir gesagt sehr gut ich bekomme
eine deutsche schwigertochter.

papa

Ich hätte sie gerne gefragt, wie es war, in einer riesigen Stadt zu leben, ohne lesen und schreiben zu können. Wie es war, ihre Luft
einzuatmen, eine Mischung aus Blumen, Kräutern, Wüste und Ab-
gasen, die mit der Zeit immer dicker wurde. Wie es war, in einer
Welt zu leben, in der Frauen keine Stimme haben dürfen, und in
einer Familie, in der dennoch niemandem mehr Respekt entge-
gengebracht wurde als ihr. Sie wirkt nicht so, als hätte sie jemals
Hilfe gebraucht, sondern eher, als wüsste sie immer genau, was zu
tun war. Ich frage mich, ob sie jemals Angst hatte. Ich kann es mir
nicht vorstellen. Selbst jetzt, als sie vor mir sitzt, ein Körper wie
ein Häufchen dürrer Zweige, fühle ich mich dank ihr in völliger
Sicherheit. Sie singt immer wieder vor sich hin, auch jetzt, als ich
aufbrechen muss. Ich beobachte sie eine Weile, atme ein und sage:
»Nanejun, bebakhshid.« Sie sieht zu mir herüber, und ich flüs-
tere: »Wie ist dein Name?«

Sie schaut mich an und lächelt nur, greift meine Hand und
sagt: »Ghorbunet beram.« Ich opfere mich für dich. Ich antworte
ihr automatisch: »Khodafez.« Möge Gott dein Beschützer sein.
Es heißt einfach *Tschüss.*

Ich sehe ihr noch eine Weile zu, wie sie lächelt und wieder leise
summt. Dann gehe ich langsam auf Granatensplittern aus dem
Zimmer.

Noch vor Sonnenaufgang fahren wir in unserem kleinen Konvoi
zum Flughafen. Mein Vater, halb wach, verpasst eine Ausfahrt und
flucht vor sich hin. Rudabeh betet für eine sichere Reise. Dann

schenkt sie mir ein kleines Schmuckkästchen, »damit du mich nicht vergisst«. Rudabeh schiebt mich in die große Wartehalle. Mein Vater schleppt schweißgebadet eine der Taschen hinterher. Die Rollkoffer und Familienmitglieder sind schließlich um 5 Uhr früh zwischen den Stellwänden versammelt.

»Nein, wir können die Gebühren für das Übergepäck nicht erlassen.« Hashemian übernimmt die letzten Verhandlungen am Check-in-Schalter.

»Aber sie ist extra aus Deutschland gekommen, um ihren Vater zu besuchen, sie war zum ersten Mal hier, um Iran kennenzulernen, sie möchte all diese Süßigkeiten für ihre Familie in Deutschland mitnehmen.«

»Mein Herr, ich bedaure, ich würde Ihrer Nichte gerne die Gebühr erlassen, bitte haben Sie Verständnis.«

»Ich bitte Sie, eine Ausnahme, wir konnten nicht wissen, dass es neun Kilo sein würden. Könnten wir nicht eine andere Lösung finden, könnten Sie nicht Ihren Vorgesetzten fragen? Sie ist Studentin und hat sehr wenig Geld, sie hat all ihr Erspartes benutzt, um ihren Vater in Iran zu besuchen, sie liebt die iranische Kultur und die Sprache, es ist doch so selten, dass wir solchen Besuch bekommen, bitte, ich möchte ihr nicht sagen müssen, dass sie die Sachen hierlassen muss. Was sollen wir mit den ganzen Süßigkeiten machen, und welchen Eindruck machen wir denn? Haben Sie doch ein Herz. Ich verstehe Sie ja, Sie machen Ihre Arbeit, mein Herr, Sie arbeiten schwer um diese Uhrzeit, sicher sehen Sie so viele Reisende jeden Tag, die Sie bitten, Ihnen einen Gefallen zu tun, aber dieses eine Mal, als Dank lasse ich Ihnen das beste *Gaz* für Sie und Ihre Kollegen zum Tee hier.«

»Mein Herr, ich bedauere wirklich, aber unsere Vorschriften sind streng.«

Da sich Hashemian und mein Vater nicht vom Schalter losreißen können und noch eine weitere halbe Stunde ohne Erfolg auf den Angestellten einreden, wird am Ende alles doch noch sehr knapp. Als hätte er jetzt erst eingesehen, dass ich wirklich wegfliege, bezahlt Hashemian zähneknirschend 80 Euro für das Übergepäck, ohne mir zu erlauben, auch nur eine Schachtel Gaz wieder aus dem Koffer zu nehmen. Ich weiß genau, dass er meinem Vater hinter meinem Rücken einen schiefen Blick zuwerfen wird, der bedeutet, »du schuldest mir was«, und ich weiß, dass mein Vater es wahrscheinlich schuldig bleiben wird. Hashemian zeigt mir, in welcher Reihe ich mich anstellen soll, obwohl der Flughafen mittlerweile so voller Menschen ist, dass ich kaum noch etwas erkenne. Mein Vater ist völlig außer Atem und sackt vor der Sicherheitsschleuse auf eine Plastikbank. Ich stehe in der Schlange und kann nicht weg, beobachte meinen Vater, wie er nach vorn gebeugt schwer atmet, und mein Kopf wird leer.

Als ich an der Reihe bin, bedeutet mir die Kontrolleurin am Security Check, mein Handy auszuschalten, ohne selbst von ihrem aufzublicken. Die Überwachungskamera macht Menschen zu Ornamenten, sie reihen sich tonlos ein, als würden sie von unsichtbaren Fäden durch den Flughafen gezogen, ohne Sehnsucht, das Land zu verlassen, ohne letzte Worte, ohne Sehnsucht, hier wieder anzukommen. Jemand drückt Rewind: Koffer ziehen die Reisenden mit dem Blick ins Leere nach hinten. Vorbei an der Beamtin, die diesmal ferngesteuert von ihrem Handy aufsieht, ein Mann in Uniform verschluckt den Befehl, entfernt sich mit drei großen Schritten hinter eine sich schließende Tür, noch einmal stehen wir uns gegenüber, noch einmal würfeln. Ich blicke in Narges' Augen wie in ein Spiegelbild. In meinem Kopf verheddern sich die Sprachen ineinander, ohne dass ich einen Ton von mir geben kann, ich bleibe inmitten Hunderter Menschen, die zum Gate strömen, einfach stehen. Mein Vater schreckt auf dem Plastiksitz hoch, als wolle er sagen, »Wie bitte?«, und ich rufe noch schnell: »Ich muss los!« Dann werde ich fortgerissen. Hashemian packt meine Hand und zieht mich an den Menschen vorbei zum Schalter. Kurz vor Schließung des Gates wird mein Pass gestempelt.

Wie schwer ist es, sich von einem Land zu lösen, das dich nicht gehen lassen will, denke ich, das dich bis ins Exil verfolgt. Das du nicht abschütteln kannst. Es gibt den Ausdruck »Passdeutsche« für Menschen, denen man nicht zugestehen will dazuzugehören, obwohl sie Nachbarn oder Arbeitskollegen sind, und deren Existenz eine tief vergrabene Unsicherheit wachruft. Passiraner wäre unmöglich. Ich hatte bis zu meiner Reise gar keinen iranischen Pass. Trotzdem bin ich qua Geburt Iranerin, ob ich will oder nicht. Man kann diese Staatsbürgerschaft als eine der wenigen auf der Welt nicht ablegen, man kann niemals aus ihr »entlassen« werden, so der Fachausdruck.

Wieder sehe ich meine Verwandten aufgereiht am Flughafen hinter einer Glasscheibe stehen wie in einer Erinnerungsvitrine. Sie entlassen mich nicht, denke ich, sie halten mich fest.

Boarding mit zwei Stunden Verspätung. Das Flugzeug sei aufgehalten worden. Der Film, in dem sich eben die Sekundenbruchteile ins Unermessliche ausgedehnt haben, ist wieder zu einem normalen Tempo zurückgekehrt. Eine deutsche Reisegruppe neben mir rollt mit den Augen und macht Witze über persische Pünktlichkeit. Ich habe mich an meinen Sitz gewöhnt, schaue durch die Fensterfront auf die Weite des Flughafens, in den Himmel, in die Ferne, in einen leeren Horizont. Ich schlendere ziellos in der endlosen Wartehalle herum und stelle mir vor, das hier wäre nur ein Raum in der Matrix, irgendein fremdes Land, wie eine Hotelwohnung ohne persönliche Gegenstände. Neben mir wachsen in einer Animation hologrammartige Wolkenkratzer in die Höhe, und Menschen ohne Gesicht kreuzen meinen Weg durch die Leere. Irgendwas mit dem Kerosin, Zoll, höre ich von Weitem. Ich kaufe erst mal einen Schokoriegel und zahle mit einem Fünfeuroschein. Da gerade keine Euro in der Kasse sind, suche ich mir die schönste Banknote aus und nehme eine kanadische Dollarnote. Ich lache zusammen mit der Kassiererin und spiegele mich in ihren schimmernden Fasern. Das Flugzeug bringt sich vor uns in Position. Warten in der Gangway, die Falten über dem Asphalt wie der Wimpernkranz eines Auges, das mich immerzu beobachtet. Ich schwebe mit der deutschen Reisegruppe aufgefaltet über dem Teheraner Rollfeld. Wo genau verläuft die Grenze zwischen Nichtankommen und Nichtwegkönnen?

Als der internationale Luftraum angekündigt wird, nehme ich mein Kopftuch im Flugzeug wieder ab. Ich folge dem Reiseweg auf dem Bildschirm am Sitz. Erbil, Baghdad, ich folge der Rückroute, als würde ich schrittweise aus einer Hypnose heraus das Bewusstsein zurückerlangen. Ich denke, diese Orte kenne ich, ich habe deren Namen tausendmal gehört. So oft, dass ich dachte, es müssten erfundene Orte sein. Krisengebiete, von denen ich nicht wusste, dass sie mir so nah sind.

Ich kaufe aus purer Ratlosigkeit eine Make-up-Schatulle von Lancôme im Duty-free-Angebot im Flugzeug, obwohl sie sehr teuer ist, und überlege im Landeanflug, was von meinem Leben ich abstreifen und was ich behalten will. Dann fällt mir das Schmuckkästchen wieder ein, das Rudabeh mir geschenkt hat. Ich öffne es und finde darin eine kleine goldene Kette mit meinem Namen in arabischer Schrift. Ich kann sie inzwischen lesen. Ich drücke die Kette in meiner Hand und spüre Tränen meine Wangen hinunter fließen.

Mein Koffer rollt als Erster nach drei Minuten vom Band. Ich lasse ihn erst mal eine Runde auf dem Band drehen und halte mein Handy ans Ohr, ohne zu telefonieren, um die Wartenden in Ruhe zu beobachten. Drei Uniformierte stehen vor dem Durchgang wie Türsteher. Ein rotes Schild weist den Weg zum Ausgang: Non-EU. Goods to declare. Während mein Blick an den Fliesen entlanggleitet, ziehen die letzten Wochen in Bildern an mir vorbei. Der Berberitzensaft aus dem Land, das es nicht mehr gibt, mein Vater, wie er immer mehr verblasst, die tanzenden alten Frauen, die Kinder abends im Park, die Frauen im Flugzeug, die nach der Durchsage ihre Kopftücher abnehmen.

Jetzt müsste Alex über die Anzeige informiert worden sein, dass unser Flugzeug in Tegel gelandet ist. Ich positioniere mich strategisch an der Gepäckausgabe, mit dem Rücken zum Zoll. Ich habe gelernt, jeglicher Beobachtung automatisch aus dem Weg zu gehen. Den Koffer greifend, beuge ich mich über das Band, ein Flimmern über mir, Werbung: »Der Bachelor«, »1 Mann, 14 Frauen«. Vierzehn Nymphen mit gewellten Haaren und Abendkleidern schauen auf mich herab, lächelnd im Neonlicht des Bildschirms, in der Mitte, verheißungsvoll, der männliche Kandidat. Ich erinnere mich wieder, wie Narges zu mir sagte: »This is one option for women.« Ankündigungen aus dem Lautsprecher, Sirenengesang. Mir wird schlecht.

Ich greife meinen Koffer, passiere den Schalter für EU-Bürger und gehe an den Beamten vorbei durch die Schiebetür.

Berlin 2020

Es geht weiter

Ein neues Jahrzehnt. Mein Vater redet nicht mehr mit Hassan.

Mein Vater redet nicht mehr mit Rudabeh.

Narges redet nicht mehr mit meinem Vater.

Rudabeh redet nicht mehr mit Mehdi.

Ich schaue wieder auf das Genogramm, kappe ein paar Linien und betrachte das Ornamentmuster.

Rudabeh macht manchmal Handyvideos von Nanejun und schickt sie mir. Sie sitzt vor dem Sofa auf dem Boden im Schneidersitz. Sie verbringt immer noch die meiste Zeit oben im Wohnzimmer. Der Fernseher zeigt Bilder und Meldungen aus einer Welt, die Nanejun seit fast einem Jahrhundert kennt. Sie lächelt, wenn sie Videos ihrer Enkel auf dem Telefon sieht. Das erste Mal per Skype: »Nanejun, du musst da reingucken. Nanejun, wir sehen dich.« Nanejun rückt ihr Kopftuch zurecht. Ich sehe auf dem Bildschirm, wie sie in eine Ecke des Raumes schaut, die anderen winken, sie schaut weiter suchend um sich, hört meine Stimme und lächelt, immer noch weiß sie nicht, woher meine Stimme kommt, nur dass sie weit weg ist, dann friert das Bild ein, schlechte Verbindung.

Narges hat Iran verlassen. Ich kann mir kaum vorstellen, dass Narges nun nicht mehr in Iran ist, sie postet Bilder der Skyline von Sydney an Silvester, wo für sie das neue Jahr nun im Januar anfängt und nicht mehr im März. Sie schreibt: *With love.* Das Bild aus dem neuen fernen Land jagt durch den Sehnerv – *The image travels*, wie übersetzt man das? –, wird durch die Linse gebrochen und kommt auf der Netzhaut auf dem Kopf zum Stehen. Wie ein weißes Auto, das sich an einem sonnigen Nachmittag in der Wüste überschlägt.

An einem sonnigen Nachmittag sitze ich draußen in einem Café in Prenzlauer Berg. Am Nebentisch unterhalten sich zwei Lehrerinnen über zuständige Schulen und Einzugsbereiche. Die eine erzählt ganz aufgeregt von ihren Umzugsplänen, wenn ihre Kinder ins Schulalter kommen. Es geht selbstverständlich nicht um dunkle Haut oder Armut, sondern um »bestmögliche Chancen«, um Entscheidungen, um Deutschkenntnisse, um Kultur, um Defizite. Und dann fällt, 33 Jahre nachdem ich es zum ersten Mal gehört habe, wieder das Wort »Ausländerkind«.

Ich stehe auf, gehe hinüber und kippe der Lehrerin meinen Kaffee über die weiße Bluse. Dann friere ich die Szene ein, ihre weit aufgerissenen Augen, ihren Schock, ihre Empörung. Ich betrete das Geschehen zwischen den erstarrten Körpern, nehme den Stuhl und setze mich an ihren Tisch.

Ich hasse ihr Wort »Ausländerkind«, ich hasse ihre Sprache, in der dieses Wort vorkommt, ich hasse meine Sprache, die die gleiche wie ihre ist. Ich hasse den Kanack-Slang, den ich in Kreuzberg auf der Straße höre, den ich selbst spreche. Ich hasse, wie Alex sich auf der Sonnenallee unwohl fühlt. Ich hasse den Ausländeranteil in mir, der die Wohnung nicht bekommt, ich hasse meine helle Haut, die die Wohnung bekommt, wenn ich meinen Namen nicht sage. Ich hasse die dunklen Oberlippenhärchen, die Alex nicht hat. Ich hasse es, wenn ich mit meinen blauen Augen durch die Sicherheitskontrolle am Flughafen einfach durchgehe.

Ich hasse die Hand von Alex' Großtante auf meiner Schulter, die sagt: »Aber das ist doch was ganz anderes, du bist doch eine von uns.« Ich hasse es, dass ich ein Teil von ihnen bin. Ich hasse es, dass ein Teil von mir niemals einer von ihnen sein wird. Ich hasse mein »akzentfreies Deutsch«, für das ich in der Schule gelobt werde. Ich hasse es, unsichtbar zu sein. Ich hasse es, eine Familie zu haben, in der niemand mehr miteinander spricht. Ich hasse es, sie erst ein Mal gesehen zu haben. Ich hasse Foltergefängnisse. Ich hasse die kulturinteressierten Frauen mittleren Alters, die »so bewegt« sind von ihrer Bildungsreise. Ich hasse ihr Schuldgefühl ohne Schuld. Ich hasse ihre Eigenheime und ihr Geld. Ich hasse Prenzlauer Berg.

Ich betrachte die beiden eingefrorenen Lehrerinnen langsam und ausgiebig. Ich spule vor bis zum Moment des größtmöglichen Entsetzens und sage in meiner Nachrichtensprecherstimme:

»Ich habe es satt, für dich nur ein halber Mensch zu sein. Dein Blitzableiter. Dein Platzhalter für alles, was du nicht verstehst. Deine Angst. Ich habe es satt, mit Leuten zusammenzuleben, die nicht wissen wollen, wer ich bin. Ich bin kein Makel. Ich bin nicht deine Scham und deine Schuld.«

Dann stehe ich auf, schiebe höflich, und ohne ein Geräusch zu machen, den Stuhl zurück an den Tisch, gehe hinein und bezahle.

Nanejuns Tod

Wieder eine Nachricht von meinem Vater.

Hallo liebe Nilufar, leider Nanejun ist gestorben. :(:(:(
Zwei Wochen lag wegen Gehirnblutung im Koma und heute Morgen ist gestorben.
Übermorgen ist die Beerdigung. Die Feier findet in einer der bekanntesten Moscheen in Teheran statt.

Ich starre auf die Trauersmileys im Chat und rufe sofort Pouya an. Zum ersten Mal erlebe ich ihn schweigsam. Er hing so sehr an ihr. Hätte es denn besser kommen können, als mit fast hundert eine Gehirnblutung zu haben und einfach nicht mehr aufzuwachen, ohne lange im Krankenhaus gelegen zu haben, ist das nicht eigentlich ein Trost? Und: Sie hätte sicher Schäden zurückbehalten, es war der beste Zeitpunkt, um sich zu verabschieden. »Es ist schwer für mich. Eine Ära geht zu Ende.«, sagt Pouya. Ich habe so wenig davon mitbekommen, denke ich.

»Heute fand die Beerdigung statt«, schreibt mein Vater einige Tage später. »Bei der Hitze und trotz Feiertag kamen so viele Menschen! Über hundert Leute aus Isfahan, selbst die Ältesten. Übermorgen ist Trauerfeier in der Moschee.«

»Sie hat immer von dir gesprochen«, schreibt mir mein Vater wieder. Es geht weiter, nur dass meine Großmutter, die ich in meinem Leben nur drei- oder viermal gesehen habe, nicht mehr da ist. Als Kind hatte ich kein Gefühl für drei- oder viermal. Narges ist die Einzige, die mir erzählt, wie das Leben mit meiner Großmutter gewesen sein könnte. Seit ihrer Geburt lebte Nanejun bei ihnen, wie es üblich ist für ältere Frauen.

»Sie war wie unsere zweite Mutter, sie war einfach immer da«, schreibt mir Narges später auf WhatsApp. »Ich konnte mir nie ein Leben ohne sie vorstellen.« Ich kann mir kaum vorstellen, dass Narges nun nicht mehr dort ist. Sie werde trotzdem zur Trauerfeier nach Teheran fliegen. Die einzige Gewissheit in meiner Familie scheint zu sein, dass sich jederzeit alles ändern kann, ob ein Regime gestürzt wird oder ein Herz nicht mehr schlägt.

»Diese ganzen Neureichen! Wie sie alle dort herumscharwenzelt sind. Kein Wort habe ich mit denen geredet, hörst du, kein Wort!«, schimpft mein Vater wieder am Telefon. Wie froh ich bin, dass sein Herz noch schlägt, denke ich. Was wäre, wenn es weiter bergab geht und wir uns nie wieder sehen, wenn sein Herz einfach aufhört, aufgibt unter all der Wut von Jahrzehnten? Ich wechsle sofort das Thema. »Was macht dein Garten?« – »Es gibt viele Auberginen!«, ruft er euphorisch. Und er habe sich jetzt Hühner zugelegt, sehr hübsche Tiere, und so zuverlässig. Sie legten regelmäßig Eier. Schlachten wolle er keines davon, auch wenn er am Anfang noch darüber nachgedacht habe. »Wie schön.« Ein Glück, dass er die Hühner hat, denke ich. »Ich liebe dich sehr, Nilufar, ich hoffe, ich kann dich bald besuchen kommen. Hier wird es immer schlimmer. Aber schaffen wir schon. Fatemeh grüßt dich.«

Ich spüre, dass er mich vermisst. Ich schicke ein stilles Stoßgebet. Mögen diese wunderschönen Hühner ihm Freude bereiten! Mögen sie meinen Vater jeden Tag mit frischen Eiern versorgen und an seiner Seite sein! Mögen sie meinen Vater weiterschimpfen und sein Herz weiterschlagen lassen, bis wir uns endlich eines Tages wieder treffen können. Wenn dieser ganze Wahnsinn irgendwann ein Ende hat. Als mir Tränen kommen, drücke ich sie weg.

Die unmögliche Rückkehr

Ich komme mit einer großen Wüste. Ich komme mit schwarzhaarigen, dunkeläugigen Kindern, die abends im Park spielen. Ich komme mit dampfenden Brotfladen. Ich komme mit Sprache, die wie Musik klingt. Ich komme mit Schwulen. Ich komme mit Soldaten. Ich komme mit Süchtigen. Ich komme mit Diplom-Ingenieuren. Ich komme mit dem Duft von Safran. Ich komme mit Verwandten im Exil. Ich komme mit Freunden in Haft. Ich komme mit Männern, die Blumen lieben. Ich komme mit Freunden, die sich beim Spazierengehen an die Hand nehmen. Ich komme mit Gehenkten. Ich komme mit doppelter Staatsbürgerschaft. Ich komme mit Mädchen, die Fußball spielen. Ich komme mit Vätern, die ihren Töchtern zu Ehren Lämmer schlachten. Ich komme mit gefälschten Adidas-Turnschuhen. Ich komme mit zwei Seelen, ach! in meiner Brust. Ich komme mit alten Frauen, die tanzen. Ich komme mit Jobs, für die ich monatelang nicht bezahlt werde. Ich komme mit einer Ersatzheimat. Ich komme mit einem Namen, den du nicht aussprechen kannst. Ich komme als Einzige aufs Gymnasium. Ich komme mit meiner Oma, die ihren Tee aus einer flachen Schale trinkt. Ich komme mit Wirtschaftsembargo. Ich komme mit Inflation. Ich komme mit Kindern, die die Sprache ihrer Eltern nicht verstehen.

Ich denke oft an die Wüste. Mein Vater erzählte mir von Touristencamps, die so weit im Inneren der Wüste lägen, dass man von Teheran aus fast einen ganzen Tag mit dem Auto fahren müsse, um sie zu erreichen. Dort könne man nachts die Milchstraße sehen. Die absolute Machtlosigkeit gegenüber der Wüstenlandschaft, wenn meine Augen der schnurgeraden Straße folgen. Da ist Ruhe irgendwo. Da sind brennende Hitze und klirrende Kälte an einem Ort. Da ist Rudabehs Lächeln, mit dem sie mir in der Küche Nüsse knackt.

Es müsste ein Nachmittag bei seinem Besuch im April 2011 gewesen sein, als dieses Foto entstanden ist. Mein Vater steht in einem leicht fadenscheinigen Jackett vor dem Haupteingang der Freien Universität, die eine Hand hält eine Rentner-Schiebermütze, die andere steckt lässig in der Jackentasche. Ein unsicheres Lächeln aus brandneuen Zahnimplantaten, ein Handlungsreisender, denke ich. Das Bild hängt in meinem Wohnzimmer. Wenn ich Besuch habe, fragen sie manchmal, wer der fremde alte Mann ist. Steckbrief: Dipl.-Ing. (FH) Khosrow Karkhiran Khozani. Iranischer Staatsbürger. Unbefristeter Aufenthaltstitel. Ehemaliger Ingenieur bei Siemens-Brennelemente. Mitglied der SPD. Ehemaliger Fußballtrainer der Herrenmannschaft des SV Rabenau-Kesselbach. Ehemaliger Inhaber der Firma Rabenau Import-Export. In dritter Ehe verheiratet. Einer von acht Zugelassenen des Exzellenz-Masterstudiengangs »Deutsche Politik und Wirtschaft« der Uni Teheran. Ehemaliger Dozent für deutsche Geschichte an einer Hochschule für Beamte in Teheran. Wahrscheinlich Atheist. Aktuell Promotionsstudent an der Uni Isfahan, Thema: Die Außenpolitik und Interessen der Europäischen Union im Südkaukasus. Vertriebspartner für Oettinger Alkoholfrei in Iran. Z.n. Herzinfarkt. Keine Krankenversicherung, wie viele.

Wie oft haben mich meine Freunde in Berlin nach meiner Reise gefragt, und ich konnte nie wirklich eine Antwort geben. Es war wie nach Hause kommen in ein fremdes Land. Eine unmögliche Rückkehr. Ein Land wie ein zahnloses Lächeln.

Berberitzensaft. Nanejuns Hände, wie sie den Reis verlesen. Granatapfelbäume. Die Serpentinen auf dem Weg nach Kelardasht. Smog. Picknick im Park. Das Klimpern der Löffel in kleinen Teegläsern. Die Mondsichel, die mich hält wie eine Wiege.

Danksagung

Es gibt nur einen ersten Roman. Ich danke allen Personen, die mir das Selbstvertrauen gaben, diese Geschichte zu erzählen. Ich danke der Literaturagentur Elisabeth Ruge, allen voran Mimi Wulz und Jule Tautz, die mich mit großer Geduld über die Jahre begleitet und mir geholfen haben, das zum Vorschein zu bringen, was zwischen vielen Text- und Erinnerungsfragmenten verschüttet lag. Ebenso danke ich meinen Lektorinnen Anke Göbel und Nora Boeckl sowie dem Blessing Verlag für das große Vertrauen und den Enthusiasmus, den sie in dieses Buch eingebracht haben. Ich danke außerdem der Redaktion der Bella triste 55, die meiner Stimme erstmals eine Plattform gegeben haben. Ich danke den Menschen in meinem Leben, die in den letzten Jahren an meiner Seite waren, einige als enge Vertraute, einige als die eine oder andere Begegnung. Ihr wisst, wer ihr seid. Ihr habt mir Rückhalt gegeben. Meinen Chirurgen Dr. Marx und Dr. Hartmann, ebenso dem netten Pfleger auf der Intensivstation im DRK Westend, dessen Namen ich aufgrund der Narkose leider vergessen habe. Ich hätte in diesen Momenten nicht gedacht, dass ich einmal soweit kommen würde, eine Danksagung zu schreiben. Oder vielleicht doch. Ich habe es mir immer vorgestellt. Evelyn Happe und meiner Selbsterfahrungsgruppe, die mir geholfen haben, ein paar Puzzleteile wieder zusammenzufügen und loszulassen. Meiner Familie und allen, die ihre Geschichten mit mir geteilt haben. Und natürlich vor allem: meinem Vater. Ich hoffe, das Wasserpumpengeschäft wird ein Erfolg.